Thomas Brandsdörfer

WEIßER SEE

Vorwort und Widmung

In einem in Rumänisch verfassten Essay mit dem Titel *Zeit, Gewässer und Blicke (Anschauungen)*[1] habe ich einen Vergleich zwischen Gewässern und verschiedenen Altern des Menschen gewagt. Demzufolge:

➢ Dem **Bach** entspricht die erste **Kindheit** – beide sind *bukolisch* (dazu spielen sie sorglos und ohne Halt).

➢ Der **Fluss** ähnelt der **Jugend** – beide haben eine *romantisch-heroische* Note (sie kämpfen, setzen sich durch!).

➢ Der **Strom** kann die **Reife** symbolisieren – beide haben etwas *Mythologisches* (sie haben alles erreicht, was zu erreichen ist, sie kämpfen nicht mehr, sondern genießen den Sieg; Strom und reifer Mann bedeuten die Zeit des Gebens von Wissen und Leben; beide sind Väter *par excellence*).

➢ Das **Meer** kann die **fortgeschrittene Reife und das Alter** sein – beide sind *apollinisch* (sie genügen sich selbst, lassen sich kaum beeinflussen; der Mensch im Meerwasser-Alter ist oft ein Weiser, der wie ein Leuchtturm seinen Mitmenschen Orientierung gibt und Horizonte zeichnet).

➢ Der **See** hat Eigenschaften, die sehr ähnlich mit dem **fortgeschrittenen Alter** sind – beide haben einen *siderischen Zustand* (See und sehr alte Menschen entfernen sich von der Welt und blicken stets nach oben zu einem anderen Stern; Gaston Bachelard sagte: der See ist ein *riesiges und ruhiges Auge*; und Paul Claudel bemerkte: der See ist *der Apparat der Erde, um die Zeit zu betrachten*; besonders die Menschen im Seewasser-Alter, erschöpft, vergessen alles, was sie wissen und verstehen könnten und schweben schon in einer anderen Welt, einer guten und einfachen Welt, aber einer *eigenen* Welt!).

Gewöhnlich nennt man diesen Zustand „Krankheit" – Demenz Typ Alzheimer. Ich nenne es *Segen* und *Gnade*.

Ich widme dieses Buch allen Menschen, die in diesem Alter sind oder demnächst sein werden. Das Seewasser-Alter…

---

[1] Siehe das Buch *Plimbări printre idei şi emoţii 2013-2014* erschienen in Rumänisch bei BoD, 2015 und signiert mit dem Pseudonym Vladimir Brânduş.

THOMAS BRANDSDÖRFER

WEIßER SEE

ROMAN

2. Auflage

Bibliografische Information der Deutschen Nationalbibliothek:
Die Deutsche Nationalbibliothek verzeichnet diese Publikation in der
Deutschen Nationalbibliografie; detaillierte bibliografische Daten sind
im Internet über http://dnb.dnb.de abrufbar.

Cover: **Guido Wedenissow**

Herstellung und Verlag: BoD – **Books on Demand, Norderstedt**

ISBN: 978-3-7386-1484-8

Inhaltverzeichnis

KAPITEL I

Als ich an einem sonnigen Morgen des Monats Juni mein Büro betrat, rief sofort die Vorstandssekretärin unserer Firma an. Sie sagte mir, ich müsse bei dem „großen" Chef vorstellig werden. Der „große" Chef bedeutete in unserer Architekturfirma Herr Vos Senior, im Gegensatz zu den anderen zwei Chefs, auch namens Vos, seinen Söhnen und zukünftigen Erben der Firma.

Zu Herrn Vos Senior gerufen zu werden war für jeden Firmenangestellten äußerst ungewöhnlich, denn so etwas passierte sehr selten, in der Regel nur bei der Unterschrift des Arbeitsvertrages oder bei der Kündigung. Herr Vos war eine Art Patriarch. Er beschäftigte sich nur mit den wichtigeren Problemen der Firma, das restliche alltägliche Geschehen überließ er seinen Söhnen: Herbert, Architekt, und Erwin, Betriebswirt. Für uns, die ca. zwanzig Angestellten, auch wenn wir studierte Architekten waren und mehr noch für die weniger qualifizierten, waren die Referenzpersonen, die wahren Chefs nur die Söhne von Herrn Vos – beide genug arrogant und streng. Wirklich, der „große" Chef schwebte hoch im Himmel.

Sicher war ich aufgeregt, den ehrwürdigen Chef zu treffen. Eine Art Sorge, ja, sogar Bange erfasste mich. „Nicht dass ich etwa die Kündigung bekomme?" Gar nicht unmöglich, denn ich fühlte schon lange Zeit, dass ich irgendwie „auf die tote Linie" geschoben war. In den sechs Jahren, die ich in diesem Büro als Architekt arbeitete, hat man mir kein ganzen Projekt anvertraut. Diese ganze Zeit musste ich für andere Kollegen, Projektleiter, allerlei Nichtigkeiten konzipieren und zeichnen: Treppen, Türen, kleine Anbauten, Häuschen für Pförtner oder banale Garagen. Ja, wenn tatsächlich von der Kündigung die Rede ist, werde ich Herrn Vos Senior bitten, mir noch eine Chance zu geben und ein ganzes Projekt zu übertragen. Ich will endlich zeigen, was ich mit meinen achtunddreißig Jahren kann und wofür ich so lange Zeit Architektur studiert habe.

Als ich den eleganten Raum von Herrn Vos betrat, bemerkte ich gleich, der „große" Chef ist gut gelaunt, sogar fröhlich und nett zu mir. Als er bei der Sekretärin zwei – zwei! – Kaffees bestellte, habe ich mich endgültig beruhigt. „Ich glaube kaum, dass über eine Kündigung die Rede ist", habe ich mir Mut gemacht. Unklar blieb aber, zu welchem Zweck er mich bestellt hat. Die Antwort kam unverzüglich:

„Lieber Kollege, du bist bei uns seit… fünf Jahren und…"

„Es sind schon sechs, Herr Vos"

„So! Genau! Sechs Jahre", hat Vos sich selbst berichtigt, als er durch meine Papiere blätterte. „Ich sehe, während deines Studiums hast du in dem Fach Kunstgeschichte sehr gute Noten gehabt. Allerdings erinnere ich mich an eine Diskussion über dieses Thema, das wir damals bei deiner Einstellung hatten. Sehr interessantes Gespräch! Erinnerst du dich?"

„Selbstverständlich. Wie könnte ich es vergessen."

„Ja. Ich war beeindruckt von diesem Gespräch. Es gibt Architekturprojekte die, mehr als gewöhnlich, kunstgeschichtliche und stilistische Kenntnisse und auch erhöhte Sensibilität besonders für die Kunst verlangen. Du weißt es gut, nicht wahr?"

„Sicher."

„Meiner Meinung nach", setzte er fort, „sind solche Projekte die interessantesten in der Architektur". Er schloss mein Dossier mit den Personalien und legte es beiseite, öffnete einen anderen Ordner. Diesen durchblätternd, sagte er: „Keine lange Rede. Deine Stunde ist gekommen! Hier ist ein neues Projekt, sehr wichtig für unsere Firma. Ein Projekt, das gerade viel künstlerische Sensibilität verlangt. Ich bin der Ansicht, du bist der richtige Mann, um dieses Projekt durchzuführen." Er gab mir den Ordner.

Meine Freude war grenzenlos.

„Herr Vos, Sie können sich nicht vorstellen, wie froh ich bin, dass Sie mir so viel Vertrauen schenken! Ich verspreche Ihnen, ich werde Sie nicht enttäuschen. Ich werde arbeiten…"

„Lass das, Kollege! Ich weiß, du schaffst es. Ich weiß, du wirst eine sehr gute Sache machen. Bevor du den Ordner studierst, erlaube mir einiges über dieses Gebäude zu sagen: Das Haus, das du auf den Fotos in den ersten Seiten siehst, war der Landsitz einer Grafenfamilie.

Es wurde in der zweiten Hälfte des 19. Jahrhunderts, ungefähr 1860 oder 70 – siehe genau in den Akten – erbaut. Etwa 1938 verarmten die Grafen und, um Steuerschulden begleichen zu können, wurden sie gezwungen das Haus dem Staat zu übertragen. Während des Krieges war dort ein Militärhospital. Nach dem Krieg war das Haus bis 1955 unbewohnt, was seinen technischen Zustand sehr verschlechtert hat. Ab 1955 wurde das Haus an eine private Stiftung für soziale Pflege verpachtet. Diese hat da ein Altenheim eingerichtet. Wegen finanzieller Schwierigkeiten hat die Stiftung vor zwanzig Jahren das Altenheim geschlossen. Nach ein paar Jahren Unentschlossenheit, was mit dem Gebäude zu machen sei, hat die Stiftung endgültig aufgegeben. So ist der Landsitz wieder in die Obhut des Staates gekommen. Aber diese ‚Obhut' bedeutete eher eine unverzeihliche Nachlässigkeit seitens des Staates, was noch einmal den Zustand des Gebäudes verschlechterte. So wie du auf den Fotos sehen kannst, ist das Gebäude jetzt eher eine Ruine. Endlich hat sich ein reicher Investor gefunden, der die Ruine für einen lächerlichen Preis kaufte. Er ist aber willig, im großen Stil zu investieren, um ein Luxushotel zu errichten."

„Interessante Geschichte."

„Interessant, aber vor allem traurig für das Haus", ergänzte Vos. „Ein Gebäude, das insgesamt mehr als dreißig Jahre leer, unbenutzt, unbeheizt und ungepflegt gestanden hat! Ich bitte dich, keine Sekunde die Tatsache zu vergessen, dass so hinfällig wie es ist, dieses Gebäude ein Kunstwerk in reinstem klassischem Stil darstellt. Noch mehr: Der Graf, der dieses Haus gebaut hat, war anscheinend ein Kenner und Liebhaber der Kunst, denn auf den Innenwänden sind noch Reste von Malereien von großer Qualität zu sehen. Eben diese Malereien, wie auch die Stuckreste und die Skulpturen, müssen restauriert und, bei Bedarf, sogar ergänzt und erweitert werden. Für dieses Projekt steht viel Geld zur Verfügung… sehr viel Geld! Hauptsache es gelingt, wie es gedacht ist. Das hängt nur von dir ab: Wie du arbeitest, was für Firmen, was für Künstler und Handwerker du anstellst. Ich bitte dich, auch auf die Statik gut aufzupassen! Es scheint, da sind große Probleme. Selbstverständlich sind die Wünsche des Investors in dem Ordner, den ich dir gegeben habe, detailliert aufgelistet. Es sind nicht wenige und nicht einfache: Er will einen Konferenzsaal, ein bedecktes Schwimmbad, eine Sauna, ein Restaurant mit großer Küche etc. etc. Möglicherweise sollst du auch einen Anbau planen. Aber sein größter und wichtigster Wunsch ist die Stilreinheit des ganzen Ensembles. Ab diesem Moment bist du von jeglicher anderer Arbeit entbunden und beschäftigst dich ausschließlich mit diesem Projekt. Schon morgen fährst du zum Rathaus des kleinen Städtchens Burg am See und nimmst mit einem gewissem Mayer Kontakt auf. Er wird dich zu dem Gebäude führen. Jeden Montagmorgen hast du mich – mich persönlich und niemanden anderen! – über den Lauf der Dinge zu informieren. Mich interessiert dieses Projekt besonders. Ist das klar? Ist alles klar?"

„Ja, Herr Vos. Alles ist klar."

„Gut! Dann wünsche ich dir viel Glück!"

„Ich danke Ihnen."

Als ich das Büro des „großen" Chefs verließ, wäre ich fast mit seinem ältesten Sohn, dem Herrn Architekt Herbert Vos, der gerade reinkommen wollte, zusammengestoßen.

„Oh, entschuldigen Sie", sagte ich.

„Guten Morgen! Welche Ehre, einen neuen Projektchef zu treffen", sagte dieser mit deutlicher Ironie und betrat das Zimmer seines Vaters.

Wahrscheinlich wegen meiner Freude habe ich dem spöttischen und boshaften Ton des Juniorchefs kaum Aufmerksamkeit geschenkt. Ich habe nicht verstanden, ich konnte damals nicht verstehen, dass dieser unfreundliche Ton eine Warnung bedeutete, und zwar, dass ich mich mit dem Projekt, das mir anvertraut wurde, auf einem verminten Terrain bewegte. Ein sehr gefährliches Terrain. Ganz einfach, ich war zu glücklich und ungeduldig, die Arbeit zu beginnen.

***

Ausgerüstet mit einem Fotoapparat, einem Heft für Skizzen und einem Entfernungsmesser mit Laser habe ich mich den Tag danach zu dem alten Landsitz auf den Weg gemacht. Nur ein paar Minuten nach der Autobahnausfahrt bin ich in dem malerischen Städtchen Burg am See angekommen. Im Rathaus fand ich den Herrn Mayer, einen sympathischen Mann um die sechzig Jahre alt. Dieser hat mir die Schlüssel des Tores der Anlage und noch zwei von der Haustür und dem Keller übergeben. Er sagte, mehr Schlüssel gäbe es nicht, denn fast alle Türen seien kaputt oder sogar aus den Rahmen entfernt worden, ganz einfach von der Zeit zerstört. Mayer fügte hinzu, er sei beauftragt, mich am ersten Tag zu begleiten, um mir den Weg dorthin und das alte Gebäude in allen Einzelheiten zu zeigen. Er stieg in meinen Wagen und wir fuhren los. Mein Begleiter war sehr gesprächig. Sofort hat er angefangen:

„Eh, mein Herr, ich weiß nicht, ob Sie diese Region kennen…"

„Nein. Nicht so gut. Ich glaube, ich war hier nur ein einziges Mal, aber viele Jahre ist das her."

„Schauen Sie! Sehen Sie, wie schön es hier ist?"

Tatsächlich, die Landschaft war schön. Wir fuhren an einem See entlang, auf der linken Seite die Ufer mit grünen Wiesen und kleinen Buchten, auf der rechten, nicht sehr weit, erhoben sich ziemlich hohe, bewaldete Hügel.

„Eh, mein Herr", fuhr Mayer fort, „ich bin in dieser Gegend geboren. Hier ist meine Heimat. Hier bin ich zuhause. Nicht 'mal tot würde ich diese Umgebung verlassen. Ich bin stolz und glücklich, dass ich das ganze Leben hier gewohnt habe. Als ich ein Knabe war, fuhr ich mit einer Clique Jungs in einem Boot draußen auf den See. Aber wir entfernten uns nie sehr weit vom Ufer – wir hatten sogar Angst, so etwas zu machen! Dieser See ist gefährlich! Hat Wasserwirbel und sehr oft Nebel. Nebel, dass man nichts mehr sieht. Deswegen wird er Weißer See genannt. Man erzählt, viele haben in den Tiefen des Weißen Sees ihr Ende gefunden. So ruhig, wie Sie ihn sehen… dieser See ist sehr trügerisch."

„Und das Herrenhaus, wo wir hinfahren, ist am Ufer?"

„Sicher, mein Herr! Wieso denn nicht? Der alte Graf wusste wohl, wo er seine Residenz baute. Was für ein schönes Haus muss es gewesen sein! Damals… damals, mein Herr! Ich habe es nicht mehr in seiner vollen Schönheit erlebt. Ich bin zu spät geboren. Aber ich kenne das Haus! Ich kenne es sehr gut. Als ich jung war, am Anfang der 70-iger Jahre, habe ich in der Verwaltung des Altenheims gearbeitet. Nach zweieinhalb Jahren hat man mich im Rathaus eingestellt. Besser so."

„Richtig", sagte ich, „Sie haben jetzt einen sicheren Arbeitsplatz. Wenn Sie bei dem Altenheim geblieben wären, würden Sie arbeitslos geworden sein."

„So ist es. Auf der einen Seite… ist es besser deswegen…"

„Und auf der anderen Seite? Warum ist es besser, nicht mehr im Heim gearbeitet zu haben?"

„Traurigkeit, große Tragödie im Altenheim."

„Wie? In welchem Sinne?"

„‚In welchem Sinne… In welchem Sinne…‘ Herr, man sieht, Sie haben nie ein Altenheim gekannt."

„Ich gebe zu: ich habe es nicht gekannt."

„Bleiben Sie zwei Wochen in einem Altenheim, so werden Sie bis in die Tiefen Ihrer Seele spüren, dass eine solche Anstalt ein Vorzimmer des Todes ist. Traurig und gespenstisch zu sehen, wie diese Menschen, ehemals begehrt, geschätzt und nützlich – jeder Mensch hat eine Nützlichkeit, nützt jemandem –, im Heim sitzen ohne etwas zu tun, ohne etwas tun zu können, unerwünscht, oft auch ungeliebt… Unnütz, sitzen und warten… warten aufs Sterben. Ich habe mit eigenen Augen gesehen: In dem Heim, wo wir jetzt hinfahren, kamen die Patienten entweder mit einer Ambulanz, oder von einem Verwandten gebracht, je nachdem; aber alle gingen raus immer gleich: liegend, zwischen vier Brettern. Immer! Von dort geht man nie lebendig weg. Das hat mich in den Jahren, in welchen ich dort arbeitete, sehr deprimiert. Deswegen ist es besser, dass ich im Rathaus angestellt wurde. So sind wir in dieser Umgebung: Menschen mit gutem Herzen."

Mayer sprach ununterbrochen weiter, erzählte über die Region, über seine Kindheit und Jugendzeit, über den Weißen See und über eine Legende, die besagte, der See wäre ein Drachen gewesen, der durch einen Fluch in Wasser verwandelt worden sei. Entsprechend derselben Legende nimmt dieser Drache von Zeit zu Zeit Rache, indem er unschuldige Menschen ertränkt. Mayer sagte auch, dass man in der Umgebung davon spricht, die Blinden, besonders die Blinden fühlten sich von dem mysteriösen See angezogen, und ohne jeglichen Widerstand tauchten sie in die Tiefe, ihr Leben verlierend. Ich hörte die Geschichten meines Begleiters, ohne ihnen zu viel Aufmerksamkeit zu schenken. Sie waren eigentlich unbedeutend, abergläubische Provinzfolklore! Meine Gedanken blieben bei den Eindrücken Mayers von dem Altenheim hängen. „Hm… Vorzimmer des Todes. Die Patienten gingen raus immer gleich: liegend, zwischen vier Brettern… Von da gehe man nie lebendig weg", wiederholte ich in Gedanken. Sicher, ich kannte aus der Literatur und aus Erzählungen alle diese Ideen über Altenheime. Sie sind allgemein bekannt. Aber, ich weiß selbst nicht warum, dies Mal sind sie mir tief in die Seele gedrungen. Zum ersten Mal habe ich die Bedeutung von Phrasen wie: „Diese Menschen, ehemals begehrt, geschätzt und nützlich, sitzen im Heim, ohne etwas zu tun, ohne etwas tun zu können, unerwünscht, oft auch ungeliebt… Unnütz, sitzen und warten... warten zu sterben" emotional aufgenommen. Ja, durch seine Erzählung hat Mayer, ohne zu wissen und ohne zu wollen, mich auf eine gewisse emotionale Richtung geschickt; und das, bevor ich den ersten Kontakt mit dem Gebäude, das ich renovieren sollte, nehmen konnte! Ich habe mich an den Ansporn eines alten Professors aus der Studienzeit erinnert. Dieser empfahl uns, wenn von der Restaurierung eines alten Gebäudes die Rede ist, uns mit einem gewissen Respekt, ja, sogar mit Pietät, solch einem Objekt zu nähern. Er sagte, so ein Gebäude ist der Gedanke und die Arbeit eines gewesenen Kollegen. Dank Mayer war ich jetzt auch von Emotionen und Pietät für mein Objekt erfasst. Aber eine Pietät, die sich nicht aufs Gebäude im architektonischen Sinne bezog, so wie der Professor verlangte, sondern auf seine damalige Funktionalität. Für mich bedeutete schon dieses Gebäude ein Wartesaal des Todes, ein Ort, wo der unerträgliche Begriff der Nutzlosigkeit des Menschen blanke Wahrheit wird.

„Nach zweihundert Metern geht ein Weg nach links. Wir müssen darauf fahren", unterbrach mein Begleiter die Gedanken.

Vor einem großen Tor aus kunstgeschmiedetem Eisen hielten wir an. Obwohl teilweise durchrostet, konnte man auf den beiden Flügeln des Tores die Familienwappen des Grafen, der damals dort residierte, noch sehen. Ein beeindruckendes Portal aus Stein, links und rechts mit je einer Statue eines römischen Legionärs als Wachmann, mit Säbel, Schutzschild und selbstverständlich dem berühmten Helm, umrahmte die prächtige Kunstschmiedearbeit. Mayer bat mich um den großen Schlüssel, stieg aus und öffnete das Tor. Wir fuhren noch etwas mehr als hundert Meter auf einer Allee, eingesäumt von zwei Reihen großer Bäume, mit Sicherheit sehr alt. Auf dem Weg, zwischen den Pflastersteinen, waren schon hohes Unkraut und sogar einige kleine Bäume gewachsen.

Wir stiegen aus dem Auto. Ein starker Lindenduft erschlug mich plötzlich. Die Bäume auf der Allee waren alle Lindenbäume, jetzt im Juni in voller Blüte. Ich befand mich endlich vor dem Haupteingang des Hauses. Mehrere Minuten, vielleicht sogar eine Viertelstunde, blieb ich sprachlos, bewunderte den majestätischen Hauseingang und war von dem süßen Duft der Linden regelrecht betört. Ich wurde in die damalige Welt dieses Hauses zurückversetzt, in seine endgültig verlorenen Zeiten von Glanz und Gloria. Ich sah tatsächlich, wie elegante Fiaker eine schöne Kurve auf der gut erhaltenen Pflasterung zeichneten, um unter den bedachten Eingang, vor den Treppen, zu gelangen. Die gut polierte Lampe, die von der Decke des Eingangs hing, verbreitete über das Geschehen ein strahlendes Licht. Ich sah auch die Lakaien in ihren schicken Livreen und ihren weißen Handschuhen die Türen der Fiakers mit ausgesprochener Höflichkeit öffnen, zugleich die distingu-ierten Gäste willkommen heißen. Vor dem Eingang betrachtete ich auch die fünf ionischen Säulen, perfekt gemeißelt in Marmor. Im reinsten klassischen Stil trugen sie ein dezent verziertes Giebeldreieck, worauf der lateinische Satz *Privata domus valet aurum* zu lesen war. Eigenes Haus ist Goldes wert – ein einfacher Satz, aber wahr und voll von Bedeutungen. Eine schöne Idee hatte der alte Graf, auf sein Haus diese Wörter schreiben zu lassen!

Ich habe aber sofort begriffen, wenn dieser lateinische Spruch in den Zeiten, in denen das Haus im Besitz der Grafenfamilie war, sehr passend gewesen ist, so war er umso mehr in den Zeiten des Altenheims zynisch und mitleidlos. Was für einen brutalen Aufprall der Bedeutungen könnte dieser Spruch in den alten Menschen verursachen! Sie, die gerade von ihrem Zuhause, von ihrem gewöhnlichen Nest entfernt worden waren, alles, was private Sphäre ist, verloren hatten, um in einem gemeinsamen Haus deponiert – ja, ganz einfach deponiert zu werden. Auf den Tod wartend! Deponiert in einem Haus, das schon beim ersten Kontakt die Idee, den Ort, wo du lebst, zu besitzen, zynisch hoch lobt! Die Menschen, die ins Altenheim kamen, verloren endgültig gerade das, was *privata domus* bedeutet und wirklich Goldes wert ist. Sie verloren „das Gold" des Lebens. Es ist so, als ob der vom Henker zur Guillotine Geführte auf dem grausamen Apparat eine Inschrift mit der Behauptung läse, das Leben sei schön. Ich habe mich für die damaligen Patienten des Heimes gefreut, die in Lateinisch nichts verstanden und auch für diejenigen die überhaupt nichts verstanden, in keiner Sprache. Ich habe mich für sie gefreut. Wie gut ist es, einige Sachen manchmal nicht zu verstehen!

Auch für den Enkel des alten Grafen ist der Spruch auf dem Giebeldreieck mit Sicherheit zynisch geworden. Ich habe mir vorgestellt, wie dieser, nachdem er das ganze Vermögen seiner Ahnen dem Staat übergeben musste, die Eingangstür des Hauses zum letzten Mal in seinem Leben schloss. Auf der Lindenallee blickte er noch einmal zurück zu dem Haus seiner Kindheit. Wahrscheinlich mit großem Schmerz in der Seele hat er noch einmal auf dem Giebel gelesen: *Privata domus valet aurum.*

Auch die von dem alten Grafen entlang der Allee gesetzten Linden haben mit der Zeit unterschiedliche Bedeutungen bekommen; so, wie dieser Baum überall mindestens zwei gegenteilige Bedeutungen hat. Sicher wusste der erste Hausbesitzer als sehr kultivierter Mensch, dass sowohl von den germanischen als auch von den slawischen Völkern die Linde als ein heiliger Baum betrachtet wurde. Ohne Zweifel wusste er auch, dass dieser Baum im 19. Jahrhundert, just als er seine Residenz baute, ein zentrales Wesen, ein sehr verbreitetes Symbol für die romantische Sensibilität geworden ist. Ebenso ist sicher, dass der alte Graf Wilhelm Müllers Gedicht *Die Linde*, das in seiner Epoche mit der Musik von Franz Schubert, ein beliebtes Volkslied war, wohl kannte. Überall in Zentraleuropa war die Linde als Baum der idyllischen Liebe, des Traumes und der seelischen Ruhe, als Markierung der Dorfmitte aber auch als Baum des Friedens, häufig nach verheerenden Epidemien oder Kriegen gesetzt, verstanden und wahrgenommen. Im Geiste dieser Symbolik sind die Linden am Rande der Allee zu der Grafen Residenz gepflanzt worden.

Aber, so wie sich der romantische Geist oft der Morbidität annähert, bekommen auch die heiteren, bukolisch-idyllischen Bedeutungen der Linde im Laufe der Jahre dunklere Nuancen. Schon in der Mitte des Jahrhunderts hält Heinrich Heine die Lindenblüten mit deren sich ergießenden süßen Duft für Mondscheintrunkene. Später, in seinem *Zauberberg*, sieht Thomas Mann in den Lindenblüten eine „Sympathie mit dem Tode". Die wohltuende Ruhe und Erholung, die dieser Baum dem rastenden Wanderer in seinem Schatten versprach, bekommt jetzt die Nuancen der ewigen Ruhe am Ende der großen Wanderung. Das lyrische Ich verspürt die Magnetwirkung der Todessehnsucht. Der Lindenduft kann auch den geheimen Ruf zu der großen Ruhe, der Verführung zum Selbstmord als Ende des Lebensweges, bedeuten.

Es ist schwer zu sagen, ob der alte Graf diese *fin de siècle* anmutenden Bedeutungen kannte oder nicht. Mit Sicherheit hatten sie aber volle Wirkung auf diejenigen, die, für diese Welt unnütz geworden, sich zu dem prächtigen Landsitz-Wartesaal-des-Todes begaben, um den letzten Abschnitt des Lebens zu verbringen. Auch wenn sie, mit ihrem so ermüdeten Gehirn das Todessymbol des Lindenduftes nicht verstehen konnten, haben sie ihn gewiss genossen. In meiner Vorstellung konnte ich sie sehen: Durch den Villengarten spazierend, mit nur für einen Augenblick wieder erwecktem Gelüst und wieder strahlenden Augen, die schöne Droge-Lindenduft schnuppernd. Ich sah die alten Leute, die sich an gehörtes, gesprochenes und auch nur eingebildetes Liebesgeflüster im zarten Alter um die zwanzig, trunken vor Wonne erinnerten. Wie damals in den Jahren, die nie zurückkommen werden, durchquerte wieder ein leichtes Zittern deren ermüdeter, von der Zeit geschändeter Körper. Ähnlich dem Vollmond, der die ganze Nacht ruft, verwandelte sich der magische Lindenduft in den Seelen der Alten in eine wohltuende Narkose. Wie in einer Wiege trug die Duft-Narkose sanft die Alten zu den längst untergangenen Welten der Euphorie zurück. Ich habe mir gesagt, jedes Altenheim auf dieser Welt sollte in seinem Garten Linden haben. Viele Linden.

„Herr, gehen wir nicht weiter, um das ganze Gebäude zu sehen?", unterbrach Mayer meine Träumerei.

Er hatte Recht. Ohne zu merken, hatte ich mich unerlaubt und wie in Trance weit von dem Zweck meines Besuches, das Gebäude als Architekturobjekt, entfernt. Ich hatte mich von meiner Kondition als Architekt entfernt, war zugleich in eine neue, die des Poeten, eingetaucht. Die Professionalität wurde von einem frommen Schauder fürs Menschliche beiseitegeschoben. „Nein, dies ist nicht der Weg zu meinem Objekt, zu der Aufgabe, die mir anvertraut wurde", habe ich mir mit höchster Nüchternheit gesagt.

Ich hatte den Eingang mit seinem Giebeldach und die Säulen, die ihn stützten, fotografiert. Ich hatte mich ein wenig auf der Allee entfernt, um das ganze Gebäude mit seinen zwei Etagen mit dem Objektiv besser zu erfassen. Auffallend waren die symmetrisch geordneten Reihen von Fenstern, jedes diskret umrahmt von Stuck, der im oberen Teil einen ganz offenen Bogen zeichnete. Danach ging ich an den Anfang der Allee, wo ich das Eisentor mit dem Portal und seinen römischen Legionären und auch die ganze Allee, deren Perspektive den Blick genau auf den Eingang führte, fotografierte. Mit der visuellen Erfassung der ersten Eindrücke erklärte ich mich zufrieden. Ich beschloss, Messungen und Skizzen später zu machen, vielleicht morgen. Ich wollte noch nicht ins Haus gehen. Ich bevorzugte, dieses von allen möglichen Winkeln zuerst von draußen zu betrachten.

Ich ging um das Gebäude. An der hinteren Fassade, das Gegenstück zu der vorderen, wo sich der Haupteingang befand, hat sich mir ein zauberhafter Blick dargeboten. Das ganze Haus war gegen den See gerichtet, nur um die sechzig Meter vom Ufer entfernt. Drei große Türen, jetzt gebrochen und von den Rahmen entfernt, führten zu einer großzügigen Terrasse von mindestens zwanzig Metern Breite entlang des Gebäudes und zehn Meter Tiefe. Der Terrassenrand in Richtung Wiese war leicht abgerundet, genau wie alle Fenster des Gebäudes, und endete mit einigen Treppen, die ins Grüne führten. Das aus Stein gemeißelte Gelände der Terrasse war von Statuen und Amphoren, in denen damals mit Sicherheit üppige Blumen gepflanzt wurden, hier und da unterbrochen. Ein guter Teil dieser Terrasse war leider abgesackt – wahrscheinlich hat das Fundament nachgelassen. Auf der Wiese – die eigentlich ein Park war – konnte man noch ein ganzes Labyrinth von gepflasterten Wegen, die zum Ufer führten, durch das hochgewachsene Unkraut erkennen. Im Park und auch auf einer Promenade entlang des Ufers befanden sich mehrere Statuen in Marmor gemeißelt, im reinsten klassischen Stil. Sie stellten in Naturgröße Helden der antiken Mythologie dar. Die meisten waren aber nicht mehr ganz erhalten. Es fehlte ihnen mal ein Finger, mal eine Hand oder ein Teil des Gesichtes. Neben der zusammengestürzten Terrasse, der Generalinvasion von Unkraut und dem verfallenen Putz am ganzen Haus, ergänzten die geschändeten Statuen das jämmerliche Bild einer längst untergangenen Eleganz. Das einzige Element, das die Tristesse von allem, was zu sehen war, ein wenig milderte, war die außerordentliche Lage des Grundstückes: es lag auf einer Halbinsel des Weißen Sees, somit auf drei Seiten vom Wasser umgeben. Und es gab noch den betörenden Duft von Linden, der sich auch im Park mit gleicher Intensität wie auf der Allee fortsetzte… Der symbolische Baum wurde auch hier reichlich gepflanzt.

Unbemerkt tauchte ich wieder in die Welt der Träumerei ein. War der Lindenduft schuld? Wurde auch ich sein Opfer? Vielleicht. In meiner Vorstellung füllten sich auf einmal Terrasse und Park mit vielen Gästen der edlen Familie. Herren im Frack und Damen im Abendkleid mit tiefem Dekolletee und Handschuhen aus feinen Spitzen unterhielten sich, tanzten Walzer, grüßten sich mit eleganten Gesten und Haltung oder prosteten sich mit Champagner zu. Kellner kämpften sich mit Mühe durch die distinguierten Gäste und die hohen Leuchter, die die warme Sommernacht zauberhaft erhellten, um üppige Tabletts mit raffinierten Delikatessen zu servieren. Fasziniert betrachtete ich diese Pracht. Doch die Szene dauerte viel kürzer als ich es mir gewünscht hätte. Unmerklich verwandelten sich die Kellner in Ärzte und Krankenschwestern mit weißen Kitteln. Die Gäste ruhten jetzt auf Liegen. Die meisten hatten am Kopf Verbände, Hände im Gips oder andere weiße Zeugnisse, die von schweren Verletzungen sprachen. Einige stöhnten ununterbrochen, andere flehten mit leiser Stimme einen Arzt, die Mutter in der Ferne oder den lieben Gott um etwas Hilfe an. Es gab keine Leuchter, Champagner oder irgendwelche Leckerbissen mehr. Es war ein Sonnenuntergang, der den Himmel bedrohlich rötete. Das große Firmament da oben erzählte jetzt über ein gigantisches Feuer, auch Krieg genannt. Es schien mir, selbst der Lindenduft sei geflohen... Ich roch ihn nicht mehr. Die Traurigkeit erfasste mich. Ich wusste nicht, wie ich vor diesem Bild schneller fliehen konnte. Ich wollte auch fliehen...

Ich versuchte, mich meiner Vision zu entziehen, aufzuwachen. Aber gerade die Linde mit ihrem Duft wie eine Droge, hat mir die Nüchternheit verweigert. Der Duft ist noch stärker, noch zudringlicher zurückgekehrt. Den ganzen Willen und die ganze Kraft mir raubend, hat mich die magische Blüte in das dritte Alter des Hauses überführt. Die Terrasse und der Park waren jetzt voll mit denen, die noch nicht gestorben waren, doch die wie Tote sind, mit denen, die unnütz sind, mit den Alten, die nur das Ende zu erwarten haben. Über der ganzen Szenerie schwebte eine finstere Stille. Nicht Gespräche, nicht Worte, nicht mal ein Seufzer waren zu hören. An den Tischen auf der Terrasse bemühten sich die Patienten ihr Stück Kuchen mit zitternder Hand auf dem Teller zu schneiden. Unsicher hoben sie die Tasse Kaffee oder Tee zum Mund. Einige spazierten im Park hin und her mit kleinen wackeligen Schritten, ab und zu anhaltend, um den Atem zu beruhigen. Andere, vom Pfleger im Rollstuhl geschoben, zeigten keine Reaktion oder schliefen sogar, gut verpackt in ihren Decken. Nichts geschah. Ihre Zeit war eine andere als unsere: sie war zu lang, zu drückend und zu schwer, sie war endlos. Die wenigen Bewegungen, die ich bei diesen Leuten sah, verlangsamten sich allmählich. Die Kraft war ausgelaugt. Nach und nach war in diesem Bild der sterbenden Menschen keine Bewegung mehr zu sehen. Die Alten waren jetzt in Stein erstarrte Statuen, als ob sie vor dem zähen, sinnlosen Warten fliehen wollten, um endlich in das „Drüben", in die Welt der Erinnerungen zu gelangen. Während ich den seltsamen Friedhof betrachtete, erfasste mich die Kälte. Nein, ich habe mich nicht getäuscht: Auf die Statuen der Gewesenen, auf die

Tische, Teller und Tassen, auf die Rollstühle, auf alles, was ich gesehen hatte, fielen jetzt in Ruhe große Schneeflocken. Der Schneefall wurde heftiger und heftiger bis die unheimliche Szene unter dem schweren Weiß versteckt blieb. So wie Erinnerungen erlöschen, verschwanden irgendwann in dem unfassbaren Weiß des Vergessens auch meine Alten von damals: Sie sind abhanden gekommen. Die Terrasse und der Park waren jetzt wieder leer. Ich bin aus dem hässlichen Traum aufgewacht.

Ich spürte, mit meinem merkwürdigen Traum war ich zu weit gegangen und sollte zu meiner konkreten Aufgabe, das Haus kennenzulernen, sofort zurückkehren. Es ist mir aber die Idee geblieben, dass meine Vision drei Zeiten hatte und zwar genau wie die drei Alter, die drei so unterschiedlichen Nutzungen des Hauses, die ich zurück zum Leben führen musste. Um zu entspannen beschloss ich, einen kleinen Spaziergang durch den Park zu machen. Danach sollte ich die nötigen Fotos machen und mich endlich in das Innere des Gebäudes wagen.

Ich ging am Ufer der Halbinsel entlang, die das Grundstück formte. Ich war froh, die Möglichkeit zu bekommen, den Park und das Haus aus mehreren Winkeln zu betrachten. Ich begann spontan Fotos zu machen, die sich außerordentlich relevant zeigten. Die verschiedenen Lichteinfälle verliehen dem Haus, dem Park und besonders den Statuen eine ausdrucksvolle Körperlichkeit. An der linken Seite der Halbinsel parallel zu den linken Flügeln des Hauses angekommen, machte ich eine Entdeckung, die mich beim ersten Blick störte. Dicht am Ufer, zwischen zwei Linden, stand eine Statue, die eine alte Frau mit einem welken Blumenstrauß in den Händen darstellte. Neben ihr eine noch gut erhaltene Bank. Seltsamerweise hatte die Frau ihre Augen mit einem Tuch verbunden, wie Justitia. Nicht so sehr das sonderbare Thema dieses Werkes hat mich gestört, sondern vor allem sein Stil. Dieser war ohne Zweifel relativ modern, typisch für die Mitte des 20. Jahrhunderts, und hatte nichts, aber auch gar nichts mit dem Stil des Hauses und dem der anderen Statuen im Park oder auf der Terrasse gemeinsam. Obwohl in ihrer Art gut gemacht, bedeutete diese Statue in dem ganzen Ensemble ein stilistisches Sakrileg. „Auf jeden Fall, sie muss entfernt werden", sagte ich mir. Ich habe Mayer, der ständig in meiner Nähe war, und mich wie einen treuen Hund begleitete, gefragt:

„Es ist klar, diese Statue gehört nicht zu dem ganzen Ensemble. Was ist mit ihr?"

„Ich kann dazu nichts sagen. In meiner Zeit war sie nicht hier."

„Wer ist diese Frau? Wer hat die Statue gemacht?"

„Ich weiß nicht, wer die Statue gemacht hat. Auf jedem Fall erzählt man, dass sie eine ehemalige Patientin des Heimes darstellt. Mehr weiß ich nicht."

Ich war verdutzt und auch leicht empört. Von den vielen Hunderten Patienten, die in dem Heim in mehr als dreißig Jahren lebten, bekommt nur ein einziger ein Monument! Wer war diese Patientin und warum wurde gerade ihr eine Statue errichtet? Unverständlich! „Wahrscheinlich hat sie der Stiftung, die das Heim unterhielt, eine üppige Spende übertragen", habe ich mir gesagt und legte den Fall dieser krassen stilistischen Ungeschicklichkeit *ad acta*.

Ich habe auf das Gebäude als solches meine Aufmerksamkeit konzentriert. Das Haus war perfekt symmetrisch gebaut. In dem Erdgeschoss, links und rechts von den drei Türen, die zur Terrasse führten, waren jeweils fünf große Fenster aufgereiht. Darüber, auf der ersten Etage, befand sich in der Mitte ein Balkon. Links und rechts von diesem waren wieder jeweils sechs etwas kleinere Fenster als die von unten aufgereiht. Auf der zweiten Etage waren, verteilt auf der ganzen Breite des Gebäudes, fünfzehn Fenster noch einmal kleiner als die auf der ersten. Auf dem obersten Niveau, wo sich der Dachboden befand, war das Haus ausgebaut, so dass durch das Dach zehn sehr kleine Fenster nach draußen guckten – in den Zeiten des Grafen mit Sicherheit Zimmer für das Personal. Auf der vorderen Fassade, wo sich der Haupteingang mit seinen ionischen Säulen befand, stellte ich genau dieselbe Verteilung der Fenster fest mit der einzigen Ausnahme der dort fehlenden Dachbodenfenster. Das Dach aus Schiefer formte für jede Seite des Hauses je ein Trapez, denn es hatte keine Spitze – es war oben wie abgeschnitten. Deswegen ähnelte das Dach einem Sargdeckel, was ich, besonders für die Zeiten des Altenheimes, sehr passend fand.

Durch die drei großen Türen, die zur Terrasse führten, bin ich endlich in das Gebäude eingetreten. Dessen Zustand war wirklich bedauernswert. Der Putz war zum größten Teil von den Wänden heruntergefallen, sogar einige Wände waren halb zusammengestürzt. Alles war von Staub, Schutt und Spinnen bedeckt. Auf dem Boden jede Menge gebrochener Platten und Unkraut, das durch verdächtig breite Risse wuchs. Nur sehr schwer konnte man durchschauen, dass dieses Haus einmal ein Ort der Eleganz und Erhabenheit gewesen war. Über die vergangene Prachtentfaltung sprach besonders die drei Meter breite, in weißem Marmor gebaute Innentreppe mit ihrem üppigen Geländer aus Kunstschmiedeeisen, jetzt leider völlig verrostet. Der zentrale Salon, wo auch die Treppe ihren Anfang hatte, verlängerte sich auf der linken Seite zu einem anderen Raum, etwas kleiner, in dem noch eine Menge alter Stühle, Sessel und Tische zu sehen waren. Offensichtlich eine Art Restaurant oder Speisezimmer in den Zeiten des Heimes. Ein schöner Kamin, auch in Marmor gemeißelt, erzeugte damals bestimmt eine gemütliche Atmosphäre. Links und rechts von dem Kamin befanden sich zwei Türen, die zu mehreren Räumen führten. In einem von diesen war mit Sicherheit die Küche. Die anderen Räume waren für die Speisekammern und vielleicht auch für die Verwaltung vorgesehen. Rechts von dem zentralen Salon mit den schönen Treppen waren drei Türen, die zu mehreren Zimmern führten, deren Verwendung ich nicht klar entziffern konnte. Auf jeden Fall waren mindestens zwei Zimmer als Krankenstation benutzt worden, die in Zeiten des Militärhospitals vielleicht sogar als Operationssaal dienten. Ein ziemlich großes Zimmer in demselben Gebäudeflügel, mit den Fenstern zum Park, auch dieses mit einem Kamin, schien das Büro des Grafen gewesen zu sein. Einige verfaulte und zusammengestürzte Bibliotheksregale waren noch zu sehen. Ich fragte mich schon, wo ich eine Sauna und vor allem das gewünschte Schwimmbad einrichten könnte. Vorerst schien mir das unmöglich.

Am stärksten aber hat mich die Fülle der Wandmalereien, fast überall an den Decken und an den Wänden, beeindruckt. Interessant war, dass, während die Malereien im Zentralsalon und Treppenhaus in dem lichtvollen und graziösen Stil von Boticelli gemalt waren, die, von dem kleineren Salon, den Kunstwerken von Velásquez sehr ähnelten, und die, von dem Büro des Grafen, mit deren starken Akzenten von Licht und Schatten, schienen von Georges de la Tour gemalt worden zu sein. Ich habe sofort gemerkt, die Malereien waren keine Kopien von den berühmten Künstlern, sondern nur stilistische Repliken auf ganz andere Themen als den in Museen befindlichen Bildern dieser Meister. Als ob der alte Graf eine permanente Ausstellung der Stile auf die Wände seines Hauses machen wollte.

Neugierig, wie die Malereivorstellung sich fortsetzt, stieg ich auf die erste Etage. Auf der Mittelachse des Gebäudes, da, wo der Balkon war, befand sich noch ein Salon, diesmal in dem Stil des Venezianer Canaletto bemalt. Links und rechts von diesem Salon waren jeweils sechs Zimmer, jedes mit nur einem Fenster. Die Tatsache, dass immer drei Zimmer denselben Stil von Malerei aufwiesen, führte mich zu der Idee, in den Zeiten des Grafen befänden sich auf jedem Flügel des ersten Geschosses jeweils nur zwei große Zimmer. Es war deutlich, dass für das Altenheim, vielleicht schon früher für das Militärhospital, Raum gespart werden musste, indem ziemlich ungeschickt Trennwände eingebaut wurden. So sind exzellent gemachte Bilder im Stil von Rubens, Goya, Dürer, Caravaggio und anderer Meister durch die Trennwände, die sie rücksichtslos und ohne Sinn unterbrachen, regelrecht verstümmelt worden. Wie gefühllos! Auf der zweiten Etage dieselbe jämmerliche Vorstellung: Die Zerstückelung der Malereien war noch barbarischer, denn dort befanden sich auf der ganzen Länge des Gebäudes fünfzehn Zimmer, vielleicht aber nur sieben in den Zeiten des Grafen.

Auf allen drei Niveaus des Hauses zählte ich, für die Haupteingangsseite und die Parkseite, insgesamt sechsundzwanzig Malereistile. Nicht nur eine Ausstellung, sondern ein wahres Stilmuseum war des Grafen Residenz. Zweifellos hatten diese Bilder nicht nur einen ästhetischen Wert, sondern auch einen pädagogischen in Sachen Kunstgeschichte. Bezaubernd war auch, dass anhand der Themen der Bilder in den meisten Fällen die Funktion des jeweiligen Zimmers zu erraten war. Der alte Graf ist mit viel Intelligenz und sehr feinsinnig vorgegangen! Ja, der Reichtum und die Vielfalt an Malereien und Statuen haben in mir tiefen Respekt und Bewunderung, aber auch eine große Enttäuschung verursacht. Eine Enttäuschung, weil die Kunstwerke ohne Ausnahme in einem erbärmlichen Zustand waren. Es schien so, als hätte diesen niemand nach der Grafenfamilie Beachtung und Respekt gewidmet. Nicht nur die Trennwände verbitterten mich, sondern auch die vielen in der Mitte der Kunstwerke eingeschlagenen Nägel und eingeschraubten Dübel, um andere Bilder, eingerahmte Fotos, Lampen oder Regale aufzuhängen. Mit einer solchen Brutalität konfrontiert, wurde ich bei Wahrnehmung von vielen anderen Zeichen der Tragödie, die in diesem Haus passiert war, sogar immun. Ich hatte fast keine Reaktion, als ich in einem Zimmer, vergessen auf einer Wand, ein altes Foto mit einem Bräutigam und einer Braut gesehen habe; oder als ich in einem anderen Raum eine Fülle von Fotos mit Kleinkindern, mit Sicherheit die Enkelkinder des Insassen, direkt auf die bemalte Wand geklebt, entdeckte. Auch die Menge der verrosteten, verschmutzten, in dem ganzen Haus verteilten Rollstühle, konnte mich nicht mehr beindrucken. Nicht mal der Boden in der zweiten Etage, der einzustürzen drohte, und mein Leben in Gefahr brachte, hat mich aufgeregt, ebenso nicht der Keller des Hauses mit seinem brüchigen und nassen Beton, was äußerst gravierend ist. In jeder Hinsicht war das Haus ein Wrack. Ein Wrack, das die perfekte Kulisse eines Alptraums sein konnte.

Nach einer willkommenen Pause, die ich im Park verbrachte, habe ich mit einer gewissen Genauigkeit gerechnet, dass sich in Zeiten des Grafen, nur auf den zwei Etagen, für die Haupteingangs- und für die Parkseite, circa zweiundzwanzig Zimmer befanden. Acht mit jeweils drei großen Fenstern auf der ersten Etage und vierzehn auf der zweiten Etage, jeweils mit zwei kleineren Fenstern, außer den mittleren zwei Zimmern, die je drei Fenster hatten. Die zweiundzwanzig Zimmer sind später zu vierundfünfzig geworden, genau so viele Fenster wie die beiden Fassaden des Gebäudes hatten. Die zehn Zimmer für das Personal addierend, die sich auf dem Dachboden und nur auf einer Seite des Hauses befanden, kam ich auf das Ergebnis, dass das Altenheim vierundsechzig Räume für die Unterbringung der Patienten zu Verfügung hatte. Nicht gerade wenig! Die Großzügigkeit des Grafen ist in Bedeutungslosigkeit verwandelt worden. Besonders in der zweiten Etage waren die Zimmer empörend klein. Ich begriff, die Aufgabe, die Herr Vos Senior mir anvertraute, war extrem schwierig. Sie war eine echte Herausforderung.

Bevor ich wieder in das Haus ging, um noch einige Fotos zu machen, fragte ich Mayer, ob sich noch Architekturpläne des Hauses im Rathaus befänden.

„So etwas gibt es nicht, mein Herr", antwortete Mayer, „Als die Militärs hier das Krankenhaus einrichteten, nahmen sie alle Akten des Hauses mit. Ich weiß nicht, wo sie diese hinbrachten. Nach dem Krieg hörte man, dass die Akten verlorengegangen seien, wahrscheinlich während eines Luftangriffes. Im Rathaus hat man eine Art Notiz im Kataster gemacht. Da ist nur das Grundstück, allerdings sehr genau gemessen, vermerkt. Nur das. Bei dem Einwohnermeldeamt gibt es ein separates Register mit den Patienten des Heimes, denn diese waren mit dem permanenten Wohnsitz hier aufgenommen. Für die Wahlen. Mit mehr kann ich Ihnen nicht dienlich sein".

„Also muss ich selbst die Architekturpläne wiederherstellen", sagte ich mir, erschrocken über die Gedanken, wie viele Stunden diese Arbeit mir rauben wird. Ich ging wieder ins Haus und machte die nötigen Fotos. Als ich herauskam, war es schon Abend. Ich warf noch einen Blick rund herum. Ich merkte, ein weißer, dünner Schleier aus Nebel legte sich auf den See.

„Aus gutem Grund heißt dieser See Weißer See", habe ich zu Mayer gesagt, und zeigte in Richtung Ufer.

„Sogar das Heim wurde ‚Haus am Weißen See' genannt"

„Lassen Sie uns gehen, Herr Mayer. Für Heute ist es genug".

Zu Hause, nachdem ich gegessen und die Fotos im Computer übertragen hatte, bin ich endlich zu Bett gegangen. Viele Gedanken und Bilder ließen mich nicht in Ruhe. Alle kamen zurück: die Allee, der üppige Eingang, die ionischen Säulen, *Privata domus valet aurum*, die verstümmelten Wandbilder, die Statuen, besonders die Statue der Frau mit den verbundenen Augen, die stürzenden Böden, der Dach-Sargdeckel, die Rollstühle, der Graf, die Verletzten, die Alten und, vor allem, der Duft der Lindenblüten.

***

Am nächsten Tag ging ich, diesmal alleine, ziemlich früh zu dem Haus, besser gesagt zu dem Wrack, das mir anvertraut wurde. Ich nahm auch einige Werkzeuge mit. Ich hatte vor, nicht mehr in Träumereien einzutauchen – das wäre eine unnötige Zeitverschwendung. Um Zeit zu sparen, nahm ich für den Mittag etwas zu essen mit. Ich musste Messungen und Skizzen machen, was zwei oder drei Tage dauern würde.

Ich arbeitete sehr intensiv und konzentriert, ohne mich von irgendetwas beeindrucken zu lassen. Gegen dreizehn Uhr wollte ich eine Pause machen, um etwas zu essen und einen Kaffee zu trinken. Ich ging in den Park. Ich suchte einen Platz, wo ich einigermaßen bequem sitzen konnte. Die einzige Lösung, die sich anbot, war die noch erhaltene Bank auf der linken Seite der Halbinsel neben der Frauenstatue mit den verbundenen Augen. Die zwei großen Linden warfen einen wohltuenden Schatten. Beim Essen betrachtete ich den See. Welch eine zauberhafte Landschaft! Tatsächlich, auch jetzt am Tag schien ein dünner Nebelschleier über dem Wasser zu schweben. Das Ufer von gegenüber war nur schwer zu erkennen. „Interessantes Phänomen", sagte ich mir. Ich goss mir Kaffee ein und zündete eine Zigarette an. Erst jetzt fühlte ich mich wirklich entspannt. Ich schloss die Augen und lehnte den Kopf zurück. Nach kurzer Zeit hatte ich das Gefühl, jemand starrt mich an. Mit halb geöffneten Augen schaute ich um mich herum: niemand. Ich setzte meine Entspannung fort. Doch ich fühlte wieder, dass jemand da wäre und mich intensiv anstarrte. Ein unangenehmes Gefühl! Ich habe den Ort wieder untersucht. Außer dem See, den zwei Linden und der Statue befand sich niemand in der Nähe. Aus Spaß sagte ich zu der Statue: „Du starrst mich so aufdringlich an, Madam? Ha! Aber du kannst mich nicht sehen – du hast die Augen verbunden! Und dazu ist dein Gesicht zum See gerichtet. Sei nun so gut und lass mich in Ruhe, Madam". Nein, die Statue hat mich nicht in Ruhe gelassen. Sie hat mich überhaupt nicht in Ruhe gelassen… Jetzt starrte ich sie an. Ich fühlte, ich will, ich muss sie betrachten. Diesmal erschien sie mir schön. Oh, Gott, wie schön!

Schlank, gerade, drückte ihre Erscheinung eine besondere Erhabenheit aus. Wie von ihr gerufen, stand ich auf. Die versteinerte Frau strahlte eine erstaunliche Ruhe aus, eine heilige Ruhe. Jedoch waren auf ihrem Gesicht nicht nur die Spuren des Alters zu sehen, sondern auch die eines andauernden Schmerzes. Ihr Körper war von einem langen einfachen Kleid umhüllt. Die Falten des Stoffes, leicht in der Mitte zusammengerafft, ließen eine schöne Taille erahnen, was der ganzen Statue eine diskrete weibliche Note verlieh. Ein sehr gut dosierter Kontrast zwischen diesem kleinen erotischen Akzent und dem alten, traurigen Gesicht dieser Frau mit ihrem langen, ungewöhnlich langen Hals und ihren zu einem Knoten nach hinten frisierten Haaren, wie die alten Damen sie tragen. Der welke Blumenstrauß, den sie in den Händen hielt, sprach eindeutig über die Zeit. Über eine Zeit, die schon vergangen war und hinter sich nur den Tod gelassen hatte. Selbst diese Person, in ihrem kalten und starren Stein gefangen, vermittelte den Eindruck, sie wäre tot. Gleichzeitig aber zeigte sie einen kleinen, irgendwo im Inneren versteckten Lebensfunken. Obwohl die Augen verbunden, schien die Frau in Richtung Weißer See zu blicken, um weit, bis zu dem anderen Ufer, zu sehen. Lange schaute ich die Statue aus allen Winkeln an. Neben der Faszination, die mir so viele ausdrucksvolle Elemente dieser Statue eingaben, verspürte ich auch Respekt und Verehrung für die Person, die das Kunstwerk darstellte. Gegenüber dem traurigen Stolz der in Stein gemeißelten Frau fühlte ich mich klein. Gewiss, solche Gedanken und Gefühle waren von einem sehr gelungenen Effekt des unbekannten Künstlers, der das Werk geschaffen hat, unterstützt: Die Statue war groß. Deutlich größer als in Wirklichkeit, war sie etwas über zwei Meter hoch. Ich war erstaunt. Nach einer Weile hob ich meinen Blick wieder hoch zu ihrem Kopf: „Wer bist du? Wer bist du?" Sicher, der Stein antwortete nicht, und überliess mir die Qual der Frage.

Ich konnte mir meine arrogante Verachtung für diese Statue, als ich sie zum ersten Mal gesehen habe, weder erklären noch verzeihen. „Stilistisches Sakrileg" nannte ich sie und beschloss voreilig, sie müsse entfernt werden. Nun war ich gar nicht mehr sicher, dass diese Fülle von so gut unter sich abgestimmten künstlerischen Ausdrücken entfernt werden muss. Wie schnell und unüberlegt posaunen wir im Namen der stilistischen Reinheit, nur wie ein typisch theoretisches Klischee verstanden, vernichtende Urteile. Hat denn die Idee der Stilreinheit mehr Wert als die des Ausdrucksreichtums? Was ist zwischen stilistischer Reinheit und humaner Wirklichkeit zu wählen? Ja, derjenige, der diese Statue geschaffen hat, ist nicht unbedingt ein erstklassiger Stilist, aber er ist ohne Zweifel ein Künstler, ein wahrer Künstler mit großem Herzen, tiefen Gedanken und gründlichen Kenntnissen in seinem Handwerk. Wer ist er denn? Auch das, nicht mal das, ist mir gegeben worden, in Erfahrung zu bringen. Noch nicht.

Von meiner Bekanntschaft mit der Frauen-Statue aus Stein seelisch bereichert, kehrte ich zu meiner Arbeit zurück. Messungen und Skizzen – eine pingelige und langweilige Sache. Als ich auf der linken Seite des Gebäudes die exakte Entfernung zwischen der Hausecke und dem Ende von zwei Treppen vor einer Nebentür messen wollte, wurde ich durch einen Haufen Erde gehindert. Der Haufen war etwa einen Meter hoch und, dicht an der Wand, bedeckte er einen Teil der Treppen. Also, an die Arbeit! Mit einer Schaufel fing ich an, die Erde zu entfernen. Nach einer dünnen Schicht entdeckte ich ein Gefäß aus verbranntem Ton. Danach eine Blumenvase, einen Aschenbecher und andere unbedeutende Tonscherben. Nicht schlecht war meine Verwunderung, als ich eine kleine Figur aus Ton entdeckte, die der Statue, die mich zwei Stunden zuvor faszinierte, sehr ähnelte. Als ich noch fünf bis sechs ähnliche Figuren gefunden hatte, war meine Verwirrung perfekt. Ich wusste nicht, was ich glauben sollte. Eine Menge von Repliken oder Kopien in Miniatur von der Statue draußen, aber im Vergleich mit der erstaunlichen Ausdruckskraft des Originals sehr ungeschickt, einige sogar grotesk angefertigt. Wer hat sich in dieser spöttischen Weise über die Statue, die ich lieb gewonnen hatte, amüsiert? Waren es die Alten des Heimes, die einen Kursus zum Modellieren mit Ton aus Langeweile besuchten? „Durchaus möglich", sagte ich mir. Ich schätzte aber, dass es unverschämt war, sich über diese Statue so zu mokieren, anstatt weiter bescheidene Blumenvasen und Aschenbecher zu gestalten. Mein Erstaunen war noch größer, als ich, weiter buddelnd, eine Tonfigur, diesmal extrem ähnlich dem Original, fand. Es war wieder die sichere Hand eines professionellen Bildhauers zu spüren. Ohne jeglichen Zweifel, diese Figur war von einem Künstler gemacht, wenn nicht gerade von dem, der das Original in Stein gemeißelt hatte. Vielleicht stand die Tonfigur als Modell für die Stein-Statue zwischen den beiden Linden. Auf dem Sockel des kleinen Objektes konnte ich den Namen der Dargestellten lesen: Leonora. Ich lief sofort zum Ufer. Ich entfernte das um die Statue hochgewachsene Grass. Auf dem Sockel stand LEONORA. „Also du heißt Leonora, nicht wahr? Du bist Leonora!", sprach ich die Statue an. „Ich bin froh, dass du jetzt auch einen Namen hast, du anmutige Frau… verehrte Frau", fügte ich mit dem Respekt, den ich für sie hatte, hinzu. Unter diesem Namen waren diskret in Stein die Initialen A.B. gemeißelt. Mit Sicherheit der Name des Bildhauers. Ich war wirklich froh!

Ich ging zurück zur Arbeit. Selbstverständlich habe ich am Abend, vor der Abfahrt, nicht vergessen, die kleine, so gut gemachte Tonfigur mitzunehmen. Zu Hause werde ich für sie einen Ehrenplatz finden. Ebenso konnte ich nicht den Ort verlassen, ohne noch einmal „zu Leonora" zu gehen, um ihr „Auf Wiedersehen" zu sagen.

In den Tagen und Wochen, die folgten, wurde es mir zur Gewohnheit, Leonora oft zu besuchen. Am Morgen wenn ich kam, führte mein erster Weg zu der seltsamen Statue. Jeden Abend, ohne Ausnahme, verabschiedete ich mich von ihr. Verständlich, dass ich die Mittagspausen, mit Häppchen und Kaffee, immer in der Nähe von Leonora verbrachte. Auch als ich mehr als eine Woche in der Firma arbeiten sollte, um die architektonischen Pläne im Computer zu zeichnen, verließ ich spontan die Arbeit und fuhr eilig zu der Baustelle. Der Vorwand war immer, ich müsse noch ein Detail sehen. Der wahre Zweck aber war, ich wollte Leonora sehen. Sicher ist, seit sie einen Namen hatte, fühlte ich mich von diesem Wesen noch mehr angezogen. Ich betrachtete sie lange, ich versuchte, in ihr Leben einzutauchen, mir etwas von ihr vorzustellen. Oft fragte ich sie: „Wer bist du, Leonora? Wer bist du?" Ihre Vergangenheit wie auch ihr ganzes Wesen schienen in dem kalten Stein auf Ewigkeit verschlossen zu bleiben. Ich war regelrecht besessen von Leonoras Mysterium. War es nur das Unbekannte, das immense Fragezeichen, das mich zu ihr hinzog? Nein... nicht nur das. Ich empfand ein tiefes Mitgefühl für ihren unbekannten Schmerz. Ich umhüllte ihr Alter mit einem Verständnis und einer Zärtlichkeit, wie ich mir das bisher nicht zugetraut hätte. Ich verehrte tief ihre Würde und Erhabenheit. Ihr graziöser Körper mit der so weiblichen Taille und dem langen Hals versetzten mich oft in die vergangenen Zeiten der Jugend dieser Frau. Vielleicht fing ich sogar an, sie zu lieben, in einer absolut besonderen Weise sie zu lieben. Ich wollte mehr über sie wissen, so viel, wie nur möglich. Die Tatsache, dass sie Leonora hieß und Patientin des Altenheims war, reichte mir nicht mehr.

Ich erinnerte mich, dass Mayer ein im Rathaus befindliches Register mit allen Altenheimpatienten erwähnte. Sofort rief ich ihn an und bat ihn, mir dieses Register auszuleihen. Nachdem er sich erstaunt zeigte, warum ich so etwas für die Renovierung des Herrenhauses brauchte, war er einverstanden. Er versprach mir, das Register zu suchen und mich, sobald er es gefunden hat, anzurufen.

Es vergingen mehrere Tage, doch Mayer meldete sich nicht. In dieser Zeit präsentierte ich die Architekturpläne des Gebäudes dem „großen" Chef, Herrn Vos. Zu meiner Freude zeigte er sich sehr zufrieden und lobte mich sogar.

„Und die Statik?", fragte er.

„Morgen kommt Herr Ingenieur Wolf auf die Baustelle, um die Statik zu untersuchen."

„Gut, Jungs! Das gefällt mir. Die Arbeit muss so schnell wie möglich fortschreiten. So schnell, wie es geht... Du weißt, dass Wolf auch andere Aufgaben in unserer Firma hat. Seine Begutachtung und besonders die Kalkulation und die Pläne werden nicht so schnell, wie gewünscht, fertig sein. Deswegen bitte ich dich, die Baupläne des Gebäudes, so wie dieses am Ende aussehen wird, schon zu machen. Bleibe permanent mit Wolf in Verbindung, so dass ihr nicht zu oft gezwungen werdet die Pläne neu zu zeichnen. Jetzt an die Arbeit. Bravo! Ich bin zufrieden."

So wie es geplant war, fuhr ich mit dem Kollegen Wolf, der mit mir einigermaßen befreundet war, zur Baustelle. Er brauchte nicht viel Zeit, um sehr schwierige Statikprobleme festzustellen.

„Mein Lieber, mit dieser Ruine haben wir uns eine Sisyphusarbeit aufgehalst."

„Ich habe es vermutet. Sag mir, was ist so schwierig?"

„Eher kann ich dir sagen, was nicht schwierig ist: nichts! Das Fundament muss verstärkt werden. Der Mörtel zwischen den Ziegelsteinen in den tragenden Wänden ist brüchig, also können die Wände nicht mehr tragen, was sie zu tragen haben. Besonders im zweiten Obergeschoss müssen die Böden neu gemacht werden. Das wäre nicht so gravierend, aber das Problem ist, was machen wir in dieser Zeit mit den bemalten Decken von dem ersten Obergeschoss. Wie stützen wir die Decken bis der Beton hart wird? Und danach: wie ankern wir diese Decken an die Böden? Es ist blanker Wahnsinn! Am klügsten wäre ein Abriss, wenn nicht vollkommen, dann mindestens der Innenwände. Dann könnten wir bauen, so wie es sein soll."

„Unmöglich!", antwortete ich.

„Ich weiß. Vos hat es mir gesagt. Auf jeden Fall befreie mich zuerst von diesen idiotischen Trennwänden. Die haben die Statik, die sowieso nicht erste Sahne war, zusätzlich geschwächt. Danach nehme ich noch Materialproben und mache Messungen. Ich werde irgendwie eine Lösung finden. Morgen und übermorgen komme ich wieder, um genauere Untersuchungen zu machen."

Meine Aufgabe war nun, eine gute Abrissfirma zu finden und gleichzeitig die von Vos verlangten Pläne zu zeichnen. Ich arbeitete intensiv, aber selbstverständlich besuchte ich ebenso oft, am Ufer zwischen den beiden Linden, Leonora. Durch ihre Ruhe und Würde übertrug sie mir irgendwie das seelische Gleichgewicht, das ich unbedingt nötig hatte, denn das Arbeitspensum verstärkte sich täglich.

An einem Morgen rief endlich Mayer an und entschuldigte sich für die Verspätung, er sei eine Woche lang krank gewesen. Er besaß das Register und könnte es mir für drei Tage leihen. Sofort stieg ich in den Wagen und fuhr zum Rathaus des Städtchens Burg am See. Ich bedankte mich bei Mayer von ganzem Herzen. Zugleich bat ich ihn, sich über einen Bildhauer mit den Initialen A.B. der irgendeine Verbindung mit dem Heim oder sogar da gearbeitet hatte, zu erkundigen.

„Das ist sehr schwer zu erfahren, Herr. Sehr schwer!"

„Warum ist es so schwer?"

„Weil die Stiftung, der das Heim gehörte, aus der Schweiz war und noch dazu vor zwanzig Jahren aufgelöst wurde. Mit Sicherheit gab es eine Liste von allen Mitarbeitern. Ich glaube aber, es ist fast unmöglich, die Archive dieser Stiftung zu finden. Doch werde ich es versuchen, mein Herr. Ich werde das versuchen, weil Sie mir sympathisch sind. Ich habe eine Cousine, die seit mehreren Jahren in Bern lebt und dort im Rathaus arbeitet. Ich werde es versuchen."

„Ich bitte Sie von ganzem Herzen, lieber Herr Mayer. Ich bitte Sie."

Meine Ungeduld, das anvertraute Register zu untersuchen, kannte keine Grenzen. Dafür hatte ich erst am Abend zu Hause die Zeit. Zeile für Zeile suchte ich den Namen Leonora. Ziemlich schnell fand ich eine Leonora Wenzel. Hurra! „Also du heißt Leonora Wenzel und kommst aus München", flüsterte ich als ob ich mich neben der Statue, mit welcher ich so oft sprach, befand. Während ich weiter las, war ich enttäuscht: Leonora Wenzel war im Jahr 1956 verstorben, während die Statue, die mich so interessierte, auf jeden Fall nach dem Anfang der 70-er Jahre, als Mayer dort gearbeitet hatte, errichtet worden sein müsste. Sonst hätte der gute Mayer sie gekannt. Außerdem wäre es sehr eigenartig gewesen, dass dieser Frau mehr als zwanzig Jahre nach ihrem Tod eine Statue gewidmet wurde. Oder doch...? Ich war unsicher. Ich bezweifelte, dass diese Statue Leonora Wenzel darstellte. Unzufrieden mit meiner Entdeckung, suchte ich mit noch mehr Sorgfalt weiter. Nach einiger Zeit, wurde meine Mühe mit Erfolg gekrönt. Ich fand eine Leonora Hoffmann, geboren am 17. Januar 1911, ins Heim aufgenommen am 18. Juni 1984 und am 25. November 1988 gestorben. Ihr letzter Wohnort vor der Aufnahme: Düsseldorf. Beruf: Schauspielerin. Medizinische Kartei: Nr. 655. Verheiratet. Nur so viel! Mehr stand nicht im Register. Für mich aber war es viel. Sehr viel!

Es hat mich besonders bewegt, dass Leonora im Sommer des Jahres 1984 interniert wurde, ein Sommer in welchem meine Mutter starb, und mich mit dreizehn Jahren als Waisenkind zurückließ. Liess denn auch Leonora jemanden zurück, wie meine Mutter mich, als sie die Welt, die Gesellschaft und das aktive Leben verließ, um in einen Wartesaal des Todes zu gehen? Gibt es irgendwo eine Person, die durch die liebe Leonora mein Schicksalsgenosse ist? Ich war jetzt sehr sicher, dass die Statue diese Leonora darstellte. Leonora Hoffmann.

Mit Gedanken beschäftigt, habe ich nicht mal gemerkt, dass sich die Nacht langsam dem Ende zuneigte. Die Dunkelheit löste sich auf. Ich überlegte, das es keinen Zweck mehr hatte, zu Bett zu gehen. Ich stieg in den Wagen, um so schnell wie möglich zur Baustelle zu kommen. Ich wollte Leonora sprechen.

Von einer ungewöhnlichen Überschwänglichkeit erfasst, die natürlich von dem Erfahrenen aber auch von dem schönen Sonnenaufgang verursacht wurde, sprach ich Leonora an: „Heeiii, Leonora! Leonora Hoffmann! Geliebte, viel geschätzte holde Frau, ich habe dein Geheimnis entziffert! Ha, ha! Du glaubtest, du würdest es auf Ewigkeit behalten. So glaubtest du, nicht wahr? Du glaubtest, niemand könne an deinem vergangenen Leben teilhaben. Vielleicht wäre es auch gut so… aber mit mir hast du keine Chance: Ich liebe dich zu sehr, als dass mir verweigert bleibt, mindestens einen Bruchteil deines Lebens zu kennen. Du stammst aus dieser modernen und eleganten Stadt, nicht wahr? Aus Düsseldorf! Siehst du, dass ich das weiß? Ich weiß auch, du warst Schauspielerin. Bei deiner Schönheit und Vornehmheit hätte es nicht anders sein können! Lichter, Applaus, dein Foto in allen Zeitungen – du hast alles verdient, stolze Frau. Du hast es verdient!" Ich beruhigte mich und berührte die Statue. Meine Hand glitt entlang der kalten, steinernen Silhouette als ob ich sie streicheln wollte. Vielleicht habe ich sie wirklich gestreichelt. „Du wärst jetzt achtundneunzig Jahre, Leonora… acht-und-neunzig… Aber du bist früher von uns gegangen. Du gingst zugleich mit meiner Mutter. Wen hast du mit Augen voll Tränen zurückgelassen? Wen? Dich hat man zuerst in diesem trostlosen Haus eingesperrt. Warum? Wer hat das gemacht? Sei sicher, ich werde auch das erfahren."

Die aufgehende Sonne warf auf Leonoras Antlitz ein rötliches Licht. Der See, den dieses Wesen, trotz verbundener Augen, ununterbrochen anzuschauen versuchte, war weiß. Ein nebeliger Schleier schwebte hartnäckig über dem Wasser.

KAPITEL II

Der Statiker Wolf bat mich, nicht zu eilig mit der Anheuerung einer Abrissfirma zu sein, denn die Notwendigkeit, dass nicht nur die nachträglich improvisierten „idiotischen Trennwände", sondern möglicherweise ziemlich viele alte tragende Wände des Gebäudes auch abgerissen werden müssten, erschien sehr wahrscheinlich. Er benötige etwas Zeit, um zu entscheiden, welche tragenden Wände abgerissen würden und vor allem Stützsysteme für die Geschossdecken und Schonmaßnahmen für die Malereien zu planen. Das bedeutete für mich vorerst die Fortsetzung der Arbeit an den Endplänen des Hauses, sicher in permanenter Rücksprache mit Wolf, so wie der „große" Chef es verlangte.

In dieser Zeit, vielleicht zwei oder drei Wochen, vergass ich nicht Leonora. Im Gegenteil! Überzeugt, dass ich nur in Düsseldorf Chancen hätte, etwas über ihre Person und ihr Leben zu erfahren, entschied ich insgeheim, mich in diese Stadt zu begeben. Aber wann? Die Arbeit wurde so intensiv, dass ich kaum Zeit hatte, ab und zu zur Baustelle zu fliehen, um mir neben diesem mir leider noch nicht genug bekannten Wesen eine kleine Pause zu gönnen. Ich fühlte mich gegenüber Leonora irgendwie schuldig, dass ich nicht imstande war, mich ihrem vergangenen Leben anzunähern. Ich hatte das Gefühl, sie wünschte sich, ich würde sie von dem kalten Stein, der sie in Mysterium umhüllte, befreien. Vielleicht, indem ich ihre Vergangenheit erfahren würde und sie mit ihr zusammen wieder erlebte, könnte eine Art virtueller Auferstehung der seltsamen Frau mit ihrer traurigen Erhabenheit stattfinden. So fühlte ich. So glaubte ich.

Eines Tages war Wolf mit seiner Arbeit fertig. Er hatte sich eine Art Gerüst aus Stahl einfallen lassen, dass das ganze Gebäude stützte und schonte zugleich die Malereien von den zu ersetzenden Wänden. Absolut genial! Wolf bestellte schon die metallischen Konstruktionen bei einer Firma, mit welcher er lange arbeitete. Er hat mir gesagt, in ein paar Tagen könnten die Abrissarbeiten beginnen. Ich muss, fügte er hinzu, eine Abrissfirma von großem Vertrauen, mit hoch professionellen Leuten finden, denn es wird gar nicht so leicht. Es war nicht einfach, so eine Firma zu finden. Doch es gelang mir. Der Chef der Abrissfirma besuchte die Baustelle just an dem Tag, als die Gerüste von Wolf geliefert wurden. Er verstand sofort, worum es ging und versprach, dass nach zwei Tagen die Arbeit nur mit den vier besten seiner Leute begonnen wird. Deswegen schätzte er, dass die Arbeit erst in zwei oder drei Wochen fertig würde. „Lieber langsam und gut, als schnell und schlecht", sagte er zum Schluss. So ist es gewesen. Die Arbeiten begannen pünktlich. Jetzt sah die Residenz des alten Grafen wirklich wie eine Baustelle aus.

Als ich erfuhr, dass nächste Woche in Köln ein internationales Architektursymposium mit dem Thema Renovierung historischer Gebäude stattfinden würde, witterte ich meine Chance nach Düsseldorf zu fahren. Von Köln nach Düsseldorf, der Stadt, wo Leonora lebte, ist es nur ein Katzensprung, wie man so sagt. Auch das Symposium war für mich interessant. Ich werde zwei Fliegen mit einer Klappe schlagen: professionelle Dokumentation und die Nachmittagserforschungen über Leonora in Düsseldorf. Das Symposium bedeutete einen überzeugenden Vorwand gegenüber der Führung der Firma, dass ich für paar Tagen die Baustelle verlassen werde. Sowieso hätte ich in dieser Zeit nichts Großartiges zu tun, denn die Abrissfirma erfüllte ihre Aufgabe mit Fleiß und Können. Ich benachrichtigte Herrn Vos Senior, nächsten Montag würde ich nicht wie gewohnt bei ihm sein, denn ich führe nach Köln zum Symposium, wo ich bis Mittwoch sein würde. So lange dauerten die wissenschaftlichen Debatten: von Montag bis Mittwoch. Glücklicherweise war Vos einverstanden, hielt meine Anwesenheit dort für nützlich.

***

Montag kam ich sehr früh in Köln an. Das Symposium war sehr gut organisiert aber extrem reich an Referaten und Diskussionen. Das Programm ließ den Teilnehmern kaum Freizeit. Montag und Dienstag fand ich keine Möglichkeit, nicht einmal für einige Stunden, nach Düsseldorf zu fahren. Ich verzichtete darauf, an der Generalkonferenz und der abschließenden Diskussionen am Mittwochnachmittag teilzunehmen und fuhr nach Düsseldorf.

Wo und wie sollte ich meine Suche anfangen? Im Rathaus beim Einwohnermeldeamt? Um diese Uhrzeit waren die Ämter geschlossen. Es wurde mir klar, dass es sehr gut wäre, zuerst zum Schauspielhaus zu gehen. Dort sollten alle Leute Leonora kennen, oder zumindest die, die älter sind. Hier feierte sie ihre fulminanten Erfolge, die ich mir vorstellte.

Bei der Verwaltung des Theaters fragte ich, ob es eine Liste mit allen Angestellten aus früheren Zeiten gäbe. „Selbstverständlich", antwortete mir eine hilfsbereite Dame. Ich bat sie, mir zu sagen, wann und wie lange Frau Leonora Hoffmann im Theater gespielt hat. Sie suchte im Computer und antwortete nach einer Weile, dass eine Schauspielerin mit diesem Namen nie Angestellte des Hauses war. Enttäuscht habe ich betont, dass von einer Zeitspanne zwischen den dreißiger und siebziger Jahren die Rede sei, weil diese Frau im Jahre 1911 geboren war. „Mein Herr", sagte die Frau, „hier habe ich die Liste aller Angestellten des Theaters seit Ende des Ersten Weltkrieges. Ich bedauere, aber seit 1918 bis jetzt ist in den Lohnlisten dieser Institution keine Person mit dem Name Leonora Hoffmann aufgenommen." Als sie mich so traurig sah, schlug mir die Dame von der Verwaltung vor, mich an die Dramaturgie zu wenden. Unter anderem bewahrt diese Abteilung ein Archiv mit allen Vorstellungen, die stattfanden, also auch alle Besetzungen auf. Vielleicht war Frau Hoffmann eine Gastschauspielerin. Ich bedankte mich bei der Dame und eilte zur Dramaturgie. Dort wurde ich zu einem Herrn weitergeleitet, der, so wie man mir sagte, Theaterhistoriker und verantwortlich für das Archiv sei. Nachdem ich ihm die Gründe meines Interesses für das Leben von Leonora erklärt hatte, willigte dieser ein, mir zu helfen.

„Leonora Hoffmann?", fragte er misstrauisch.

„Ja. Genau so."

„Ich habe nie diesen Namen gehört. Aber lass uns sehen, was der Computer sagt."

„Jetzt wäre sie sehr alt. Sie ist im Jahr 1911 geboren", versuchte ich ihm zu helfen.

„Ja, Herr. Ich habe sie gefunden! Leonora Hoffmann: war in der Spielzeit 1946/1947 Gastschauspielerin des Hauses. Sie spielte eine einzige Rolle und zwar die, der Frau Elvsted in *Hedda Gabler* von Ibsen. Eher eine Nebenrolle."

Der Kommentar des Historikers tat mir weh. Es war für mich, für das Bild, das ich von dieser Frau hatte, wie eine Beleidigung. Meine Freude darüber, Leonoras Leben besser kennengelernt zu haben, wurde überschattet von diesen Wörtern … „Eher eine Nebenrolle".

„War es ein Erfolg?", fragte ich in der Hoffnung, die Antwort werde die Person von Leonora rehabilitieren.

„Schauen Sie selbst: Hier sind zwei Zeitungsartikel von damals über die Vorstellung mit *Hedda Gabler* gescannt. In dem ersten wird Frau Hoffmann gar nicht erwähnt. In dem anderen wird gesagt, ‚in ihrer Rolle hat Frau Hoffmann nicht überzeugt'. Schauen Sie im Vergleich, wie die beiden Rezensenten über Frau Miriam Obermann, die die Hedda, die Hauptrolle gespielt hat, schreiben. Das nennt man Erfolg. Wenn Sie mich über Frau Obermann gefragt hätten, wäre ich in der Lage ihnen eine Menge zu erzählen, auch ohne den Computer anzumachen."

Ich empfand großes Mitleid für Leonora. Ihr Misserfolg tat mir weh. Es tat mir weh, dass sie in diesem Kontext unbedeutend war, dass ihr nichts gelang. Ich hatte mir so innig gewünscht, sie sei eine berühmte Schauspielerin gewesen, von allen Leuten verehrt, so wie ich sie jetzt, nach ihrem Tod, verehrte.

„So, mein Herr! Ich habe die Nummer des Ordners mit den Fotos von dieser Vorstellung gefunden. Interessiert dieser Sie?"

„Selbstverständlich! Können Sie mir den Ordner zeigen?"

„Warten Sie ein paar Minuten. Ich gehe ihn suchen."

Die „paar Minuten" schienen mir eine Ewigkeit zu sein. Ich war extrem aufgeregt, zum ersten Mal Leonora zu sehen. Wie sah sie 1946 aus? In dieser Zeit sollte sie fünfunddreißig Jahre alt sein. Ähnelte sie denn der Statue, die mir lieb geworden ist? Endlich tauchte der Historiker mit dem Ordner auf. Mit zitternder Hand öffnete ich ihn. Auf der ersten Seite waren drei schwarz-weiße, von der Zeit vergilbte Fotos. Unter jedem Bild standen der Name des Schauspielers und die gespielte Rolle. Alle drei zeigten diese Miriam Obermann. Auf der zweiten Seite dieselbe Miriam Obermann in Begleitung eines Herrn, der Tesman, Heddas Gatten, spielte. Auf der dritten und vierten Seite ebenso: immer Frau Obermann, mal mit der einen, mal mit einer anderen Person. Keine Spur von Leonora Hoffmann! Ich fing an, diese Miriam Obermann zu beneiden, ja, sogar zu hassen, weil sie auf den toten Fotos immer noch ihren Erfolg genoss. Ihren Erfolg… und nicht Leonoras. Frustriert, dass mir nicht gegeben war, die Gesuchte zu sehen, war ich dabei, den Ordner zu schließen. Im letzten Moment kam die Überraschung: Auf der letzten Seite, vielleicht der achten oder neunten, befand sich ein Foto unter welchem stand: „Leonora Hoffmann in Frau Elvstedt – Gabe von Professor Rolf Obermann". Wie schön war Leonora! Was für distinguierte Gesichtszüge! Was für eine Eleganz hatte ihr Körper, geschmeidig wie eine Alge. Welch durchdringender Blick, der niemanden in Ruhe lassen kann... Ich kam dort an, wohin ich wollte: von dieser Frau fasziniert zu sein. Es ist unmöglich, dass sie in dieser Rolle nicht großartig war! Die Theaterkritiker waren Idioten! Leonora... Leonora war fantastisch! Und wie jung sah sie aus! Weniger als dreißig! Erst etwas später bemerkte ich, dass auf dem Foto eine Widmung geschrieben war: „Für Miriam Obermann, meiner besten Freundin". Ich war schockiert. Also war Leonora gerade mit dieser unliebsamen Miriam Obermann befreundet! Wenn es so gewesen ist, dann bedeutete es, dass ich einen sehr wertvollen Hinweis für meine Untersuchungen in den Händen hatte.

„Wer ist dieser Professor Rolf Obermann? Warum hat gerade er dieses Foto dem Theater gegeben?", fragte ich den Historiker.

„Frau Obermann ist vor zehn Jahren gestorben. Sie war sehr alt. Der Professor Rolf Obermann ist ihr Sohn. Er war so nett und überließ uns mehrere Dokumente über die damaligen Aktivitäten des Theaters und besonders über die seiner Mutter. Unter anderem war auch dieses Foto dabei, das Sie jetzt betrachten."

„Wo kann ich Herrn Obermann finden? Ich muss unbedingt mit ihm sprechen. Mit Sicherheit weiß er mehr über Frau Hoffmann, da diese mit seiner Mutter befreundet war."

„Ich glaube, Sie haben Recht. Herr Professor wohnt in derselben Wohnung, in der seine Mutter lebenslang gewohnt hat." Der Historiker schrieb die Adresse auf einen Zettel und gab ihn mir. „Es ist nicht so weit von hier. Versuchen Sie es, er ist ein sehr netter Mensch."

Nachdem ich den Pförtner fragte, wo die auf dem Zettel geschriebene Straße zu finden ist, bin ich durch den Park, an dessen Rand sich das Schauspielhaus befand, regelrecht geflogen. Ich überquerte eilig eine Straße, ging noch ein wenig weiter und schon stand ich vor der gesuchten Adresse. Ein gut gebautes Haus, elegant, mit nur drei Etagen und großen Terrassen voll Blumen oder Kleinbäumen. Breite Panoramafenster. Der Eingang und das Treppenhaus in weißem Marmor gehalten. Nur drei Schellen und Briefkästen, was bedeutete, auf jeder Etage wohnte nur je eine Familie. Zweifelsohne, der Preis so einer Wohnung war immens. Auf der obersten Schelle stand tatsächlich „Prof. R. Obermann". Ich schellte. Keine Antwort. Ich schellte nochmals. Nichts. „Scheint nicht zu Hause zu sein", sagte ich mir. Nach zwei bis drei Minuten, in welchen ich die schöne Straße rauf und runter betrachtete, habe ich noch einmal geschellt. Eine Frauenstimme antwortete durch die Sprechanlage: „Wer ist da?" Ich nannte meinen Name. „Entschuldigen Sie, aber ich kenne Sie nicht. Ich kann Sie nicht rein lassen. Ich bin die Haushälterin. Ich darf Unbekannten nicht öffnen. Herr Professor ist nicht zu Hause", sagte die Stimme. „Bitte, wann wird er zurückkommen?" Die Frau antwortete, der Professor wäre bei einer Versammlung, und käme wahrscheinlich ziemlich spät zurück. Es war nichts zu machen! Doch ich fühlte diesmal, mich auf dem richtigen Weg zu befinden. Ich beschloss bis morgen in Düsseldorf zu bleiben und wappnete mich mit ein wenig Geduld.

Ich mietete mich in einem Hotel in der Nähe ein. Gegenüber fand ich ein italienisches Restaurant, in dem ich speiste. Teuer, sehr teuer, aber gut. Es scheint alles in dieser Stadt teuer zu sein! Zurück im Hotel, bat ich die Dame an der Rezeption, die Telefonnummer des Professors Rolf Obermann heraus zu suchen. Ich ging ins Zimmer und, obwohl fast zehn Uhr Abend, wagte ich anzurufen. Gott sei Dank war der Professor zu Hause! Ich stellte mich vor, gleichzeitig entschuldigte ich mich höflich, dass ich ihn so spät störte. Nachdem er mich im Detail gefragt hatte, wer ich sei, woher ich komme und warum ich ihn aufsuche, schien Herr Obermann das Gespräch zu akzeptieren. Mir entging nicht, dass, als er den Namen der Gesuchten hörte, ausrief „Oh… die arme Frau Hoffmann!". Er bestätigte, Leonora Hoffmann war mit seiner Mutter eng befreundet. „Eine fünfzigjährige Freundschaft hat diese beiden Frauen verbunden", sagte er. Ferner fügte er hinzu, im Prinzip wäre er willig, mir zu erzählen, was er über die Freundin seiner Mutter wüsste, doch zuerst möchte er mich persönlich kennenlernen. Ich müsste verstehen, so etwas Persönliches könnte nicht am Telefon und schon gar nicht einem Unbekannten erzählt werden. Folglich lud er mich sehr freundlich für morgen zu sich nach Hause ein; aber bitte nicht vor fünf Uhr Nachmittag, denn bis dahin hatte er Vorlesungen in der Universität. Wir machten fest, morgen, Donnerstag, um fünf Uhr dreißig würde ich ihn besuchen.

Am nächsten Tag bat mich Professor Rolf Obermann freundlich in seine schöne Wohnung rein. Er war ein Mann um die sechzig Jahre, mit weißen Haaren, nicht zu groß aber gut gebaut. Mit seiner breiten und hohen Stirn, mit seinem lebendigen Blick und besonders mit seinem Lächeln, das fast ständig auf seinen Lippen lag, machte er schon in den ersten Momenten den Eindruck eines intelligenten und humorvollen Menschen. Seine ganze Erscheinung verriet Gutmütigkeit und zeigte eine offene und ehrliche Person. Es schien mir bizarr, dass er mit einem leichten englischen Akzent sprach. Nachdem wir Platz genommen hatten, bot Obermann mir Kaffee und Kuchen an. Während wir Kaffee tranken, fragte er mich alle möglichen Banalitäten: wie ich gereist wäre, wie mir das Hotel und das Restaurant, wo ich zu Abend gegessen hatte, gefielen und was für einen Eindruck ich von der Stadt Düsseldorf hätte. Es war eindeutig, er versuchte, mich mit seinem Blick zu erforschen. Er wollte mich als Person fühlen. Danach fragte er, warum ich gerade zu ihm gekommen sei, um etwas über Leonora zu erfahren. Selbstverständlich sagte ich ihm die Wahrheit.

„Mein lieber Herr, leider kann ich Ihnen nicht allzu viel und besonders keine Einzelheiten über das ganze Leben von Frau Hoffmann erzählen."

„Wieso nicht?"

„Ganz einfach: In dem zarten Alter von einundzwanzig Jahren, im Jahr 1968, habe ich Deutschland verlassen, um an einer Universität in den Vereinigten Staaten zu studieren. Dort habe ich auch den Doktortitel erworben. Danach wurde ich sofort an einer anderen amerikanischen Universität als Forscher, aber mit einigen pädagogischen Aufgaben, eingestellt. Nach einer Zeit wurde mir ein eigener Lehrstuhl angeboten. Als Professor und gleichzeitig in der Forschung arbeitend, hatte ich nicht so viel Zeit, um Besuche zu Hause in Deutschland zu machen. Erst vor zehn Jahren, ein Jahr nach dem Tod meiner Mutter, bin ich hier, in meiner Geburtsstadt, an die Universität zurückgekommen. Eigentlich verbrachte ich mein ganzes Leben als Erwachsener in der Staaten."

„Interessant! Darf ich fragen, was Sie studierten?"

„Atomphysik."

„Herr Professor…"

„Lassen Sie das mit dem ‚Professor'. Nennen Sie mich bei meinem Namen. Wir sind nicht in der Schule."

„Gut. Ich danke Ihnen." Diese Einladung freute mich, denn sie bedeutete eine Annäherung zwischen uns. Ich setzte fort: „Erzählen Sie mir bitte, so viel wie Sie wissen. Jedes Detail in Verbindung mit Leonora Hoffmann ist sehr wichtig für mich."

„Ha, ha! Als ob Sie ein Detektiv wären!"

„In einer gewissen Weise, ja. Aber nicht zum polizeilichen Zwecke. Zu humanen Zwecken. Nur humanen."

„Ich weiß. Davon bin ich schon überzeugt. Ich habe nur Spaß gemacht. Ich wiederhole: Was ich aus eigener Erfahrung über Frau Hoffmann weiß, sind Sachen, die zu dem etwas besseren Teil ihres Lebens gehören, zu dem ersten Teil ihres Lebens. Schon die Katastrophe, die ihr das Leben radikal verändert hat, geschah als ich in den Staaten studierte. Gott sei Dank wurde ich nicht Zeuge dieses tragischen Ereignisses. Ich erfuhr nur durch Mutters Briefe davon."

„Welche Katastrophe? Was für ein tragisches Ereignis? Zwei Teile des Lebens dieser Frau?"

„Ja... ich habe es ihnen noch nicht gesagt. Auch jetzt, nach so vielen Jahren, ist es mir sehr schwer, mich zu erinnern. Frau Hoffmann hatte einen Jungen exakt in meinem Alter. So gute Freundinnen waren meine Mutter und sie, dass sie gleichzeitig auch Kinder auf die Welt gebracht haben: mich und Christian, im Jahr 1947. Mich verband eine schöne Freundschaft mit Christian. Wir verbrachten die Kindheit zusammen, gingen immer gemeinsam in dieselbe Klasse einer Schule und machten sogar das Abitur zusammen. Wie ich Ihnen sagte, 1968 ging ich in die Staaten und Christian nach Hamburg, um zu studieren. Es schien, dass wir uns ein wenig aus den Augen verloren. Christian beschloss, mich endlich in den Vereinigten Staaten zu besuchen, um unsere Freundschaft aufzufrischen, aber auch das Land, wo ich zurzeit wohnte, kennenzulernen. Wir planten, in den Sommerferien des Jahres 1971 solle er kommen. An dem festgelegten Tag wartete ich auf dem Flughafen mehrere Stunden... bis bekannt wurde, dass sein Flugzeug irgendwo im Atlantik abgestürzt war. Christian ist im Alter von vierundzwanzig Jahren gestorben. In diesem Moment fing der schlechte und schmerzhafte, sehr schmerzhafte Teil des Lebens von Frau Hoffmann an. Und ich verlor einen Freund."

Diese Geschichte traf mich wie ein Blitz. Auf einmal war ich Leonoras Seele näher denn je. Ich versuchte, sie zu verstehen. Ich wünschte, ich hätte die Möglichkeit, sie zu trösten, sie zu streicheln. In meinem Inneren weinte ich. Ich weinte mit ihr. Ich weinte um sie und ihren Schmerz. Was sagte Obermann? 1971? Sommer? Der Sommer des Jahres 1971? Es ist nicht wahr! Das darf nicht wahr sein! Noch unsicher, in dem, was ich hörte, fragte ich ihn:

„Sie haben gesagt, dass der Tod Leonoras Sohn im Sommer des Jahres 1971 passierte?"

„Ja. So war es. So sagte ich."

„Herr… Herr Obermann… ich… ich bin im Sommer des Jahres 1971 geboren."

„Was für ein Zufall!"

„Ja! Was für ein Zufall. Was für ein Zufall… Für mich hat dieser Zufall eine enorme Bedeutung."

„Ich verstehe nicht so gut. Aber wenn Sie es mit so viel Pathos sagen, glaube ich Ihnen." Vielleicht beeindruckt von meinem absolut speziellen Zustand, sagte Obermann nach einer Pause: „Ist ihnen schlecht? Fühlen Sie sich nicht wohl? Soll ich Ihnen ein Glas Wasser bringen?"

„Nein. Nein, danke. Alles ist in Ordnung. Ich bitte Sie, weiter zu erzählen."

„Gut. Vorab werde ich über den ersten Teil von Frau Hoffmanns Leben erzählen. Der Teil, der am hellsten in ihrem Leben war. Obwohl, mein lieber Herr, auch dann nicht nur die Sonne auf dem Lebensweg dieses Menschen schien."

Obermann erzählte zuerst, wie Leonora und Miriam, seine Mutter, sich kennengelernt hatten. Es war im Jahr 1931 in Berlin. Beide waren zwanzig Jahre alt, kamen aus Düsseldorf und besuchten dieselbe Hochschule für Schauspielkunst. Vom ersten Moment an haben sich beide gut verstanden. Beide hatten denselben Traum, dasselbe Ziel: berühmte Schauspielerinnen zu werden. Beide waren in der Schule gleich geschätzt. Sie waren sehr fleißig. Bald verwandelte sich ihre gegenseitige Sympathie in eine dauerhafte und tiefe Freundschaft. Eine Freundschaft, die sie ein Leben lang verbunden hat. Sie zogen zusammen in eine ärmliche Mansarde – typisch für die Studenten in dieser Zeit. Sie waren nicht nur in der Schule unzertrennlich, sondern auch bei der Führung ihres bescheidenen gemeinsamen Haushalts und selbstverständlich auch in der Freizeit. Schnell fanden sie in der Jugendgesellschaft Berlins Anschluss, in der die Freundinnen aus Düsseldorf Leo und Miri hießen. Fast jeden Abend wurden sie zu Partys, in Bars oder Restaurants eingeladen, immer umringt von Verehrern, die ihnen den Hof machten. Mit Sicherheit gab es damals auch einige Liebesbeziehungen. Natürlich: Leo und Miri waren jung, schön und voll Sehnsucht nach Leben und Abenteuer. In diesem Punkt seiner Erzählung fragte mich Herr Obermann, ob ich Fotos aus dieser Epoche sehen möchte. Sicher wollte ich. Er holte aus einem anderen Zimmer ein Album.

Ich betrachtete die Fotos und war fasziniert und zugleich konnte ich etwas kaum glauben. Was ich sah, stimmte mit dem Bild, das ich über Leonora hatte, gar nicht mehr überein. Keine Spur von der Zurückhaltung und dem Schmerz, die mich an der Statue so beeindruckt haben. Auf den Fotos war eine attraktive Frau mit einem selten getroffenen Sexappeal zu sehen. Durch den fast frechen Schlitz ihres langen, schwarzen Rockes waren ihre Traumbeine, die jeden Mann verrückt machen würden, zu sehen. Auf fast allen Fotos tanzte sie entweder, oder saß auf einem Barhocker, die Beine elegant übereinandergeschlagen. Mit raffinierten aber auch provokanten Gesten rauchte sie mit einer ungewöhnlich langen, schwarzen Zigarettenspitze. In der anderen Hand oft ein Glas Champagner haltend. Ihre Freundin Miri ebenso. Um die Beiden versammelt waren immer gut aussehende Männer in schwarzen Anzügen, weißen Hemden mit Fliege und perfekter Frisur, die dank der Brillantine glänzte. Es waren typische Szenen aus dem Berlin der dreißiger Jahre. Unübersehbar waren eine Sorglosigkeit und der permanente Wunsch nach Spaß zu erkennen. Ein kalter Schauer durchlief mich bei dem Gedanken, dass nur nach ein paar Jahren auf diese nonchalante Gesellschaft Feuer und Tod stürzen werden. Trotzdem hatten die betrachteten Szenen einen Charme, sogar einen Zauber in sich. Es waren der Zauber und der Charme der sorglosen Jugend.

Mein Gastgeber setzte die Erzählung fort. Im Jahr 1935 haben die zwei Freundinnen ihr Studium beendet. Sie waren jetzt professionelle Schauspielerinnen. Die Partys in der Gesellschaft der jungen Berliner gingen weiter. Leo und Miri wurden zusammen – wieder zusammen! – bei einem kleinen Privattheater eingestellt. Es war nicht genau das, was sie sich in der Studienzeit erträumt hatten, aber für den Anfang schien die Lösung annehmbar. Sie arbeiteten dort drei Jahre bis 1938, als der Inhaber Pleite ging. Präziser ausgedrückt, er „musste" Pleite gehen, denn er war Jude. Der Inhaber flüchtete ins Ausland und die ehemaligen Angestellten wurden arbeitslos. Hinzu kam, dass in den geheimen Akten der Nationalsozialisten, die an der Macht waren, die ehemaligen Angestellten des Juden als Sympathisanten der sogenannten „minderen Rasse" betrachtet wurden. Es ist leicht zu verstehen – betonte Herr Obermann – dass unter diesen Umständen weder Leonora noch Miriam eine neue Einstellung fanden. Sie versuchten ein Mini-

Ensemble zu gründen, nur von den Zweien gebildet, das kleine komische Momente in Restaurants präsentieren sollte. Sie nannten ihre Truppe „Leo und Miri". Sie hatten keinen Erfolg. Tag für Tag vertiefte sich ihre finanzielle Misere. Die schönen Partys wurden immer seltener. Die jungen Frauen hatten dazu keine Lust mehr. Immer deutlicher erfasste sie schlechte Laune. Völlig unerwartet zeigte sich jedoch ein Lichtpunkt in Leonoras Leben. Bei einer ihrer Vorstellungen in einem Restaurant lernte sie einen gewissen Frank Hoffmann kennen. Er war ein Mann ihres Alters, siebenundzwanzig Jahre, gut aussehend, blond, blaue, durchdringende Augen. Gerade beendete er an einer berühmten Technischen Universität in Berlin seine Studien als Mechanik-Ingenieur. Blitzschnell verliebte sie sich in ihn und er sich in sie. Bald wurden sie ein Paar. Sie liebten sich abgöttisch. Sie verlobten sich, was in ihrer Freundin Miriam einen gewissen Neid erweckte. Trotz Misere und Unsicherheit strahlte Leonora vor Freude, während Miriam wirklich keinen Anlass hatte, zufrieden zu sein. Doch diese Situation hat ihrer Freundschaft nicht geschadet. „Das war gut, sehr gut", sagte Obermann, „denn gerade als Leonora und Frank die Hochzeit planten, wurde er zur Wehrmacht eingezogen, um an die Ostfront geschickt zu werden. Leonora war unglücklich, seelisch zerstört. Sie fand Trost nur in den Armen meiner Mutter, wo sie stundenlang weinte."

Wieder näherte ich mich Leonoras Seele mit Zärtlichkeit und Verständnis. Ich fühlte, wie unglücklich sie war, als ihre erste Liebe von dem Krieg so gut wie verboten wurde. Ich verstand und verzieh auch ihre leicht frivolen Eskapaden der Jugend. Jetzt sah ich sie wie eine Art Witwe, die mit Würde und Erhabenheit ihr Lebenskreuz trägt. So wie in der Statue. Ich gewann meine traurige Leonora wieder. Mich verunsicherte aber der Name ihres Verlobten: Hoffmann. Das bedeutete, sie heirateten trotzdem. Oder war es ein Zufall? Ich fragte Obermann:

„Ich verstehe nicht richtig. Frau Leonora hieß bis zum Tod Hoffmann. Bedeutet dies, dass dieser Mann, Frank Hoffmann, doch ihr Gatte geworden ist? Ist er nicht an die Front gegangen? Oder kam er zurück? Oder ist von einem anderen Hoffmann die Rede?"

„Nein. Es ist die Rede von ein und demselben: damals der junge Ingenieur Frank Hoffmann. Er ist Frau Leonoras Gatte geworden, aber viel später. Erst dann, als er aus der russischen Gefangenschaft zurückkehrte."

„Aha! Jetzt ist alles klar. Erzählen Sie weiter?"

„Gerne."

Er berichtete, die zwei Freundinnen blieben noch ein paar Jahre in Berlin, wo sie am Hungertuch nagten. Aus Scham, dass sie in ihrem Beruf, mit welchem ihre Eltern nie einverstanden waren, keinen Durchbruch erlangt hatten, kam eine Rückkehr nach Düsseldorf nicht infrage. Sie hofften immer noch, ihre kleine Truppe „Leo und Miri" würde von einem Beamten des Propagandaministeriums oder sogar unter glücklichen Umständen von Minister Göbels persönlich bemerkt. So könnte für sie der Weg zu den UFA Studios geebnet werden. Vergeblich hofften sie. So etwas passierte nicht. Als die Bombardements der Alliierten in Berlin anfingen, beschlossen sie, zu fliehen. Sie fühlten, das große Feuer kommt. Sie zogen meist zu Fuß durch ganz Deutschland, und erbettelten das Erbarmen der Bauern für eine Bleibe und eine Portion Essen. Die Städte vermieden sie, denn die hätten jederzeit bombardiert werden können. Als die fremden Bodentruppen ins Land eindrangen, wurde alles noch komplizierter. Die beiden Freundinnen sollten die Zonen, wo sich die Russen befanden, um jeden Preis vermeiden. Schnell wurde bekannt, dass diese alle Frauen zwischen fünfzehn und sogar sechzig Jahren ohne Hemmungen vergewaltigten. Sie erfuhren, dass in Düsseldorf keine russischen Truppen seien. Sie beschlossen, zu versuchen, doch in ihre Heimatstadt zu gelangen – egal, was ihre Eltern bezüglich ihres Misslingens im Theater sagen würden. Es war nicht leicht, nach Düsseldorf zu kommen. Auf ihrem Weg mussten sie sich im Keller eines gutmütigen Bauern zusammen mit dessen Frau und Tochter mehr als drei Wochen verstecken. Die Russen waren in unmittelbarer Nähe. Im Sommer des Jahres 1945, ein paar Wochen nach Kriegsende, kamen die Freundinnen in Düsseldorf an. Anders als sie erwartet hatten, brachte die Rückkehr in ihre Heimatstadt den beiden jungen Frauen nichts Gutes. Das Haus, in dem Miriam mit ihren Eltern gewohnt hatte, war von den Bomben zerstört. Ihr Vater starb während eines Bombardements an einem Herzinfarkt. Es überlebte nur ihre Mutter, die jetzt in einer winzigen Zweizimmerwohnung wohnte. Für Leonora war es noch tragischer: Eine Bombe fiel auf das Haus, in dem sie gewohnt hatte. Alles war zerstört. Die Nachbarn berichteten, dass ihre Mutter im Schutt tot aufgefunden wurde. Leonora hatte niemanden mehr, denn ihr Vater starb schon im Ersten Weltkrieg, als sie nur ein paar Jahre alt war. Die einzige Lösung war, dass Miriams Mutter, also die Großmutter von Professor Obermann, die beiden Freundinnen in ihrer winzigen Wohnung beherbergte. Miriam und Leonora schliefen im selben Bett mehrere Monate. Sie verdienten nichts. „Ein absolut unglückliches Schicksal, das meine Mutter und ihre Freundin mit Hunderttausenden anderer von der Zivilbevölkerung Deutschlands teilten.", schloss Professor Obermann ab. Er wechselte das Thema und fragte mich:

„Mein lieber Herr, was meinen Sie zu einem Glas Wein?"

„Mit großem Vergnügen."

„Ich kann Ihnen einen exzellenten Barolo von 2001 anbieten oder, wenn Sie wollen, einen Bordeaux aus dem vorigen Jahrhundert: 1997. Welchen bevorzugen Sie?"

„Den Sie möchten. Beide scheinen wunderbar zu sein."

„Nein. So geht es nicht! Sie sind mein Gast."

„Gut. Sehr nett von Ihnen. Dann lassen Sie uns den französischen trinken."

Während der Professor die Flasche Wein holen ging, erfassten mich wieder Gedanken. Was für ein bitteres Schicksal hatte Leonora! Sie wuchs ohne Vater auf. Der Fortgang des Verlobten zur Front. Das Misslingen ihres wohl erträumten Berufs. Und als ob es nicht genug wäre, musste sie auch noch den Tod ihrer Mutter und den Verlust ihres ganzen Hab und Guts feststellen. Trauriger ging es nicht! Der Professor kam mit der Flasche und den Gläsern, schenkte ein und prostete mir zu:

„Zum Wohle", sagte er.

„Zum Wohle!"

Nach einem Schluck wendete er sich mit einem warmen, freundlichen Ton zu mir:

„Ich sehe Sie beim Hören meiner Erzählung sehr bewegt. Ich habe den Eindruck, Sie erleben mit großer Ehrlichkeit, was Sie von mir erfahren."

„Ja… so ist es. Vielleicht sollte ich mich ein wenig bremsen."

„Gar nicht! Gar nicht, mein Herr! Sie haben eine feine Sensibilität. Das mag ich sehr an Ihnen."

„Wirklich? Schätzten Sie die Sensibilität? Gerade Sie, ein Mensch der exakten Wissenschaften?"

„Ach! Es ist ein Vorurteil, dass wir, die Wissenschaftler, unsensibel wären, oder dass wir nicht die Sensibilität schätzen. Ein falsches Vorurteil! Ohne Sensibilität, ohne Humanismus stürzt diese Welt zusammen. Hören Sie gut, was ich sage: sie stürzt! Gerade weil die Wissenschaftler in einer Domäne, wo die Emotionen nicht existieren, wo sie nicht existieren dürfen, also in einer sozusagen ‚kalten' Domäne arbeiten, gerade deswegen verstehen viele von ihnen noch klarer, was ein gefühlloser Mensch bedeuten würde."

„Schön haben Sie das gesagt."

„Ich weiß nicht, wie schön es ist, was ich gesagt habe, aber mit Sicherheit ist es wahr. Besonders um die Menschen zu verstehen, so wie Sie jetzt das Leben von Frau Hoffmann verstehen wollen, ist sowohl die Vernunft als auch die Emotion nötig. Meiden Sie nicht Ihre Emotionen. Erwürgen Sie sie nicht. Paaren Sie sie mit der Vernunft!", er hob das Glas zu mir: „Zum Wohle! Ich freue mich, Sie als Gast zu haben."

„Das Vergnügen ist auf meiner Seite. Nicht nur der Wein, den Sie mir angeboten haben, ist fantastisch, sondern auch, was Sie mir gesagt haben. Es macht mir Mut, Herr Obermann."

„Ich freue mich. Ich hätte gerne, dass Sie mir jetzt einiges erzählen: Was ist der emotionale Grund, der Ihren Willen, um jeden Preis und so genau wie möglich, das Leben von Frau Hoffmann zu kennen, so sehr beflügelt?"

Ich erzählte dem Professor im Detail alles, was ich für dieses, mir noch unbekannte Wesen, empfinde. Ich erzählte ihm über den betörenden Duft der Linden, über den lateinischen Spruch *Privata domus valet aurum*, über alle meine Träume von diesem Haus, das ich renovieren muss und Wartesaal des Todes nenne. Sogar über das Dach des Hauses, das einem Sargdeckel ähnelte, berichtete ich ihm. Selbstverständlich erzählte ich lange von Leonoras Statue. Für diese interessierte er sich mit Nachdruck. Er bat mich die Statue genau zu beschreiben. Er wollte auch ein Foto von dieser. Da ich keines bei mir hatte, versprach ich ihm eins zu schicken. Ich sprach lange. Es war jetzt Obermann, der sehr bewegt war und meine Worte gierig aufsog, so wie ich zuvor seine. Ich fühlte, wie eine Brücke zwischen uns beiden entstand. Nachdem ich meine Geschichte beendet hatte, schwieg er eine Weile. Danach schaute er in meine Augen:

„Entfernen Sie die Statue nicht! Entfernen Sie sie nicht! Jetzt verstehe ich Sie vollkommen."

„Was Sie mir sagen erwärmt mich. Erwärmt meine Seele. Zum Wohl!"

„Zum Wohl!"

„Lieber Herr Obermann, würden Sie Ihre Geschichte fortsetzen?"

„Sicher. Wo bin ich stehen geblieben?"

„In dem Moment, als der Krieg zu Ende war und Ihre Mutter mit Leonora nach Düsseldorf zurückkehrte."

„Aha! Ja. Im Leben beider Freundinnen folgte eine hellere Periode. Das wird Ihnen sicher gut tun. Sich den Weg durch irgendwelche Ruinen bahnend, verletzte sich meine Mutter an einem spitzen Metallstück die Fußsohle. Sie ging schnell zu einem Krankenhaus in der Nähe. Ein junger Chirurg namens Torsten Obermann behandelte sie. Sie verliebten sich ineinander. Wie Sie vielleicht erahnen können, wurde der Chirurg Obermann ihr Ehemann und später mein Vater. Die Freude meiner Mutter war groß. Sie führten eine glückliche Ehe bis zum Lebensende. Am Anfang des Jahres 1946 erlebte meine Mutter noch eine Freude: sie wurde beim hiesigen Schauspielhaus eingestellt. Leonora war jetzt an der Reihe, einen gewissen Neid für ihre Freundin Miriam zu spüren, genauso, wie ein paar Jahre zuvor Leonora um ihre Verlobung mit Frank von meiner Mutter beneidet wurde. Aber auch diesmal litt ihre Freundschaft nicht darunter. Leonora blieb in der Wohnung meiner Großmutter. Kämpfte weiter gegen die Misere und den Hunger. Meine Mutter war diejenige, die bei der Theater- Intendanz insistierte, Leonora auch einzustellen, für den Anfang mindestens als Gastschauspielerin. So kam es, dass Leonora eine Rolle neben meiner Mutter in *Hedda Gabler* spielte. Ich habe verstanden, das wissen Sie schon."

„Ja. Das hat mich zu Ihnen geführt."

„Ich weiß. Wie die Schicksale beider Frauen immer ähnlich waren, geschah nun ein Wunder auch in Leonoras Leben. Nach einer Vorstellung wartete auf sie vor dem Ausgang des Theaters mit einem großen Blumenstrauß Frank. Frank Hoffmann, gerade aus der Gefangenschaft entlassen. Deren Liebe flammte wieder auf, noch intensiver als damals in Berlin. Am Ende des Jahres 46, nur vier oder fünf Monate nach der Hochzeit meiner Eltern, heirateten Leonora und Frank Hoffmann. Durch ihre Ehefrauen, die unzertrennlichen Freundinnen, freundete sich auch mein Vater mit Frank an. Sie hatten noch einen Freund – das ist sehr wichtig für Sie! – einen Psychiater namens Alfred Berger, etwas jünger als sie, Krankenhauskollege meines Vaters. Berger heiratete auch ungefähr in derselben Zeit. Die sechs bildeten einen sehr fröhlichen Freundeskreis. Eine Freundschaft, die bis ins Alter dauerte. Wie ich erwähnte, kam ein Jahr später Christian auf die Welt, nur zwei Monate vor mir. Mit Sicherheit enttäuscht von ihrem Misserfolg in *Hedda Gabler*, aber auch wegen ihrer damalige schwierigen materiellen Situation, die die Einstellung eines Kindermädchens unmöglich machte, verzichtete Leonora auf eine Karriere als Schauspielerin. Sie widmete sich ausschließlich Christians Erziehung. Christian war nicht nur Ersatz für den verlorenen Traum, Theater zu spielen, sondern bedeutete für Leonora den ganzen Lebenssinn- und Zweck. Im Falle meiner Mutter passierte das genau umgekehrte: Sie war von ihrem Theatererfolg beflügelt und meine Großmutter konnte auf mich aufpassen. Hinzu kam, dass mein Vater gut situiert war, so konnten sie auch eine Haushälterin anstellen. Für meine Mutter begann eine bewundernswerte Theater- und Filmkarriere."

„Glauben Sie, dass Leonora sehr stark wegen ihres unerfüllten Traumes litt?"

„Ich habe keine konkreten Indizien. Aber es ist sehr, sehr gut möglich. Wenn ich mich richtig erinnere, hat Mutter einmal eine Andeutung gemacht, dass eine Wunde in der Seele ihrer Freundin nicht geheilt ist und vielleicht nie heilen wird. Ich glaube, sie dachte an diesen Traum. Auf jeden Fall war Leonora nie bei einer Premiere meiner Mutter abwesend."

„Was geschah weiter?"

„Einige Jahre nichts Besonderes. Danach machte Frank Hoffmann einige Erfindungen, man sagt sogar geniale, die er patentieren ließ. Das hat ihnen Geld, sehr viel Geld gebracht und er wurde von der Firma, bei der er arbeitete, zum Chef-Ingenieur ernannt. Die Hoffmanns kauften sich sofort auf der anderen Seite des Rheins, im schönen Stadtteil Oberkassel, eine luxuriöse Wohnung mit Blick auf den Strom. Jetzt ging es allen gut, sehr gut sogar. Reihenweise Partys bis zum Morgengrauen: nach den Premieren meiner Mutter, bei Geburtstagen und sehr oft ohne jeglichen Anlass. Immer die drei Paare, aber auch andere, mit welchen sie sich angefreundet hatten. Sie waren alle jung, zwischen dreißig und vierzig Jahren. Sie feierten als ob sie die verlorenen Jahre des Krieges nachholen wollten, oder aus lauter Freude, das Inferno überlebt zu haben. So war es damals: Mit oder ohne Geld wurde im ganzem Land mit einer ausgelassenen Begeisterung gefeiert. Völlig normal!"

„Was zeichnete Ihre Freundschaft mit Christian aus?"

„Wie ich gesagt habe, es war eine schöne und ehrliche Freundschaft. Selten gab es einen Tag, wo wir uns nicht sahen. In einer gewissen Weise haben unsere Eltern, natürlich ohne direkte Absicht, diese Freundschaft so zu sagen ‚inszeniert‘, indem sie uns immer in dieselben Schulen gaben, und in der Freizeit war Christian mal bei uns, oder ich drüben bei den Hoffmanns. Besonders als meine Mutter auf Theatertourneen fuhr oder Dreharbeiten beim Film hatte, wohnte ich mehrere Tage bei der Familie Hoffmann. Ach! Wie angenehm war es bei ihnen! Obwohl sie Christian abgöttisch liebte, war Frau Hoffmann – Tante Leo, wie ich sie in der Kindheit nannte – äußerst aufmerksam und warmherzig zu mir. Sie wurde für mich wie eine zweite Mutter. Als ich bei ihnen übernachtete, zauberte sie eine riesige Portion leckere Kuchen. Bis jetzt spüre ich am Gaumen den Geschmack und Duft von Tante Leos wunderbaren Kuchen. Tante Leo war ein gutmütiger Mensch, wie ich selten jemanden getroffen habe. Sie war immer ruhig, ärgerte sich nie, nicht einmal als wir Unfug machten. Ich habe Frau Hoffmann geliebt. Ich liebte sie sehr!"

„Dauerte diese schöne Periode der beiden Familien bis zu Christians Tod?"

„Ja. Das heißt von den Jahren 1946/47 bis 1971. Um die fünfundzwanzig Jahre! Christians Tod war für Tante Leo und ihren Mann ein grausames Unglück. Beide waren sechzig Jahre alt und verloren ihr einziges Kind. Ab diesem Moment veränderte sich alles in ihrem Leben. Selbstverständlich kümmerte sich ihr nahestehender Freund, Doktor Berger, intensiv um ihren psychischen Zustand. So wie meine Mutter in ihren Briefen berichtete – ich war schon in den Staaten zum Studium – machten sowohl Tante Leo als auch Frank, auf dem sehr schwierigen Weg der psychischen Verarbeitung ihres Dramas unerwartet schnelle Fortschritte. Es scheint aber, diese Fortschritte waren trügerisch. Fünf Jahre später, zeitgleich mit Franks Rente, 1976, kamen die psychischen Trübungen zurück. Sie kamen noch heftiger als am Anfang, unmittelbar nach dem großen Verlust. Tante Leonora alterte mit einer erstaunlichen Schnelligkeit. Sie wurde von Komplexen und unerklärlichen Ängsten heimgesucht. Frank wurde zuerst mürrisch, danach streitsüchtig, immer nervöser und sogar aggressiv. Er warf seiner Frau vor, sicher indirekt, Christian getötet zu haben. Es scheint sogar, dass er nach einer Zeit Frau Hoffmann malträtierte. Einzelheiten kenne ich nicht, denn meine Mutter, die bestimmt alles wusste, was in der Familie

Hoffmann passierte, war ein sehr diskreter Mensch. Nie hat sie mir Einzelheiten geschrieben, aber zwischen den Zeilen verstand ich, dass das Leben in der Familie Hoffmann unerträglich geworden war. Alles spitzte sich zu mit Franks Einlieferung in eine psychiatrische Klinik. Derselbe Doktor Berger, der jetzt in dieser Klinik arbeitete, versuchte ihn zu heilen. Irgendwann gab er auf, betrachtete Franks Krankheit als unheilbar, und wies ihn auf unbegrenzte Zeit in ein geschlossenes psychiatrisches Hospiz ein. Das sollte ungefähr im Jahr 1980 passiert sein."

„Oh, Gott! Was für ein Drama! Glauben Sie, dass Franks Internierung eine Befreiung für die arme Leonora bedeutete?"

„Theoretisch, ja. Es sollte eine Erleichterung bringen. In Wirklichkeit aber, nein! Nach Mutters Berichten wurde Leonora Tag für Tag ungeschickter, kam immer schwerer mit ihrem Haushalt zurecht. Bald tauchten auch die ersten Anzeichen einer Demenz Typ Alzheimer auf. Wiederum: Einzelheiten kenne ich nicht. Sicher ist, im Jahr 1984 musste Leonora Hoffmann mit dreiundsiebzig Jahren für immer ihre Wohnung verlassen, um zuerst in derselben psychiatrischen Klinik, in der auch Frank war, stationär aufgenommen zu werden. Der gute Freund, Doktor Berger, jetzt Chef dieser Klinik, veranlasste die nötigen Formalitäten, um sie in das Altenheim, das Sie jetzt renovieren müssen, einzuweisen. Sie wurde dorthin und nicht woandershin geschickt, weil die Eheleute Hoffmann, seit sie fünfzig waren, finanziell die soziale Stiftung, die dieses Heim unterhielt, unterstützten. Ich weiß noch, dass meine Mutter zweimal dorthin fuhr, um sie im Heim zu besuchen. Aber da ihre lebenslange Freundin sie nicht erkannt hatte, dachte Mutter, es hätte keinen Sinn mehr, sie zu besuchen. Allerdings war meine Mutter inzwischen auch alt und der Weg bis dahin wurde ihr schwer. Mehr weiß ich Ihnen nicht zu sagen, mein lieber Herr."

„Ich bin betroffen, Herr Obermann. Ich bin von dem tragischen Schicksal dieser Frau betroffen. Sie haben mir alles so gut erzählt, dass ich tief in diese Ereignisse eintauchen konnte. Ich bin dabei gewesen!"

„Ich freue mich, Ihnen in Ihrer lobenswerten Mühe, das Leben Leonora Hoffmann zu rekonstruieren, geholfen zu haben. Lieber Herr, ich sehe, es ist sehr spät geworden. Ich müsste zu Bett gehen. Aber bevor Sie gehen, biete ich Ihnen an, das Abendbrot mit mir zusammen zu essen."

„Oh, Herr Obermann, es ist nicht nötig."

„Es ist! Ich werde Sie jetzt in der Nacht nicht hungrig gehen lassen."

Während des Essens sprachen wir locker über dies und das – Sachen ohne besondere Bedeutung. Als ob wir beide einen beruhigenden Abstand von den so tristen Themen, die wir in den letzten Stunden besprochen hatten, nehmen wollten. Nach dem Abendbrot kam der Professor wieder auf unser Hauptthema zurück:

„Ich habe mich entschlossen, mein Herr. Meine Mutter war die letzte, die die Wohnung der Familie Hoffmann betrat, bevor die Behörden die Eingangstür versiegelten. Als lebenslange Freundin erlaubte sie sich ein Tagebuch von Frau Hoffmann an sich zu nehmen. Ich besitze dieses Tagebuch. Ich habe mich entschlossen, es Ihnen zu leihen."

„Herr Obermann! Wollen Sie das wirklich machen? Ich weiß nicht, wie ich mich bedanken soll!" Mir kam spontan der Wunsch ihn zu umarmen. Sicher habe ich diese Geste nicht gemacht. Er setzte fort:

„Noch mehr: Es gibt noch ein Tagebuch von meiner Mutter, in dem sich viele Notizen über ihre Freundin befinden. Mit Sicherheit werden Sie auch darin viele Einzelheiten bezüglich des Lebens von Leonora Hoffmann erfahren. Sie müssen mich aber verstehen, dass ich Ihnen diese Aufzeichnungen meiner Mutter nicht in ihrem vollen Umfang geben kann. Ich möchte nicht, dass einige intime Aspekte aus meiner Mutter Leben in fremde Hände gelangen. Ich werde die Abschnitte, die sich ausschließlich auf Frau Hoffmann beziehen, fotokopieren. Diese werde ich Ihnen auch geben."

„So eine Überraschung habe ich nicht erwartet! Sie können sich nicht vorstellen, wie dankbar ich bin!"

„Ich versprach Ihnen zu helfen. Also helfe ich Ihnen", unterbrach er mich, „Sie haben mich überzeugt, das zu machen. Morgen habe ich Vorlesungen bis zwölf Uhr. Nachmittags und wahrscheinlich den ganzen Abend werde ich die Kopien machen. Mögen Sie bitte Samstagmorgen zu mir kommen und ich werde Ihnen die beiden Tagebücher überreichen. Wir werden auch zusammen frühstücken. Jetzt erlauben Sie mir, zu Bett zu gehen. Morgen vor den Vorlesungen muss ich auch mit dem Rektor etwas besprechen. Ich muss ziemlich früh aus dem Hause."

Ich stand auf, bedankte mich für das Essen und besonders für die Fülle von Informationen, die er mir so geduldig gab. Der Professor begleitete mich zur Eingangstür. Er legte eine Hand auf meine Schulter und sagte, mir tief in die Augen blickend:

„Entfernen Sie Leonoras Statue nicht. Entfernen Sie sie nicht! Das verdient sie nicht. Gute Nacht."

„Gute Nacht."

Erst spät nach Mitternacht gelang es mir einzuschlafen. Eine Fülle von Aspekten und Bildern von Leonoras Leben, wie auch die besonderen Eindrücke, die mir der Professor Obermann hinterließ, drängten sich in meine Gedanken. Es war fast unvorstellbar, dass ich auf einmal, nur an einem Abend, die ganze Biographie dieser Frau erfahren konnte. Was für ein Glück bedeutete für mich der Besuch bei Professor Rolf Obermann! Auf der anderen Seite aber begriff ich, dass ich eigentlich nur eine Skizze, nur die wichtigsten Punkte des Lebens von Leonora erfahren hatte. Es fehlten die Einzelheiten, die momentanen seelischen Zustände, die versteckten Gedanken, die Fragezeichen, die Ängste und die Hoffnungen. Es fehlte alles, was einem Leben Körper und Farbe verleiht. Ich ahnte, die zwei versprochenen Tagebücher werden dieser biographischen Skizze Leben bringen. Meine Neugierde war immens. Ich konnte es kaum erwarten, dass der morgige Tag vorbeiging und der Samstag, an dem ich im Besitz dieser Dokumente sein würde, endlich kommt. Es wurde mir auch klar, dass ich insgesamt zwei Tage zusätzlich abwesend von der Baustelle sein würde: Donnerstag und Freitag. Was sollte ich meinem Chef sagen? Ich verdrängte aber sofort diese Sorge. Ich war zu glücklich!

Weil ich am nächsten Tag, Freitag, nichts zu tun hatte, beschloss ich, Düsseldorf zu erkunden. Der erste Weg führte mich auf die andere Seite des Rheins in den Stadtteil Oberkassel, wo entsprechend Obermanns Informationen Leonora gewohnt hatte. Oberkassel bildet gemeinsam mit Niederkassel eine Halbinsel. Entlang des Stroms, um die Halbinsel, verlaufen drei wunderschöne Straßen, eine als Verlängerung der anderen. Sie heißen Rheinallee, Kaiser-Wilhelm-Ring und Kaiser Friedrich Ring. Nur diese drei haben Häuser mit direktem Blick zum Rhein. Die Gebäude auf diesen Straßen gestalten zusammen eine wahre Kulisse. Viele davon sind noch Anfang des vorigen Jahrhunderts im Jugendstil gebaut. Andere, deutlich später gebaut oder renoviert, sind mal im Neoklassischen, mal im modernen Stil gehalten, aber alle extrem großzügig und komfortabel. Sämtliche Häuser sind so gut gepflegt, als ob sie neu wären. In einem dieser prächtigen Anwesen sollte die

Familie Hoffmann gewohnt haben. Ich stellte mir Leonora in dieser Landschaft vor. Aus dem einen oder anderen dieser Häuser ging sie, um einen Spaziergang am Rhein zu machen oder in Richtung Oberkasseler Brücke zu laufen – eine Brücke, die an der Spitze der Halbinsel anfängt und, nachdem sie das andere Ufer zwischen der Tonhalle und der Kunstakademie passiert hat, direkt in die Stadtmitte und Altstadt führt. Ich setzte meine träumerische Promenade fort, indem ich auf derselben Oberkasseler Brücke zurück zur Altstadt ging. Dort sah ich wieder Leonora. Sie flanierte entlang der malerischen, engen Gassen dieses aus gutem Grund nicht nur in Düsseldorf berühmten Stadtteils. Ich sah sie auch in einem der vielen Lokale der Altstadt an einem Tisch auf dem Bürgersteig sitzend ihren Kaffee trinken. Danach ging ich zu der sehr bekannten Königsallee. Die unzähligen Luxusgeschäfte verleihen dieser Straße ein außergewöhnliches Flair, das für eine wohlhabende, elegante, aber auch sehr offene, absolut internationale Welt spricht. Mit Sicherheit kaufte hier Leonora Hoffmann Kleidung, alle möglichen Accessoires und Schmuck. Ich folgte ganz einfach ihren Spuren! Nachdem ich in einem Restaurant speiste – wieder sehr gut, aber wieder sehr teuer! – begab ich mich zu dem alten Handelshafen der Stadt, heute Medienhafen genannt, der fast vollkommen umgebaut ist. Viele Hochhäuser, Büros oder Hotels, in deren Erdgeschoss sich immer Bistros, Bars oder edle Restaurants befinden. Für mich bedeutete der Spaziergang durch den Medienhafen eine interessante Architektur- und städtebauliche Dokumentation, deren Höhepunkt die „schiefen" Häuser des berühmten Architekten Gerry darstellte. Zurück in der Altstadt, besuchte ich auf die Schnelle auch das Kunstmuseum, dessen sehr gelungener Bau, dank seiner abgerundeten Formen und dem schwarzen Granit, der ihn umhüllt, von den Einheimischen „das Piano" genannt wird. Am Abend kam ich, vor Müdigkeit wie gebrochen, ins Hotel. Ich werde diesen kurzen Besuch in Leonoras Düsseldorf nie bedauern!

Am nächsten Tag, Samstag, schellte ich entsprechend unserer Abmachung um neun Uhr an der Tür von Professor Rolf Obermann. Ein reichhaltiges Frühstück war schon vorbereitet. Nachdem wir dieses beendet hatten und ich ihm über die Eindrücke berichtete, die seine Stadt auf mich machte, ging der Professor zu unserem Thema über. Zuerst reichte er mir ein großes Heft mit vielen Seiten, das das intime Tagebuch von Leonora Hoffmann war. Danach gab er mir einen ziemlich dicken Ordner mit fotokopierten Seiten von dem Tagebuch seiner

Mutter, Miriam Obermann. Dann sagte er, er hätte noch eine Überraschung für mich. Durch Zufall hatte er einen Ordner mit den Fotokopien aller medizinischen Berichte und Protokolle über Frau Hoffmann gefunden. Er habe sich erinnert, dass seine Mutter ihm erzählte, dass sie damals den gemeinsamen Freund, Psychiater Doktor Alfred Berger bat, diese Dokumente zu kopieren und ihr zu geben. Doktor Berger verstand nicht den Zweck, warum Miriam Obermann die Dokumente haben wollte. Aber in Anbetracht der Tatsache, dass er Chef der Klinik war und nur noch ein paar Monate bis zur Pensionierung hatte, machte er Frau Obermann zuliebe diese illegale Handlung. „Ich schenke Ihnen diesen Ordner", sagte der Professor. Ich bedankte mich, wie es sich gehört und versuchte, ihm zu zeigen, dass ich so viel gar nicht erwartet hatte.

„Übertreiben Sie nicht", sagte er, „Ich machte nur das, was ich konnte. Ich glaube aber, damit sind alle Möglichkeiten, Ihnen zu helfen, erschöpft. Mir bleibt nur, Ihnen bei diesem Unternehmen viel Erfolg zu wünschen. Ich bitte Sie, mich auf dem Laufenden zu halten. Ach, ja! Ich bitte noch, mir das Foto von der Statue zu schicken, so wie Sie es mir versprochen haben."

„Zweifelsohne, Herr Obermann. Selbstverständlich."

„Apropos Statue: Ich frage mich, warum wurde Frau Hoffmann ein Monument errichtet?"

„Mir ist das auch unklar. Ich werde versuchen, es zu erfahren. Sicher werde ich Ihnen die Ergebnisse mitteilen. Ich verspreche es Ihnen."

„Gut. Jetzt bitte ich Sie, mich zu entschuldigen, aber ich muss nach Münster fahren zu einer Geburtstagsfeier eines Kollegen. Ich habe mich wohl mit Ihnen gefühlt! Sie sind ein außergewöhnlicher Mensch. Versprechen Sie mir, wenn Sie nochmals nach Düsseldorf kommen, mich nicht zu meiden."

„Natürlich, anders hätte ich das auch nicht gemacht. Ich freue mich schon auf das nächste Treffen mit Ihnen."

„Ich wünsche Ihnen gute Reise und viel Glück! Nicht vergessen: Entfernen Sie nicht die Statue – auch wenn Sie den Grund, wofür sie errichtet wurde, nicht erfahren können! Leonora Hoffmann, Tante Leo verdient vollkommen eine Statue. Sie war ein wunderbarer Mensch und hat viel mehr als die meisten Personen gelitten. Sei es auch nur als Zeichen der Hommage für alle in Heimen deponierten Alten, wie in einem

Wartesaal des Todes – wie Sie so schön gesagt haben – diese Statue hat Sinn und Bedeutung ersten Ranges. Entfernen Sie sie nicht! Machen Sie dafür alles möglich. Alles Gute!"

„Ich verspreche Ihnen das auch. Alles Gute!"

Nur zwei Stunden nach meiner Verabschiedung von Obermann befand ich mich schon im Zug. Ich rekapitulierte in meinen Gedanken alles, was mir in drei Tagen in Düsseldorf zu erleben und zu erfahren gegeben war. Immer wieder erschien mir mit Intensität das Bild des Professors mit seiner Intelligenz, Gutmütigkeit und vor allem mit seinen tiefen Bemerkungen. Selbstverständlich beschäftigte mich besonders Leonoras Biographie. Ich öffnete die Notizen, die ich während des Besuches bei Obermann schrieb. Ich las sie mehrere Male. In einigen Punkten korrigierte ich sie. Ins Auge sprangen mir immer drei merkwürdige Zufälle. Der erste war, dass Leonora, ebenso wie ich, ohne Vater aufgewachsen war, weil dieser schon im Ersten Weltkrieg an der Front fiel. Der zweite Zufall war, dass Leonora ihren eigenen Sohn im Sommer 1971 verlor, genau als ich zur Welt kam. Endlich war der dritte Zufall, dass Leonora, durch ihre Einlieferung ins Altenheim ihre Welt im selben Jahr und selben Monat, Juni 1984, verließ, als meine Mutter starb, und mich alleine zurückließ. Als ob die beiden zusammen weggegangen wären! Ich fragte mich, ob diese Zufälle nicht mit meinem ungewöhnlichen Drang, mich der Seele Leonoras anzunähern, ihr Leben unbedingt zu rekonstruieren, etwas zu tun haben. Ich merkte aber, dass in solchen Gedanken eine gute Portion übertriebene Emotionalität, sogar eine Tendenz zu mystifizieren meinerseits war. Ich beschloss, solche Gedanken abzulehnen. Aber, stärker als der Wille, nahmen die drei Zufälle meine Aufmerksamkeit wieder mit Hartnäckigkeit in Anspruch.

Ich kam erst Samstagnacht zu Hause an. Weil Sonntag zur Baustelle oder zur Firma zu gehen keinen Sinn machte, beschloss ich, diesen Tag der ersten Lektüre der Dokumente, die mir Obermann gab, zu widmen. Meine Neugierde war nicht zu bremsen.

***

Montagmorgen, wie gewohnt, Rapport beim „großen" Chef. Sobald ich sein Büro betrat, fing Vos zu donnern und zu blitzen an. Er war richtig wütend:

„Wo warst du, Herr, eine ganze Woche?"

„Ich habe Ihnen schon gesagt, Herr Vos: bei dem Symposium in Köln."

„Das Symposium ist Mittwoch zu Ende gegangen. Wo warst du Donnerstag und Freitag? Warum bist du nicht Mittwochabend sofort zu der Baustelle zurückgekommen?"

„Ich musste einige persönliche Probleme in Düsseldorf erledigen."

„Persönliche Probleme in Düsseldorf? Höre ich richtig? Ich habe dir ein höchst wichtiges Projekt anvertraut und du erledigst persönliche Probleme in Düsseldorf? Das übertrifft alles!"

„Ich glaubte, meine Abwesenheit für nur zwei Tage könne nicht so schwerwiegend sein. Die Abrissfirma arbeitet sehr gut und…"

„Du hast geglaubt!", unterbrach Vos fast schreiend, „es interessiert niemanden, was du glaubst. Hier ist nicht die Rede von Glauben, sondern von Verantwortung. Hörst du gut zu? Verantwortung! So wie ich sehe, weißt du immer noch nicht, was am Freitag geschah. Du weißt es nicht! Nicht wahr? Freitag hat eine Decke im zweiten Obergeschoss nachgelassen und ein Arbeiter ist zusammen mit dieser drei Meter tief heruntergestürzt. Er hat sich ein Bein gebrochen. Weißt du, was das bedeutet? Ich sage es dir: Staatsanwaltschaft und Polizei ermitteln auf der Baustelle. Die Frage ist, warum die Arbeitssicherheitsnormen nicht erfüllt wurden. Weißt du, wer dafür verantwortlich ist? Letztendlich der Baustellenleiter. Das heißt: du. Du trägst die volle Verantwortung. Aber du warst in Düsseldorf, um private Probleme zu erledigen. Schöne Stadt Düsseldorf, nicht wahr? Viele sehr angenehme Kneipen und Cafés!"

Die Tirade des Chefs schlug mich wie eine Peitsche. Ich begriff, dass, was er sagte, richtig war, aber sein Ton tat mir weh. Besonders seine Boshaftigkeit bezüglich der Stadt Düsseldorf, die mir schon liebgeworden war, beleidigte mich außerordentlich. Vos beschmierte die schöne Erinnerung, die ich von den drei Tagen in Düsseldorf hatte, mit Dreck. Ich fühlte, ich würde das Projekt verlieren. Ich versuchte, ihn zu besänftigen:

„Herr Vos, ich bin mir meines Fehlers bewusst. Ich bitte Sie sehr, mir zu verzeihen. Ich verspreche Ihnen, so etwas wird sich nicht wiederholen. Ich bitte Sie, mir zu glauben!" Der Chef schien sich zu beruhigen:

„Du bittest mich... Du versprichst mir... Ich bin kein Priester, um deinen Sünden Absolution zu erteilen. Bete lieber zu Gott, dass die Staatsanwaltschaft nicht allzu streng im Falle dieses Unglücks sein wird. Sonst werden wir große Probleme haben. Sehr große! Es wird ein Prozess stattfinden in welchem du die ganze Verantwortung tragen wirst, selbstverständlich als Angeklagter. Vielleicht wäre es angebracht, dass du zur Staatsanwaltschaft gehst, um zu versuchen, den Fall zu klären, die Wogen zu glätten. Du kannst ihnen sagen, Donnerstag und Freitag wärst du in Düsseldorf auch dienstlich gewesen. Sagen wir mal: Dokumentation. Aber ich glaube, zuvor wirst du gesucht." Er machte eine Pause. Blickte mich sogar mit Gutmütigkeit an: „Junge, Junge... Du hast noch viel zu lernen. Viel! Obwohl meine Söhne Freitagabend in einer Dringlichkeitssitzung das Projekt dir zu entziehen verlangt haben, beschloss ich, dir diese Aufgabe weiter anzuvertrauen. Was du bis jetzt gezeichnet hast, ist sehr überzeugend."

„Herr Vos, ich danke Ihnen…"

„Lass das", unterbrach er mich, „Lass das mit dem Dankeschön. Ich habe dir keinen Gefallen getan. Es ist nur eine Chance, die ich dir gebe. Eine einzige! Heute noch bestellst du einen Container für Baustellenbüros. In einem Zimmer richtest du dein Büro ein und in dem anderen deine provisorische Wohnung. Dort wirst du bis zum Ende der Arbeiten wohnen. So wirst du Tag und Nacht auf der Baustelle sein. Auf Wiedersehen. Geh an die Arbeit."

Ich machte genau das, was der „große" Chef verlangt hatte. Schon am Abend war ich in meinem neuen Domizil im Container eingezogen. In dem „offiziellen" Teil des Containers befand sich das Büro, auf dessen Tür ich „Baustellenleitung" schrieb. Ich installierte dort auch einen Plotter, um Pläne in Großformat drucken zu können, und meinen Computer von der Firma, gut bestückt mit professionellen Programmen für Architektur und viele Tabellen mit Baunormen. In dem anderen Teil des Containers befand sich meine private „Wohnung", wo ich, auf einem großen Tisch, neben dem Bett, die drei aus Düsseldorf gebrachten wertvollen Ordner deponiert hatte. Selbstverständlich stellte ich den Container so, dass ich durch das Fenster meiner „Wohnung" Leonora zwischen ihren zwei Lindenbäumen, die sie bewachten, sehen konnte.

Die etwas seltsame Einrichtung des Containers zeigte deutlich, dass ich mich auf zwei Arbeitsfronten befand. Zwei ziemlich unterschiedliche Fronten: Meine Aufgaben als Architekt und die, freiwillig übernommen, das Leben von Leonora kennen zu lernen. Die erste war eine der Vernunft, die andere eine der Emotionen und Empfindungen. Eine war Pflicht, die andere Wunsch. In den nächsten Monaten war es absolut notwendig, mich mit Leib und Seele gleichermaßen beiden Arbeitsbereichen zu widmen. Waren aber diese Bereiche so unterschiedlich? Auf der einen Seite, ja! Jedoch schien auf der anderen Seite, dass diese Arbeitsbereiche nicht so unterschiedlich waren. Wie schön sagte der Professor: „Ihre lobenswerte Mühe, das Leben Leonora Hoffmanns zu rekonstruieren". Hm... „rekonstruieren"... Rekonstruktion ist eigentlich Wiederaufbau und deren beider Sinn ist ähnlich dem der Restaurierung. Langsam dämmerte mir, die beiden Arbeitsfronten, welchen ich mich widmen würde, waren gar nicht so unterschiedlich, wie es auf den ersten Blick scheinen mochte. Ich rekonstruierte, baute wieder auf oder restaurierte – egal wie ich die Aktion nennen würde – sowohl das Leben von Leonora, als auch das Leben des Hauses des alten Grafen. Die beiden füllte ich mit jenen Einzelheiten, die „einem Leben Körper und Farbe verleihen", so wie ich mir in Düsseldorf sagte. Gleichgültig, absolut gleichgültig, ob die Rede von dem Leben eines Hauses oder eines Menschen ist, die beiden Handlungen ähneln sich. Mein Gefühl, dass die beiden Domänen sogar übereinstimmten, nahm feste Konturen an. Als Architekt hatte ich eine Ruine vor mir. Eine Ruine, die mir über das vergangene Leben des Gebäudes erzählte. Ja! Nur die Ruinen und die sehr alten Gebäude können über ein vergangenes Leben sprechen. Die ganz neuen Bauten, noch nicht bewohnt, können nicht über ein Leben sprechen. Sie können nur das Warten auf ein Leben andeuten. Als ob sie das Leben einladen, sich zwischen ihren noch toten Wänden niederzulassen. Indem sie über ein vergangenes Leben spricht, ist jede Ruine eine Art angedeutete Biographie. Auf dem anderen Plan hatte ich eine Biographie vor mir, die von Leonora, leider nur in Form einer Skizze. In dieser Form kann noch keine Biographie Leben bedeuten. Ähnlich der Ruine eines Gebäudes spricht eine kurze Biographie über ein Leben und macht dabei nur Andeutungen. Sicher! Eine kurze Biographie ist die Ruine eines Lebens, so wie die Ruine eines Gebäudes ihre angedeutete Biographie ist. Also befand ich mich vor zwei Ruinen oder vor zwei Biographien – die Formulierung spielt keine Rolle! Ich war derjenige, der beiden Leben verleihen musste. Die Mittel, nur die Mittel durch welche ich den Akt des Auferstehens ermöglichen sollte, waren selbstverständlich unterschiedlich. Die Frage aber drängte sich sofort auf: Waren diese Mittel wirklich so unterschiedlich? Auf der einen Seite, ja! Besonders wenn wir an die materiellen Mittel, wie Zement, Mörtel und andere prosaische Sachen denken. Aber in geistiger Perspektive, also konzeptionell betrachtet, ist ein und dieselbe Arbeit Leben eines Gebäudes oder einer Kurzbiographie, zum Beispiel in schriftlicher Form, wiederzugeben. Meine Gedanken gingen noch weiter: Es war falsch, was ich am Anfang dachte, dass meine Architekturaufgabe nur von Vernunft abhänge und die, Leonoras Leben zu rekonstruieren, eine Arbeit von Emotionen und Empfindungen wäre. Es war auch falsch, dass die eine nur Pflicht und die andere nur Wunsch bedeutete. Nein! Schon bevor ich die Arbeit anfing, wusste ich, dass ich im Falle des Gebäudes auch viel Sensibilität, Emotionen und Empfindungen benötige und für Leonora genauere Gedankengänge, Vernunft und Rigorosität im Aufbau des Textes unabdingbar waren. Sagte nicht der Professor aus Düsseldorf so schön: „Meiden Sie nicht ihre Emotionen. Erwürgen Sie sie nicht. Paaren Sie sie mit der Vernunft!"? Die Übereinstimmung meiner beiden Arbeitsgebiete wurde noch klarer! Und noch mehr: Auch die Pflicht ist Wunsch geworden, so wie der Wunsch sich mit dem Imperativ der Pflicht färbte. Ich wünschte mir von ganzem Herzen die Pflicht, das Haus des alten Grafen zu rekonstruieren, und der Wunsch, mich dem Wesen Leonoras anzunähern, ist für mich eine Pflicht geworden. Eine Pflicht mir-, aber auch ihr gegenüber! Das Haus des Grafen ist eine andere „Leonora" geworden und das Wesen Leonoras das Haus meiner Gedanken.

Wahrscheinlich nur dank einer solchen mentalen und emotionalen Haltung vor meiner Doppelaufgabe gelang es mir, die nötigen Kräfte für die immense Arbeit, die auf mich zukam, zusammenzubinden. Außerdem war ich sehr erleichtert, dass nur zehn Tage nach dem Unfall mit dem Arbeiter, der sich das Bein gebrochen hatte, die Staatsanwaltschaft sich unerwartet tolerant in diesem Fall zeigte: Sie stellte die Ermittlungen ein und erhob keine Strafanzeige. Die Sache wurde *ad acta* gelegt und nur der Chef der Abbruchfirma sollte für Missachtung der Sicherheitsnormen ein relativ niedriges Bußgeld bezahlen. Also konnte jetzt meine ganze Aufmerksamkeit ausschließlich meinen Aufgaben gewidmet werden.

In den kommenden acht Monaten arbeitete ich wie ein Verrückter. Den ganzen Tag am Computer, um die Pläne des Hauses, so wie es am Ende aussehen sollte, zu fertigen, aber auch auf der Baustelle, um die Arbeiten, die tagtäglich umfangreicher wurden, zu beaufsichtigen. Am Abend, bis nach Mitternacht, war ich in meiner sogenannten „Wohnung", auf der anderen „Baustelle", um das Leben von Leonora zu rekonstruieren oder restaurieren. Durch hunderte Notizen der beiden Tagebücher und der medizinischen Protokolle des Doktor Berger versuchte ich, einen Weg zu bahnen. Ich besuchte oft, besonders in der Nacht, die Statue und sprach mit ihr.

Am Ende dieser Periode war das Haus keine Ruine mehr. Als ob es zum Leben wiedererweckt wurde! Nach und nach wurden die Betonarbeiten, um die Statik zu gewährleisten, die Mauerarbeiten, die elektrische Installation, die Heizungs-, Wasser- und Abwasserrohre konzipiert und auch ausgeführt. Und das renovierte Dach erhielt vergrößerte Fenster mit je einem Balkon davor, so dass dieses nicht mehr einem Sargdeckel ähnelte. Kurzum: es blieben nur die Innenausbauarbeiten zu erledigen.

Auch die biographische Skizze von Leonora füllte sich langsam mit Leben. In den Dokumenten, die ich besaß, habe ich die Einzelheiten, die momentanen seelischen Stimmungen, die versteckten Gedanken, die Fragezeichen und die Ängste, die das wahre Leben von Leonora ausmachten, deuten können. Ich schrieb einen Teil ihres Lebens nieder. Leider ein kleiner Teil von nur acht Jahren. Aber diese Zeitspanne reichte, um den Verfall der Persönlichkeit von Frank und Leonora Hoffmann und ihrer ehelichen Beziehung deutlich zu machen. Mag sein, dass das Muster dieses Verfalls, besonders das des Eheverfalls, ziemlich typisch, bekannt, ja, sogar banal ist. Aber eben diese Banalität ist für so eine Familie, wie die von Leonora und Frank, besonders tragisch. Das Leid ist für den Betroffenen ebenso schmerzhaft auch wenn es von banalen oder trivialen Ereignissen verursacht wird. Die Tragik schließt nicht die Banalität oder die Trivialität aus! Es ist erstaunlich – und nur als psychische Krankheit zu verstehen – wie Frank Hoffmann, ehemals ein gut erzogener, feinfühliger Mann, der zu seiner Frau allezeit voll Zärtlichkeit war, immer gröber, bösartiger und sogar aggressiv wurde. Auch die Erniedrigungen, die Leonora erdulden musste, führten unweigerlich zu einer starken Depression, die die ideale Vorbereitung für die Erkrankung an Demenz war. Die Dynamik dieser Evolution und nicht unbedingt ihr Muster ist furchterregend. In diesem Sinne habe ich über die acht Jahre des Verfalls der Familie Hoffmann folgende von einer tristen Banalität und zugleich tragischen Geschichte geschrieben:

„Sehr geehrte Damen, sehr geehrte Herren, liebe Mitarbeiter der Firma ‚K.A.M.'. Wir haben uns heute hier versammelt, um uns von unserem sehr geliebten Kollegen Frank Hoffmann zu verabschieden. Unser Chefingenieur wird ab morgen Rentner. Ich weiß nicht, ob er sich nach seiner langen, erfolgsgekrönten Karriere über die wohlverdiente Ruhe und Erholung freut, oder vielleicht eine gewisse Traurigkeit erfährt, sich von uns, seinem Arbeitsteam, und von seinen Aufgaben zu trennen. Ich weiß aber mit Sicherheit, dass für uns, die Belegschaft und auch den Vorstand der Firma ‚Koch Automaten und Maschinen' seine Abwesenheit sehr schwer zu verkraften sein wird. Gewiss werden wir ihn vermissen! Erlauben Sie mir jetzt nur einige wichtige Punkte aus dem Leben und der Karriere des wunderbaren Menschen und exzellenten Erfinders Ingenieur Frank Hoffmann zu erwähnen."

Herr Koch, Inhaber der renommierten Düsseldorfer Firma „K.A.M." sprach mehr als eine halbe Stunde ohne an Lobesworten über Frank zu sparen. Auf dem Ehrenplatz, in der ersten Reihe, genau gegenüber dem Podium, wo die Redner und selbstverständlich auch Frank standen, saß Leonora neben ihrer unzertrennlichen Freundin Miriam Obermann. In derselben Reihe, links und rechts von den Damen, nahmen wichtige Persönlichkeiten vom Rathaus, Industrie und Handelskammer und Industriebank Platz. Reporter mit Kameras gerüstet, wimmelten herum. Der Saal war voll. Einige mussten sogar stehen. Die ganze Belegschaft der Firma war anwesend.

Berührt, mit tränenfeuchten Augen, saugte Leonora die Worte des Redners auf. Sie war stolz auf ihren Frank, stolz auf seine Intelligenz und dass so viele Leute ihn verehrten. Als Herr Koch auch sie erwähnte, „die, wie eine ideale Ehefrau, wie eine gute Fee den genialen Erfinder Frank Hoffmann unterstützte", war Leonora dabei, in Tränen auszubrechen. Sie beherrschte sich. Drückte Miriams Hand fest, als ob sie den Höhepunkt ihrer Emotion mitteilen wollte. Miriam freute sich für Leonora, dass Franks Erfolg ein wenig auch ihr Erfolg geworden war. In ihrem Tagebuch notierte Miriam bezüglich dieses Festakts: „Arme Leo! Sie hatte nie in ihrem Leben einen Erfolg. Es war ihr nicht gegeben, im Rampenlicht zu stehen. Mit Leib und Seele widmete sie sich nur der Familie. Niemand hat das wirklich geschätzt. Es war normal und für sie sehr willkommen, sich ebenfalls in dem Erfolg von Frank zu sonnen. Endlich einige Worte der Anerkennung für sie!".

Miriam konnte nicht wissen, dass die tiefe Berührung Leonoras eine nicht unerhebliche Nebenursache hatte: In der Gestalt ihres Mannes, dort, im Licht, hoch auf dem Podium, den Erfolg vollkommen genießend, sah Leonora ihren heißgeliebten Sohn Christian, der vor fünf Jahren bei einem Flugzeugabsturz, nur vierundzwanzig Jahre alt, starb. „So wäre Christian in diesem Alter!" Nur das schrieb Leonora in ihrem Tagebuch. Ihre Reaktion war zu verstehen. In ihrer grenzenlosen Liebe für Christian und dem Schmerz, ihn verloren zu haben, entzog die Mutter in Leonora dem Ehemann den Erfolg, um ihn dem Sohn virtuell zu schenken. Indem sie ihn im Rentenalter sah, stellte Leonora in einer gewissen Weise ein Stück Gerechtigkeit wieder her. Vielleicht hatte sie sogar das Gefühl, ihn wiederzubeleben.

Nach zwei weiteren Personen sprach auch Frank Hoffmann. Am Ende seiner Rede stand das Publikum auf und applaudierte lange. Frank war von den Menschen, die ihm Blumen, Geschenke, Lobesworte und Ratschläge für sein neues Rentnerleben gaben, buchstäblich überwältigt. Der erste war selbstverständlich Herr Koch, der ihm einen Scheck im Wert von dreißig Tausend Mark anbot – damals, 1976, eine sehr hohe Summe. „Dreißig Tausend für dreißig Jahre Arbeit in unserer Firma!" – unterstrich Koch. Als Leonora an der Reihe war, hat sie ihn leidenschaftlich umarmt und mehrere Male geküsst:

„Du warst wunderbar, Christian! Hast exzellent gesprochen!"

„Liebes, dein Mann heißt noch immer Frank"

„Ah! Sicher, Franky. Ich habe mich vertan... ich bin sehr bewegt..."

Es war nicht das erste und nicht das letzte Mal, dass sie ihren Mann aus Unaufmerksamkeit Christian nannte. Um den peinlichen Moment schnell zu überwinden, reichte sie ihm das vorbereitete Geschenk. Es war ein großer Ring aus Massivgold. Auf der Vorderseite ein Quadrat mit abgerundeten Ecken in dessen Mitte sein Monogramm F.H. eingraviert war. In einer der Ecken zog ein schön geschliffener Saphir durch seinen blauen Funken die Aufmerksamkeit auf sich. Auf der Innenseite des Ringes war graviert „Ich liebe dich! Deine Frau." Frank betrachtete eilig den Ring, umarmte Leonora und bedankte sich.

Es wurden diverse Köstlichkeiten und Getränke angeboten. Nachdem die Angestellten zu ihrer Arbeit zurückgekehrt waren, blieben die Eingeladenen, Herr Koch und die Journalisten noch gute zwei Stunden, um über dies und jenes zu diskutieren. Am Abend bereitete Miriam Obermann eine Party bei sich zu Hause vor. Niemand von den nahestehenden Freunden fehlte. Natürlich auch Doktor Alfred Berger nicht, der, wie Torsten, der Ehemann von Miriam, sich entschuldigt hatte, nicht bei dem Festakt in der Firma gewesen zu sein. Die Aktivität eines Krankenhauses darf nie unterbrochen werden. Auch jetzt, als fast alle um die fünfundsechzig Jahre alt waren, war die Party so gelungen wie damals in ihrer Jugend.

Leonora machte sich große Hoffnungen für die Zeit nach der Rente ihres Mannes. Jetzt nicht mehr so beschäftigt in der Firma wird er Zeit auch für sie haben, für ihre Ehe und Liebe, so wie es bis zu jenem verfluchten Tag 1971 gewesen war, als Christian starb. Sie wünschte sich innig eine solche Veränderung, denn sie liebte ihren Mann wie am Anfang, als sie sich in Berlin kennen lernten. Nach dem Tod des Sohnes wurde Frank schweigsam, hatte zu nichts Lust, sprach nur in kurzen Sätzen und vor allem unternahm er nichts mit seiner Frau. Keine Urlaube, keine Partys, nicht mal ins Theater oder Kino gingen sie zusammen. Leonora verstand ihn und ertrug die Situation. Mindestens zwei Jahre nach dem Unglück ging es ihr ähnlich. Mit großem Können und viel Geduld brachte ihr Freund, der Psychiater Alfred Berger, sie beide zu einem halbwegs erträglichen seelischen Zustand. Seit mehr als einem Jahr hatte Leonora wieder den Wunsch, ein normales Leben an der Seite ihres Mannes zu führen. Frank war aber weiterhin ausschließlich seinem Beruf zugetan. Wollte von nichts anderem etwas hören. Er wurde ein Arbeitsfanatiker. Nicht nur dass er den ganzen Tag in der Firma war, sondern auch zu Hause schloss er sich in seinem Arbeitszimmer bis spät in die Nacht ein. Leonora blieb ständig alleine mit ihren Gedanken, ihren Sehnsüchten und ihrem Frust. Wie sehr wünschte sie sich den Tag herbei, an dem Frank in Rente ginge!

Leonoras Hoffnungen erfüllten sich nicht. Es vergingen fünf Monate nach Franks Rentenbeginn und sie waren nicht einmal zusammen im Kino gewesen. Umso mehr freute sie sich, ihren Mann zu unterrichten, dass sie nächsten Samstag zu einer Party bei Alfred Berger eingeladen waren.

„Was sollen wir da? Hat kein Zweck zu gehen."

„Wieso, Franky? Die Bergers zusammen mit den Obermanns sind unsere ältesten Freunde."

„Ja. Und was hat das zu sagen?"

„Wir können nicht absagen. Wir haben mit ihnen unzählige wunderbare Abende verbracht. Fred Berger half uns, wie kein anderer gekonnt hätte…"

„Halt deinen Mund!", ärgerte sich Frank, „half uns! Wir sind befreundet! Heißt das, dass wir auf Ewigkeit Verpflichtungen ihnen gegenüber haben?"

„Frank! Was hast du mir gesagt: ‚Halt deinen Mund'?" Leonora war erstaunt über diese Grobheit ihres Mannes. Nie hatte sie so eine Derbheit von ihm gehört.

„Ja. So habe ich gesagt. Wenn du willst, kann ich das wiederholen: Halt den Mund und insistiere nicht mehr, so wie eine Nervensäge. Wir gehen nicht zu dieser Party. Basta!"

Das Gespräch mit Frank enttäuschte Leonora sehr. Ihr Mann war wohlerzogen, höflich, galant… nutzte immer ausgewählte Ausdrücke. Und jetzt diese Rüpelhaftigkeit ihr gegenüber! Sie ging alleine zu Bergers Party. Mindestens einer des Ehepaares sollte anwesend sein. Als sie zurückkam, hörte sie von ihrem Mann: „Haben Sie sich gut amüsiert, Madam? Sie haben eine ganze Nacht getanzt, nicht wahr? …Mit fünfundsechzig Jahren!" Er sagte diese Wörter mit einer außergewöhnlichen Ironie und Boshaftigkeit. Leonora war tief verletzt. Hatte aber keine Kraft zu reagieren.

Einen Monat nach dieser Szene schmerzte sie eine Antwort ihres Mannes ebenso. Sie fragte ihn, warum er den von ihr zum Eintritt in das Rentenalter geschenkten Ring nicht trägt. „Du zwingst mich, dir zu sagen: Der gefällt mir nicht. Er ist geschmacklos. So etwas trage ich nicht", antwortete er kurz und bündig, ohne jede Rücksichtnahme. Was für eine Härte und welch mangelnde Sensibilität! Und sie, die diesen Ring mit so viel Liebe bei dem besten Juwelier auf der Königsallee bestellt hatte… Wo war der Frank von damals, der so zärtlich und so aufmerksam zu ihr gewesen war? Wo?

Eineinhalb Jahren, nach dem Eintritt Frank Hoffmanns in den Ruhestand, gab es keine Zweifel mehr: Sein Charakter erlitt eine radikale Veränderung. Alle Freunde und auch nahestehende Bekannte merkten das. Aber nur Leonora war diejenige, die diese Veränderung tagtäglich ertragen musste. Die Boshaftigkeiten, die Grobheiten und die Beleidigungen ihres Mannes ihr gegenüber wurden immer häufiger und heftiger. Sie bat den Freund Alfred Berger um Rat und Hilfe. Aber als dieser Frank eine psychiatrische Untersuchung anbot, wurde das kategorisch abgelehnt.

Leonoras Hoffnung flammte nochmals auf, als nach ihrem wiederholten Drängen Frank endlich einwilligte, eine gemeinsame Urlaubreise zu unternehmen. Sie glaubte, wenn sie einmal die „Tapete gewechselt" hätten und sich an schönen Orten befänden, die zur Entspannung und sogar zu romantischen Momenten einlüden, würde ihr Mann wieder der, den sie ein ganzes Leben geliebt hatte. Sie buchten eine Kreuzfahrt durch den Südatlantik mit Stopps an fast allen Karibischen Inseln. „Es soll wie ein Traum sein! Ein wahres Paradies!", notierte Leonora in ihrem Tagebuch. Es mag sein, dass das, was sie während dieser Kreuzfahrt sahen, wirklich „traumhaft", vielleicht auch „paradiesisch" war. Aber was Leonora in diesem Urlaub erlebte, war eher ein Alptraum.

Weil das luxuriöse Schiff von New York ablegte, mussten sie von Düsseldorf dorthin fliegen. Auf dem Flughafen, kurz vor der letzten Sicherheitskontrolle, sagte Leonora erschrocken:

„Frank, ich habe meinen Reisepass nicht dabei…"

„Was sagst du? Unmöglich! Such ihn gut." Sie suchte nochmals in der Tasche.

„Ist nicht! Ich habe ihn zu Hause vergessen."

„Du Idiotin! Wie kannst du vor so einer Reise den Pass vergessen? Bist du verwirrt?"

Obwohl die Art und Weise, wie ihr Mann sie ansprach, sie tief beleidigte und schmerzte – zum wie vielten Mal? – reagierte Leonora wegen der Panik nicht. Ihre Hände zitterten. Ihre Gesten waren unkontrolliert. Sie wusste nicht, was zu tun war.

„Was machen wir jetzt, Franky?"

Sie stiegen eilig in ein Taxi. Erzählten dem Fahrer die Dringlichkeit der Fahrt und boten ihm eine beachtliche Summe an, damit er in kürzester Zeit die Tour erledigte. Vor ihrem Haus sprang Leonora aus dem Wagen und nach nur zwei Minuten kam sie mit dem Reisepass zurück. Ebenso schnell fuhren sie zurück zum Flughafen. In den Lautsprechern ertönte schon der offizielle Aufruf, die Familie Hoffmann solle sofort in das Flugzeug für New York einsteigen.

Frank schlief während des Fluges. Sie konnte nicht schlafen, tauchte in ihre Gedanken ein. Aber ihre Freude, diese Reise zu unternehmen und die Hoffnungen, die sie mit dieser verknüpft hatte, waren im Nu zerstört, als sie sich erinnerte, dass sie die Hausschlüssel im Türschloss vergessen hat, noch dazu an der Außenseite. Wieder geriet sie in Panik. Wieder wusste sie nicht, was zu tun war. Einen Augenblick überlegte sie, Frank aufzuwecken. Nein! Das ist nicht gut, so etwas zu machen! Er wird wieder donnern und blitzen. Er wird sie wieder beleidigen. Sie begriff, dass sie vor ihrem Mann buchstäblich Angst hatte, dass sie von seiner Boshaftigkeit regelrecht terrorisiert wurde. Erst jetzt fingen die Beleidigungen ihres Mannes in ihrem Kopf an nachzuklingen. Wie ein böses Echo wiederholte sich: „Idiotin", „Bist du verwirrt?". Ihre Augen wurden feucht. Die Traurigkeit und das Gefühl, nichts gegen diese Worte unternehmen zu können, erfassten sie. Etwas später nutzte Leonora die Gelegenheit, als die Stewardess kam und fragte, ob sie noch einen Wunsch hätten, und traute sich, Frank aufzuwecken. Sie schüttelte leicht seine Schulter:

„Franky. Franky Liebster."

„Was ist? Lass mich schlafen."

„Die Dame fragt, ob du noch einen Wunsch hast."

„Ich wünsche nur zu schlafen", sagte er ziemlich unhöflich zu der Stewardess, die sich sofort entfernte.

„Frank, ich habe mich erinnert, ich habe die Schlüssel in die Wohnungstür stecken lassen... Was soll ich machen?"

„Was hast du gemacht?", wachte er auf. „Hast du die Hausschlüssel vergessen? Bist du für deine Taten noch verantwortlich? Du bist total hinfällig! Das habe ich schon lange gemerkt."

„Verzeih mir Frank! Verzeih mir! Was ist jetzt zu machen?"

„Wenn wir in New York ankommen, rufst du sofort unsere Nachbarin in Düsseldorf an. Das ist zu machen. Und jetzt lass mich schlafen. Und hör mit diesem ‚Franky' auf. Es ist lüstern und geschmacklos.

„Aber so habe ich dich immer genannt..."

„Was war, ist gewesen. Lass mich jetzt schlafen."

Zwei Tage nachdem das Schiff New York in Richtung Süden verlassen hatte, genossen alle Reisenden ein mildes Klima mit traumhaften Sonnenuntergängen und angenehmen Temperaturen bis spät in die Nacht. Familie Hoffmann allerdings, wie die meisten Urlauber, verbrachte ihre Abende in einem Restaurant auf dem Deck, dessen Glaswände auf die Seite geschoben wurden, so dass dieses sich zu einer breiten Terrasse unter freiem Himmel verlängerte. Eine gute Kapelle animierte die Gäste zum Tanzen. Frank forderte Leonora auf. Mit sicherer Hand und eleganten Gesten führte er sie im Tangorhythmus. Ihr Herz blühte wieder auf. Alle schwarzen Gedanken verflüchtigten sich. Endlich fand sie sich in den starken und zärtlichen Armen ihres Mannes wieder, so wie damals in Berlin. Sie schaute nur in seine blauen Augen, die sie ein Leben lang betört hatten. Die romantische Kulisse mit jener sanft streichelnden vom Meer kommenden Brise und der am Himmel roten Spur der untergegangenen Sonne machte den Traumzustand von Leonora vollkommen. Ihre Hoffnungen schienen in Erfüllung zu gehen. Wieder verliebt in ihren Mann, verzieh sie ihm auf einmal alle Boshaftigkeiten. Sie hatte sie vergessen! Ihr war schwindelig vor Glück. Sie konnte nicht ahnen, dass dies der letzte Glücksmoment ihres Lebens war.

Nach dem Tanz nahmen sie wieder an ihrem Tisch Platz und tranken noch einen Schluck Wein. Leonora hatte keine Zeit, ihren wunderbaren Zustand zu kommentieren, nicht mal in Worten zum Ausdruck zu bringen, denn Frank stand auf und ging direkt zu einem benachbarten Tisch, wo er eine Dame zum Tanz aufforderte. Seine Frau verstand noch nicht, was im Gange war. Sie schaute nur, wie schön Frank sich bewegte. Er war immer ein eleganter Tänzer gewesen. Erst als sie feststellte, dass ihr Mann bereits vier Tänze hintereinander mit der unbekannten Dame getanzt hatte, verdunkelte sich ihre Stimmung. Ihr Glücksmoment verflog. Sie spürte nicht nur Traurigkeit, sondern auch Eifersucht. Die Unbekannte war wesentlich jünger als sie. Sie durfte höchstens fünfzig Jahre alt sein. Sie sah auch gut aus – musste Leonora zugeben. Das schmerzte sie. Das schmerzte sie am stärksten. Nachdem die Kapelle eine Pause einlegte, musste Leonora noch drei Tänze ihres Mannes mit der gleichen Dame erdulden. Endlich forderte ihr Mann wieder sie auf. „Jetzt komme ich auch an die Reihe?", fragte sie ironisch. „Mach jetzt kein billiges Theater", antwortete er trocken. Sie tanzten nur ein Mal. Welch ein Unterschied zu dem ersten Tanz an diesem Abend! Leonora spürte keine Freude. Weder Franks Bewegungen, noch die zauberhafte Kulisse beeindruckten sie. Während der ganzen Dauer des Tanzes dachte sie, auch die Unbekannte wurde so umarmt, von seiner Hand so gehalten, ebenso von Frank in dem Musikrhythmus geführt. Sie wünschte sich, der Tanz sollte so schnell wie möglich enden.

Spät in der Nacht zogen sie sich in ihre Suite zurück. Leonora fasste Mut und traute sich, Frank zu sagen:

„Es gefiel mir gar nicht, dass du so oft mit dieser Dame getanzt hast."

„Was? Bist eifersüchtig?"

„Ich muss zugeben: in einer gewissen Weise, ja."

„Ha! Eifersüchtig! Für nichts! Eifersüchtig in deinem Alter! Das ist Hysterie, Madame!"

„Trotzdem... ich habe mich gar nicht gut gefühlt."

„Das ist deine Sache und nicht meine: wie du dich gefühlt hast. Du hast keinen Grund. Morgen werde ich diese Dame zu unserem Tisch einladen, damit du dich überzeugst, dass die Situation nicht so ist, wie du denkst."

Frank schlief schnell ein, während Leonora sich mit ihren Gedanken mehr als eine Stunde im Dunkeln beschäftigte. Sie verzieh sich nicht, die Diskussion über diese Dame und ihre wiederholten Tänze mit Frank eröffnet zu haben. Eigentlich war es ein verzweifelter Versuch, ihn zu bewegen, sie zu schonen, ihr etwas mehr Aufmerksamkeit und Respekt zu zeigen. Das Ergebnis war genau das Gegenteil von dem, was sie erhofft hatte. Morgen wird sie die Anwesenheit dieser Person sogar an ihrem Tisch erdulden müssen. Wäre es angebracht, abzulehnen zum Tisch zu kommen? Die peinliche Situation so zu meiden? Oder zu akzeptieren und sich mit der Unbekannten zu konfrontieren und diese sogar zur Rechenschaft zu ziehen, warum sie so offensichtlich mit ihrem Mann flirtet. Keine dieser Varianten war gut. In beiden Fällen würde wieder zwischen ihr und Frank ein Skandal ausbrechen und er würde sie erneut beleidigen und erniedrigen. Ja, Leonora hatte Angst vor Frank! Sie beschloss, keinen Widerstand zu leisten und zu akzeptieren, den nächsten Abend zu dritt zu verbringen. So wird zum mindesten Ruhe bleiben.

In jener Nacht hatte sie folgenden Traum: Auf einer Wiese voll Blumen lief ein etwa zehn Jahre altes Mädchen hinter einem blauen großen Luftballon her, der in der Luft schwebte. Sobald das Mädchen sich dem Ballon näherte, um ihn zu fangen, entfernte sich dieser wieder, spielerisch und sprunghaft. Das Mädchen lief immer schneller. Sie gab sich große Mühe, den in der Sonne strahlenden blauen Ballon zu fangen. Sie wollte ihn unbedingt haben. Noch ein Versuch. Wieder ein Misslingen. Ihr Atem wurde immer heftiger. Sie bekam kaum Luft. Sie war am Ende ihrer Kräfte. Doch sie musste unbedingt die blaue Schönheit berühren. Noch ein Versuch. Endlich fasste sie mit ihren kleinen Händen den Ballon. Im selben Augenblick explodierte dieser mit einem ohrenbetäubenden Knall. Im Gras liegend, zwischen den blauen, toten Luftballonfetzen, weinte das Mädchen. Sie konnte nicht aufhören zu schluchzen. Leonora wachte voll kaltem Schweiß und außergewöhnlich beängstigt auf. Unter der Beschreibung dieses Traumes notierte sie in ihr Tagebuch: „Ich habe das Gefühl, ich hätte diesen schlechten Traum schon einmal gehabt. Wann? Ich kann mich nicht erinnern." Von diesem Moment an hatte Leonora sehr oft den Alptraum mit dem Mädchen, das einen großen blauen Luftballon zu fangen versuchte.

Am nächsten Abend, sobald sie das Restaurant betraten, ging Frank gezielt zu dem Tisch, wo die Unbekannte saß. Nach einem kurzen Gespräch führte Frank sie zu ihrem Tisch. Leonora konnte kaum glauben, dass er diese Geste doch machen würde. Sie erinnerte sich, dass sie gestern beschloss, keinen Widerstand zu leisten, Ruhe zu bewahren und die seltsame Situation, den Abend zu dritt zu verbringen, mit Würde zu akzeptieren.

„Ich darf Sie mit meiner Gattin, Frau Leonora Hoffmann, bekanntmachen. Leonora, ich habe das Vergnügen, dir Frau Simone Neuhaus aus Frankfurt vorzustellen", machte er formell die Vorstellung.

„Ich freue mich", antwortete Leonora kühl, ebenso formell. In ihrem Inneren hatte sie ihr etwas ganz anderes gesagt…

„Frau Neuhaus reist alleine und deswegen glaube ich, ist es angebracht, sich ihrer anzunehmen, damit sie sich nicht zu einsam fühlt", begründete Frank seine Aktion.

Nach dem Abendessen, während sie über alle möglichen Banalitäten, das Schiff und die Reise sprachen, führte Frank zuerst Frau Simone Neuhaus aufs Parkett. Während sie ihren Tanz beobachtete, wurde Leonora von Wut und Empörung erfasst. Sie wollte etwas sagen oder etwas machen. Egal was, nur um diese erniedrigende Vorstellung, in der sie die Rolle der Verliererin spielte, zu stoppen. Sie hatte weder Kraft noch Mut, etwas zu unternehmen. Schaute nur zu. Fühlte ihre Knie und Hände zittern. Ihr Mund wurde trocken und sie trank ein Glas Wein. Drückte ihre Fäuste. Versuchte, sich zu beherrschen, die Contenance zu bewahren. Sich nicht lächerlich zu machen. Sie glaubte nicht, dass es ihr gelingen würde. Nein! Sie spürte, es ist nicht mehr lange und sie wird explodieren. Endlich ging der Tanz zu Ende! Frank führte Simone zum Tisch zurück.

„Frau Neuhaus ist eine exzellente Tänzerin", informierte er seine Frau.

Beim Hören dieser Wörter schrie Leonora in ihrem Innern: „Ein Leben lang, Frank, sagtest du, eine bessere Tänzerin als ich, kann auf dieser Welt nicht existieren! Ein Leben lang! Jetzt sagst du mir, gerade mir, diese Schlange sei eine exzellente Tänzerin! Frank! Begreifst du, was du mit mir machst? Begreifst du nicht, dass du mich seelisch zerstörst?" Nichts von diesem hatte sie gesagt. Sie schwieg. Ihr wurde übel. Sie erhob sich. Richtete sich eilig zur Toilette. Dort ließ sie ihren Tränen freien Lauf. Weinte und schluchzte. Ihr stockte fast der Atem vom vielen Weinen. Schrie. Brüllte. Fing an, sich zu übergeben. Ihre Qualen fanden kein Ende. Eine junge Dame, die gerade die Toilette betrat, eilte ihr zu Hilfe. Versuchte sie zu beruhigen. Fragte sie mehrmals, was passiert sei. Leonora antwortete ständig: „Nichts. Nichts ist passiert. Es ist mir nur schlecht". „Es sieht nicht gerade nach einer Lebensmittelvergiftung aus", kommentierte die Dame misstrauisch. Nach einiger Zeit beruhigte sich Leonora einigermaßen. Die junge Dame half ihr, sich das Gesicht zu waschen, ihre Haare und Schminke in Ordnung zu bringen. Zusammen verließen sie die Toilette. Im Restaurant hatte Leonora eine leichte Hemmung, direkt zu ihrem Tisch zu gehen. Ihre Begleiterin merkte das und bot ihr an, an der Bar noch etwas zusammen zu trinken. Sie nahmen auf Barhockern Platz. Die junge Dame bestellte zwei Whiskys. „Das wird Sie entspannen", sagte sie zu Leonora. Tatsächlich, das starke Getränk hatte sie vollkommen beruhigt. Wie aus heiterem Himmel fragte Leonora:

„Was ist passiert?"

„Ihnen war schlecht. Sehr schlecht!"

„Ja… Ja! Es war mir sehr schlecht. Ich musste mich übergeben."

„Sie haben etwas Unverständliches geschrien. Sie haben auch geweint." Die junge Dame berichtete ihr alles, was sich in der Toilette ereignet hatte. Zum Schluss fragte sie: „Was ist geschehen, meine Liebe?"

„Nichts Besonderes. Gar nichts Besonderes. Sie sind sehr nett."

Auch diesmal glaubte die junge Dame ihr nicht. Sehr wahrscheinlich hatte sie die Szenen zwischen Frank, Simone Neuhaus und Leonora beobachtet. Ihr Tisch war nur ein paar Meter von dem der

Familie Hoffmann entfernt. Nachdem die beiden noch einen Whisky getrunken hatten, verabschiedete sich Leonora herzlich dankend von ihrer Helferin. An ihrem Tisch angekommen, stellte sie fest, ihr Mann tanzte weiter mit Simone Neuhaus aus Frankfurt. Diesmal war es ihr egal. Sie bestellte noch einen Whisky.

Gleichgültig und völlig apathisch verbrachte Leonora die restlichen Abende so auf dem Schiff: Sie saß neben ihrem Mann, am selben Tisch mit Frau Neuhaus; betrachtete, wie die beiden tanzten. Sie stellte jeden Abend mehr und mehr fest, wie zwischen ihnen eine Beziehung entstand. Abends half ihr immer der Whisky. Aber am Tag hatte sie manchmal das Gefühl, verrückt zu werden. Sie fühlte sich wie ein Tier im Käfig. Sie wollte um jeden Preis weggehen, fliehen vor dem abendlichen Alptraum, auch wenn dieser wegen des Alkohols etwas gedämpft erschien. Aber von einem Schiff kannst du nicht weggehen. Du kannst nicht fliehen. Sie fing an, selbst das Schiff zu hassen – dieses wahre schwimmende Gefängnis! Sie zählte die Tage und die Stunden bis diese verfluchte Kreuzfahrt – mit welcher sie so viele Hoffnungen verknüpft hatte – endlich zu Ende gehen würde. In den Nächten quälten sie immer der Alptraum mit dem Mädchen und die Explosion des blauen Luftballons.

Zurück in Düsseldorf war die erste Handlung Leonoras, sich mit ihrer guten Freundin, Miriam Obermann, in Verbindung zu setzen. Sie trafen sich in der Stadt in einem Café, das sie oft zusammen besuchten. Leonora wollte Miriam unbedingt erzählen, was alles auf dieser unglücklichen Reise passiert war. Zum Schluss fragte sie die Freundin:

„Glaubst du, dass Frank außereheliche Beziehungen haben könnte?"

„Ach, was! Sei vernünftig, Leo! Du weißt, wie die Männer sind, wenn sie ein gewisses Alter erreicht haben: wie die Kinder! Sie versuchen, sich selbst zu bestätigen, sie hätten bei jungen Damen noch Erfolg. Sonst würden sie total zusammenstürzen. Ha, ha, ha! Sei ruhig."

In Miriams Tagebuch war genau an diesem Datum das Gegenteil eingetragen: Sie wusste wohl, dass Frank Hoffmann außereheliche Beziehungen unterhielt und zwar schon vor dem Tod seines Sohnes. Sie hat es Leonora nie verraten, um sie nicht zu verletzen. Dazu war Miriam, wie ihr Sohn mir mitteilte, eine zu diskrete Person.

„Aber der Alptraum? Dieser zermürbende Alptraum mit dem Mädchen, das nach einem blauen Luftballon desperat läuft und wenn sie ihn endlich fasst, explodiert er… Was meinst du? Was bedeutet das?"

„Leo! Liebe Leo! Wir alle haben Träume. Einige angenehme und andere unangenehme. Aber nur was wir im Wachzustand denken und was in Wirklichkeit passiert zählt. Nur das! Ich kann Träume nicht deuten. Wenn du möchtest, wende dich für so etwas an Fredi. Aber pass gut auf, liebe Leo: Werde jetzt nicht zu einer abergläubischen Fanatikerin. Es ist noch zu früh für so etwas!" Sie zwinkerte ihr zu. „Komm Mädchen, beruhige dich! Frank geht nicht fremd und dein Traum bedeutet nichts Gefährliches."

Auf der einen Seite neigte Leonora dazu, ihrer Freundin zu glauben. Was sie von ihr hörte, beruhigte sie. So war Miriam, aufbauend, optimistisch. Aber auf der anderen Seite konnte sie sich nicht von der Vermutung befreien, die sich in ihrem Kopf tief einnistete. Sie konnte sich auch nicht von dem Schmerz der Erniedrigung und auch von ihrer quälenden Unruhe lösen. Sie beobachtete aufmerksam die KFZ-Zeichen aller Autos, die sie sah. Sobald sie ein Auto aus Frankfurt entdeckte, erfasste sie Angst. In jedem dieser Autos versuchte sie Simone Neuhaus zu erkennen. Oft schaute sie aus dem Fenster der Wohnung, ob nicht vor dem Haus zufällig ein Auto aus Frankfurt geparkt sei. Sie hasste alles, was von dieser Stadt kam, auch wenn es in Form von Nachrichten im Radio oder Fernseher war.

Nein. In keinem Wagen aus Frankfurt, der durch Düsseldorf fuhr, entdeckte Leonora Simone Neuhaus. Auch Frank unternahm in dieser Zeit keine Reise in die Stadt am Main. So wie Miriam sagte, schien alles ein harmloser Flirt gewesen zu sein. Die Person Simone Neuhaus, die sie während der Kreuzfahrt so sehr gequält hatte, verschwand spurlos. Und die „Obsession Frankfurt", die eineinhalb Jahre Leonora keine Ruhe ließ, schien abzuklingen. Sie wurde aber durch eine andere, viel schlimmere und beleidigender, ersetzt. „Sabine Lang" hießen der neue Schmerz und die neue Obsession Leonoras.

„Fräulein Ingenieur Sabine Lang", wie Frank sie vorstellte, war eine junge Frau, nicht mehr als dreißig Jahre alt, wirklich sehr ansehnlich: lange, schwarze Haare, schöne, grüne Augen, ein feines Puppengesicht und ein attraktiver, schlanker Körper. Die junge Dame tauchte immer öfter bei ihnen zu Hause auf, wo sie mit Frank stundenlang in seinem Büro verschwand. Dieser erklärte seiner Frau, dass Fräulein

Sabine Hilfe zur Vorbereitung ihrer Doktorarbeit im Bereich der Mechanik brauchte.

Bevor ich über die folgenden Ereignisse schrieb, fühlte ich das Bedürfnis, der Statue, die Leonora darstellte, einen besonderen Besuch zu machen. Ich war sehr ängstlich, eine nicht wiedergutzumachende Indiskretion zu verursachen: Die gute und edle Dame gegenüber jeder Person, die die folgenden Zeilen lesen wird, zu entblößen. Die Indiskretion kann wie eine Waffe verletzen. „Liebe Leonora", sprach ich zu dem kalten Stein, „ich weiß viel, vielleicht zu viel über dich, über deine Gedanken und deine so sehr gequälte Seele. Verzeih mir! Verzeih mir, dass ich auch dies beschreiben werde. Aber, glaube mir, ich verstehe dich besser als jeder andere. Ich gebe dir Recht in dem, was du gemacht hast. Du konntest es nicht anders machen. Egal was ein Unwissender oder einer, der unsensibel ist, glauben wird: was du getan hast, ist gar nicht peinlich. Es ist menschlich. Zutiefst menschlich! Mit diesen Gedanken und Traurigkeit im Herzen werde ich die tragischen Szenen, die gefolgt sind, doch beschreiben. Verzeih mir, viel geliebte Leonora!"

Leonora fühlte sich regelrecht unterjocht, zertreten und zerrissen durch die ständige Anwesenheit Sabine Langs in ihrem Haus. Ihr psychischer Zustand wurde unerträglich. Der Alptraum mit dem laufenden Mädchen nach einem blauen Luftballon, der immer explodierte, als sie ihn fing, kam zurück. Er wiederholte sich jede Nacht, so dass Leonora immer Angst hatte einzuschlafen. Nur als sie in das Zimmer ging, wo Christian wohnte, – ein Zimmer, das nach seinem Tod unverändert geblieben war – fand sie ein wenig Ruhe. Sonst war sie nur von Angst, Traurigkeit und tausend Fragezeichen heimgesucht. Gerade die ungewöhnliche Attraktivität der jungen Schülerin ihres Mannes überzeugte sie Tag für Tag, er habe eine Liebesbeziehung mit ihr. „Es kann nicht sein! In seinem Alter von achtundsechzig…", versuchte sie sich zu trösten. Umsonst!

Eines Tages beobachtete Leonora Frank durch die halboffene Tür im Badezimmer. Er rasierte sich. War nackt. Ach, Gott! Es war nicht mehr dieser schöne, kräftige und heiße Körper, den sie damals, als sie sich liebten, leidenschaftlich umarmt hatte. Doch… doch war er immer noch ihr liebster Frank. Die Männlichkeit, die sie ein ganzes Leben lang betört hatte, blieb noch in seinem alt gewordenen Körper erhalten. Dieselben breiten Schultern, dieselbe gut gebaute Brust, an der sie so viele Male ihren Kopf lehnte und die Augen zum Träumen schloss. Leonora spürte eine Wärme und Erregung, die sie längst vergessen hatte. Es waren die Wärme und die Erregung der Begierde. Sie war jetzt überzeugt: Auch in seinem Alter könnte Frank noch erotische Gefühle bei einer Frau auslösen. Sie beide hatten seit Christians Tod keine sexuellen Berührungen. Umso mehr bedeutete die Anwesenheit der attraktiven Sabine in ihrem Haus eine Gefahr für Leonora. Wahrscheinlich gab die junge Frau Frank das, was er bei seiner Gattin so viele Jahre nicht mehr fand.

Am selben Tag, nachdem Frank weggegangen war, ging Leonora ins Badezimmer. Sie zog sich aus. Öffnete ihre Haare. Lange schaute sie im Spiegel ihre eigenen Augen an. Als ob sie sich fragte: „Ist das jetzt gut, was ich hier mache?" „Wer bist du? Wer?", flüsterte sie. Ihre Blicke glitten weiter im Spiegel über ihr Gesicht voll Falten, den veralteten Hals, die flachen, hängenden Brüste, die Hüften und Oberschenkel, die langsam anfingen abzumagern. Sie sah in ihren Augen die Feuchtigkeit der Tränen. Ihr Kinn zitterte. Ihr Gesicht verzog sich zu einer unbekannten Grimasse. Sie schrie: „Leonoraaaaa" und brach in heftiges Weinen aus. Verzweifelt griff sie zum Lippenstift und zog ein rotes X über den Spiegel. Danach noch eins. Und noch eins. Viele Linien, rot wie Blut, zog sie auf die Erscheinung im Spiegel. „Wer bist du? Wer?", schrie sie ununterbrochen. Etwas später beruhigte sie sich. Sie bekam eine völlig andere Stimmung. Mit einer seltsamen Ruhe näherte sie sich wieder dem beschmierten Spiegel. Fasste ihre Stirn zwischen die Hände. Zog sie sanft nach hinten. Ihr Gesicht hellte sich auf. Wiederholte die Geste mit ihren Wangen. Ein kaum merkbares Lächeln erschien auf ihren Lippen. Ihre Hände glitten langsam an ihrem Körper entlang. Hob ihre Brüste und drückte sie sanft zusammen. Ihr verführerisches Dekolletee von damals erschien ihr wieder, wie eine im Nebel verlorengegangene Erinnerung. Ihr Kopf sank nach hinten. Sie lächelte. Kokett betrachtete sie nochmals ihr Spiegelbild. Fing an zu lachen. Welche Erinnerungen in dem Moment wach wurden, wird niemand erfahren. Es ist besser so, liebe Leonora! Ihre Hände glitten auf dem Körper tiefer, langsam nach unten. Auf die Taille drückte sie so stark, wie sie konnte. Die Geste ähnelte einem verzweifelten Biss, aber auch der typischen Geste der Flamenco-Tänzerinnen. Was war die ungeahnte Energie mit welcher sie ihre Taille fasste? Verwandelten sich ihre Hände in die von Frank damals? Oder… Noch tiefer, verloren ihre Hände die Kraft und wurden zu schützenden Kuhlen vor dem intimsten weiblichen Punkt. „Leonora", flüsterte sie mit der ganzen Zärtlichkeit, die sie als junge Frau zu verschenken wusste.

Mit Franks neuer Boshaftigkeit, seiner Frau die Untreue offen zu zeigen, tauchte in Leonoras Seele die längst vergessene Frau wieder auf. Sie begehrte ihren Mann und war überzeugt, die letzte Chance, ihre Ehe zu retten, war nur der Weg der Liebe, wie damals in Berlin als sie sich vereinigt hatten. So glaubte sie. Leonora war jedoch bewusst, dass solche Wünsche zu später, sehr später Stunde in ihrem Leben wiederaufgeflammt waren. Sie tröstete sich mit der Wahrheit, dass Liebe und Begierde kein Alter kennen.

Sie putzte in Eile den Spiegel und rief Miriam, um mit ihr einen Treff in der Stadt zu vereinbaren. Sie zog sich so elegant wie möglich an und machte sich auf den Weg zu dem Café, wo sie ihre Freundin treffen sollte. Nach einem kurzen Geplänkel fragte Leonora Miriam plötzlich:

„Miri, sag mir ehrlich: hast du noch Sex mit Torsten?" Die Freundin war leicht schockiert.

„Was ist mit dir los, Schwesterlein? Was soll diese indiskrete Frage?"

„Bitte sag es mir. Für mich ist es sehr wichtig."

„Gut. Wenn es so wichtig ist, ich sage dir: Ja, wir haben sexuelle Beziehungen. Ha, ha, ha! Sicher nicht wie damals… Du verstehst, was ich sagen will… Aber ein, sogar zweimal in der Woche lieben wir uns sehr schön."

„Danke. Ich möchte keine Einzelheiten. Nur das wollte ich wissen."

Sie plauderten noch über dies und das, nachdem Leonora sagte, sie hätte es eilig, denn sie müsste noch etwas erledigen. Miriam, die ihrer Freundin gerade einen Bummel durch die Modegeschäfte vorschlagen wollte, war über die ungewöhnliche Eile verdutzt. Sie trennten sich.

Besonders nach der Information von Miriam hatte Leonora keinen Zweifel mehr: Sie musste angreifen. Sie musste diese Sabine aus Franks Gedanken entfernen. Sie glaubte auch zu wissen, wie die Jugend und die Schönheit ihrer Rivalin zu besiegen seien. Zielstrebig ging sie zu einem Sex-Shop. Vor dem Geschäft brauchte sie mehrere Minuten, um die Scham zu überwinden. Nachdem sie sich vergewissert hatte, dass keine bekannte Person, die sie wiedererkennen konnte, durch Zufall in der Nähe wäre, betrat Leonora den Laden. Sie kaufte einen absolut provokanten Slip und Büstenhalter, so wie sie die Prostituierten in den Bordellen tragen. Sie kaufte auch einen knalligen Lippenstift und jede Menge aufdringliches Make-up, typisch in der Welt der leichten Mädchen. Zahlte in bar, um nicht mit der Kreditkarte ihren Namen preiszugeben. Danach ging Leonora in ein Feinkostgeschäft, wo sie einen Hummer, Kaviar, den besten Champagner, Franks Lieblingswein und andere kulinarische Leckereien kaufte. Zu Hause bereitete sie ein exklusives Dinner vor. Dekorierte festlich den Tisch mit dem schönsten Besteck, viele Blumen und auch Kerzen, die eine intime Atmosphäre schaffen sollten. Sie zog ihr schönstes und elegantestes Kleid an. Darunter trug sie schon die Reizwäsche. Es war acht Uhr abends. Sie wusste, in ein paar Minuten würde Frank von einer Versammlung im Industrieclub kommen. Leonora war aufgeregt, wie vor einer Prüfung. „Wie wird dieser Abend verlaufen?", fragte sie sich ununterbrochen. So etwas hatte sie in ihrem Leben nie gemacht. Sie war aber sicher, Erfolg zu haben.

„Aber was ist denn los, Madam? Erwarten wir Gäste?", fragte Frank, als er den festlich gedeckten Tisch sah.

„Nein. Wir erwarten keine Gäste. Siehst du nicht, dass der Tisch nur für zwei gedeckt ist?"

„Aha! Was ist dann für ein besonderer Tag heute? Ist nicht etwa unser Hochzeitstag?"

Frank vergaß seit vielen Jahren regelmäßig ihren Hochzeitstag, was Leonora immer traurig machte. Diesmal aber verzichtete sie, eine Bemerkung zu machen, und antwortete:

„Nein, es ist nicht unser Hochzeitstag. Ich will dir ganz einfach einen angenehmen Abend anbieten"

„Hm. Jeder Mensch mit seinen Pläsieren", sagte Frank und verschwand in seinem Zimmer.

Leonora merkte, dass ihre gut gemeinte Absicht nicht geschätzt wurde. Es wäre aber absolut falsch, ihn zu ärgern und so einen neuen Skandal zu provozieren. Sie hatte einen Kampf zu führen, den sie unbedingt gewinnen musste. Der Abend musste in einer angenehmen Atmosphäre bis zu Ende verlaufen, so, wie sie es geplant hatte.

Während des Essens war eine entspannte Stimmung. Leonora vermied, zuviel zu sprechen, um nicht zu riskieren, Frank zu ärgern. Er war fähig, in jeder Sekunde, für fast jedes Wort auszurasten, sie wieder zu beleidigen und zu erniedrigen. Gott sei Dank passierte so etwas nicht. Im Gegenteil: Frank lobte das Menü. Kostete alles, zeigte sich sehr zufrieden. Minute für Minute war Leonora sicherer, erfolgreich zu sein. Wusste aber nicht, wie sie vorgehen sollte, um an den so sehr gewünschten Höhepunkt des Abends zu gelangen. Sollte sie mit ihm tanzen und dabei langsam in Richtung Schlafzimmer gleiten? Sollte sie ihm offen und direkt sagen, dass sie ihn begehrt – wie sie es damals so oft machte? Oder zuerst eine Diskussion über dieses Thema mit ihm führen? Wie wäre es besser? Frank selbst gab ihr die Lösung:

„Gute Nacht, Leonora. Ich gehe schlafen. Das Essen war exzellent."

„Ich komme gleich nach. Ich gehe zuerst ein wenig ins Badezimmer."

Leonora deckte einen Teil des Tisches ab und eilte zum Badezimmer. Der Moment war gekommen! Sie war sehr aufgeregt. Sie betrachtete sich einen Augenblick im Spiegel und zog dann das Kleid aus. Sie löste ihre Haare. Mit unsicherer Hand trug sie den knalligen Lippenstift und das aufdringliche Make up auf. Zog ihren Slip und Büstenhalter noch einmal zurecht. Mit einer Spange raffte sie ihre Haare zur Seite. Besprühte sich mit ihrem besten Parfüm. Sie sah wirklich wie ein Vamp aus. Sie merkte nicht oder sie wollte nicht merken, dass diese „Dekoration" sie von sich selbst entfernte, sie verfremdete sie total. Auch ihr wahres Alter, das sie gerade durch diese Maßnahmen verstecken wollte, war nun besonders deutlich zu erkennen und gab ihrer ganzen Erscheinung eine peinliche Note. Leonora begriff nicht die Lächerlichkeit, in welche sie sich selbst begab – unerklärlich für eine kultivierte Frau, die auch einen guten Geschmack hatte! Noch war sie sich ihres Erfolges sicher. Sie bewegte sich in Richtung Schlafzimmer. Frank lag fast schon schlafend im Bett und mit dem Rücken zur Tür. Sie fürchtete, ihn zu stören. Sie setzte sich auf die Bettkante. Eine Weile betrachtete sie ihn mit großer Zärtlichkeit. Es war ein ungewöhnlich seltsamer und betrüblicher Kontrast zwischen ihrem liebevollen Blick und ihrer frivolen Erscheinung, die sie sich selbst angepasst hatte.

„Frank. Franky Liebster… Ich liebe dich…", flüsterte sie, ihn leicht an der Schulter streichelnd.

„Lass jetzt diese Geschichten!"

„Ich wünsche dich…" In diesem Moment drehte Frank sich um und sah sie.

„Bist du verrückt geworden? Wie siehst du aus?", tobte er.

„Ich… Ich wollte dir eine Freude bereiten, Franky Liebster…"

„Eine Freude? Kann eine alte Frau in der Aufmachung einer billigen Nutte eine Freude sein? Hast du deinen Verstand endgültig verloren? Siehst du nicht, wie deine Brüste hängen? Siehst du nicht deine welke Haut? Dazu hast du dich auch wie ein Affe bemalt. Aber was sage ich Affe? Wie eine in die Rente gekommene Hure." Leonora schämte sich maßlos. Sie versuchte ihren fast nackten Körper vor seinen bösartigen Blicken mit den Händen zu schützen. „Diese Maskerade ist eine Beleidigung an meine Adresse. Verspottest du mich? Antworte! Verspottest du mich?"

„Verzeih mir, Franky…"

„Franky? Wieder dieses süßliche ‚Franky'?" Er versetzte ihr auf die linke Wange eine starke Ohrfeige. „Lerne jetzt, was du ein Leben lang nicht fähig warst zu lernen: Ich mag keine Huren!" Er schlug sie noch einmal, stärker. Leonora fiel hin. „Hau ab!"

Es wurde ihr schwarz vor den Augen. Zwischen Franks Worten hörte sie ein bohrendes Ohrensausen. Um vor dem unerbittlichen Ausbruch ihres Mannes zu fliehen, versuchte sie aufzustehen. Sie konnte nicht. Sie hatte keine Kraft. Er beugte sich über sie und fasste ihren Büstenhalter, um sie zu heben. Der Büstenhalter riss. Er packte sie am Arm. Stellte sie auf die Beine. Hob seine kräftige Hand wieder. Erschrocken spürte Leonora, sollte er sie noch einmal schlagen, würde sie dann womöglich sterben. Mit letzter Kraft schrie sie: „Verzeih mir!" und es gelang ihr, aus dem Schlafzimmer zu fliehen. Frank rief ihr nach „Hau ab! Alte Hure! Widerliche Sau!"

Mit großer Mühe und so gut sie konnte, indem sie sich auf die Möbel stützte, ging Leonora in Christians Zimmer. Sie schloss sich ein. Tränen strömten aus ihren Augen. Sie schluchzte heftig vor Schmerzen. Das unansehnliche Make up löste sich auf und hinterließ auf ihrem Gesicht hässliche Spuren, die sich mit dem fließenden Blut aus ihrer Nase vermengten. „Verzeih mir. Verzeih mir.", wiederholte sie ununterbrochen. Sie richtete ihre verzweifelte Bitte an Christian, als ob er da, in seinem Zimmer, anwesend wäre. „Verzeih mir, geliebter Christian! Du weißt, dass deine Mutter nie eine Hure war. Du weißt das, mein liebes Kind. Nicht wahr? Verzeih mir!" Ihr wurde kalt. Sehr kalt. Sie zitterte. Sie hatte Schüttelfrost. Sie schlüpfte in Christians Bett, kroch unter seine Decke – was sie bisher nie getan hatte. Immer noch murmelnd „Verzeih mir. Verzeih mir, Christian", schlief sie spät ein. Sie träumte von dem Mädchen, das einen großen, blauen Luftballon zu fangen versuchte. Die Explosion des Ballons weckte sie. Wieder wurde es ihr nur schwarz vor den Augen. Ein starkes Ohrensausen überwältigte sie. Sie war in kaltem Schweiß gebadet. Versuchte wieder zu schlafen. Der Traum kehrte aber zurück. Wiederholt wachte sie erschrocken auf. Dasselbe Schwarz vor den Augen, dasselbe Ohrensausen. Sie flehte wieder ihren Sohn an, ihr zu verzeihen. Träumte wieder. Wachte auf. Die ganze Nacht wurde sie den Alptraum nicht los. Auf dem Kopfkissen blieben wie gedruckt die Blutflecken und die des billigen Make ups, mit Tränen vermengt.

Obwohl ich Leonora nicht persönlich gekannt habe, sondern erst nach Jahrzehnten und nur mittels einiger Notizen, hat mich ihre Handlung an dem Abend schockiert und über die Massen geschmerzt. Wie kann man die wahre Bedeutung einer solchen Handlung verstehen? Leonora hatte ihre Würde und ihren Stolz geopfert – so, wie sie in dem Moment glaubte, dass es richtig wäre – um die schöne Seite ihres vergangenen Lebens voll Liebe wieder zu erwecken. Sie opferte ihre wahre Schönheit, die sie trotz ihres Alters immer noch hatte, um die vergangene zurück zu erlangen. Ohne es zu begreifen, war sie mit Sicherheit lächerlich. Aber, so wie es oft passiert, die Lächerlichkeit verwandelte sich in Tragik. Zwischen Lächerlichkeit und Tragik befindet sich eine schmale Straße, die immer eine Einbahnstraße ist: Die Lächerlichkeit kann tragisch werden, aber die Tragik nie lächerlich. Es ist fast unverständlich, warum Leonora, noch bevor sie Frank begegnete, nicht begriffen hat, dass die Lächerlichkeit, in welche sie sich selbst manövriert hatte, schon den Samen der Tragik in sich trug. Ich frage mich, ob ihr Gehirn nicht ziemlich müde war.

Frank Hoffmann verstand nichts von dem Geschehenen. Er hatte nicht verstanden, was seine Frau veranlasste, eine solche Geste zu machen, und antwortete mit einer unerhörten Brutalität, sie beleidigend, erniedrigend und schlagend. Er hat nicht erkannt, dass die Art und Weise, in welcher diese Frau sich ihm anbot, ihm einen Akt einer wahrscheinlich noch nicht bekannten Schönheit ermöglicht hätte. Er verstand auch nicht, dass die etwas älteren Frauen, die sich in einer Grenz-Situation befinden, so wie Leonora, getragen von der Verzweiflung des „jetzt oder nie" zu lieben wissen – denn niemand weiß genau, wann sie in der mitleidlosen Trockenheit der Resignation welken. Wie hätte er so etwas verstehen können, während er schon geistig krank war?

„Leonora! Liebe Leo, du hast die größte Dummheit deines Lebens gemacht!", zog Miriam die Schlussfolgerung, nachdem ihre Freundin alles, was am Vorabend passiert war, in Einzelheiten erzählte.

„Ich weiß. Jetzt begreife ich."

„Aha! Jetzt begreifst du. Wo war dein Kopf, bevor du so eine Dummheit machtest?"

„Ich weiß nicht. Beschimpfe mich nicht. Sag mir, was ich tun soll?"

„Du hast nichts anderes zu tun, als immer mild, nachgiebig und nett mit Frank zu sein. Du solltest es meiden, ihm einen Anlass zu geben, dich wieder zu schlagen. Jetzt bin ich vollkommen überzeugt: Seine Psyche ist nicht in Ordnung. Ich glaube, es wäre gut mit Fredi zu sprechen."

„Nein! Ich bitte dich, mach das nicht. Wenn Frank so etwas erfährt, wird er mich wieder schlagen."

„Ja... das ist durchaus möglich. Dann bleibt nur, dass du die Kluge sein musst, und dich so zu benehmen, dass er gar nicht gereizt wird."

Leonora hatte keine andere Wahl, als Miriams Rat zu befolgen. Sie akzeptierte alles, was ihr Mann sagte. Aus Angst antwortete sie immer mit „ja", „nein" oder „wie du willst". Sie verwandelte sich in eine Art folgsamen Schatten, der nichts anderes machte, als ihm zu dienen. Sehr oft schloss sie sich in Christians Zimmer ein, zündete Kerzen an und sprach mit dem Verstorbenen oder betete zu Gott. Sie wurde die Sklavin ihrer eigenen Angst.

Aber Leonoras zurückhaltendes Verhalten schützte sie nicht für lange Zeit vor Franks Wutanfällen und Gewalttätigkeit. Eines Tages teilte ihr Mann ihr mit, dass er Fräulein Ingenieur Sabine Lang zum Abendessen einladen wollte. „Wie du willst", antwortete Leonora. Den ganzen Nachmittag bereitete sie das Essen für den Abend vor. Als Frank den Salat, mit welchem das Menu anfing, probierte, stellte er fest, dass dieser extrem salzig war. Leonora vergaß, dass sie ein Mal Salz streute und, ohne abzuschmecken, noch einmal den Salat salzte. Frank warf den Teller samt Inhalt gegen die Wand. „Das ist ein Affront gegen mich, den du bezahlen wirst, Madam!", sagte Frank und lud Sabine Lang ein, zu zweit zu essen, in einem benachbarten Restaurant.

Mehr als zehn Minuten hatte Leonora keine Reaktion. Sie war vor Angst wie gelähmt. Spät am Abend kam ihr Mann zurück. Seine erste Geste war, Leonora zu schlagen. Halb ohnmächtig konnte sie noch hören:

„Du demütigst mich vor einer Schülerin! Du ruinierst meine Würde! Nachdem du mein Kind getötet hast, machst du mich jetzt vor allen Leuten lächerlich. Das wird teuer für dich, alte Hure! Ich kann nicht mehr! Ich kann deine Anwesenheit nicht mehr ertragen!"

Während dieser letzten Wörter fasste er einen Kerzenleuchter aus massivem Messing und warf ihn in Leonoras Richtung. Er zielte nicht gut. Der wuchtige Gegenstand schlug in einen wertvollen venezianischen Spiegel, der in tausend Scherben zerbrach. Zitternd vor Panik flüchtete Leonora in Christians Zimmer. Frank beruhigte sich und verschwand im Schlafzimmer. Als Stille eingetreten war, fasste Leonora ein wenig Mut, schlich auf Zehenspitzen zu der Bar im Wohnzimmer und griff nach einer Flasche Whisky. Sie wusste schon seit der Kreuzfahrt, dass die hochprozentigen Getränke sie beruhigen. Sie kehrte in Christians Zimmer zurück. Zündete die Kerzen an. Nachdem sie zwei Gläser getrunken hatte, wendete sie sich an den verstorbenen Sohn: „Liebster Christian, komm! Komm und schütze mich vor diesem Tyrannen! Du bist jung und kräftig. Schütze mich! Sag ihm, dass ich dich nicht getötet habe. Sag ihm das! Ich flehe dich an! Ich weiß, er wollte dich nicht in die Staaten fliegen lassen. Ich gebe zu: Ich insistierte, dass du diese verfluchte Reise doch unternimmst. Aber das bedeutet nicht, dass ich dich getötet habe. Nicht wahr, Christian? Nicht wahr? Komm und sag ihm das!" Tränen überströmt und benebelt von Alkohol schlief sie sehr spät ein.

„Ich fürchte, dein Leben ist in Gefahr", sagte Miriam zu Leonora, nachdem sie ihr am Tag danach das Geschehen erzählt hatte. „So geht es nicht mehr weiter. Mach bei der Polizei eine Anzeige. Das Gesetz ist auf deiner Seite. Wenn du es nicht machst, werde ich es tun."

„Ich bitte dich, ich flehe dich an, mach nicht so etwas. Er wird mich totschlagen."

Miriam machte keine Anzeige bei der Polizei. Umso weniger Leonora. Miriam aber sprach sehr ernsthaft mit dem Freund Alfred Berger. Sie hatte ihm alle Einzelheiten erzählt und beide stimmten darin überein, dass Berger unter irgendeinem Vorwand Frank in ein Café einladen sollte, um zu sprechen. Drei Tage nach dem dramatischen

Ereignis trafen sie sich. Als der Doktor Frank sehr diskret andeutete, er solle in seine Praxis zu einer Untersuchung kommen „wie zwischen lebenslangen Freunden", brach dieser aus:

„Wir können auch hundert Leben befreundet sein, das bedeutet aber kein Recht, dich in mein Privatleben einzumischen! Kapierst du das, Herr Doktor?"

„Für dich bin ich ‚Fredi', nicht ‚Herr Doktor'", versuchte Berger ihn zu beruhigen.

„Du bist kein ‚Fredi'. Du bist ein Doktor für Wahnsinnige, der sich von seinen Patienten mit Wahnsinnigkeit infiziert hat. Dieses Phänomen ist bekannt!" Stand auf und schrie so laut, dass das ganze Lokal aufmerksam wurde: „Lass mich in Ruhe! Verstehst du? Misch dich nicht in mein Leben!" Während dieser letzten Worte kippte er den Tisch mit allen Gläsern und Tassen um und floh aus dem Café.

Der Psychiater Alfred Berger diagnostizierte sofort exzessive Aggressivität. Korrekt! Aber weniger korrekt war, keine Maßnahmen zu treffen, um ihn zwangsweise zu halten, notfalls auch mit der Hilfe der Polizei. Frank Hoffmann war eine gefährliche Person. Es war ein Fehler, ihn in Freiheit zu lassen. Der Doktor wurde in diesem Punkt schwach, vielleicht aufgrund ihrer langjährigen Freundschaft.

Einige Tage nach Franks Gewaltausbruch rief Leonora Miriam an:

„Miri es ist etwas fürchterlich geschehen…"

„Oh, Gott! Was ist noch passiert? Sag mir!"

„Herr Frank Hoffmann lud zum Abendessen die junge Frau… S… Si…mone… Also, seine Schülerin. Du weißt wen ich meine. Er befahl mir, Essen vorzubereiten. Ich hatte einen guten Salat gemacht. Dem Herrn hat es nicht geschmeckt, er warf den Salat und ging mit S… Sabine Neuhaus in die Stadt essen. Als er zurückkehrte, hat er mich geschlagen. Zerbrach den schönen Spiegel von… Italien. Er zerbrach den, Miri!"

Miriam war erschrocken. Sie begriff, dass Leonora dieselbe Geschichte von voriger Woche, über die sie in Einzelheiten schon berichtet hatte, ihr wieder erzählte.

„Liebe Leo, wann ist das passiert?"

„Nicht lange her. Um die drei Tage."

„Es sind genau sechs Tage, Leo. Du hast mir das schon einmal erzählt. Erinnerst du dich nicht, wir trafen uns den Tag danach in der Stadt und du hast mir alles erzählt?"

„Trafen uns den Tag danach in der Stadt und ich habe dir alles erzählt?"

„Ja, Leonora. Es ist so, wie ich dir sage: Wir trafen uns den Tag danach in der Stadt und du hast mir die furchtbare Szene, die dir Frank machte, erzählt. Erinnerst du nicht, dass ich dir vorschlug, eine Anzeige bei der Polizei zu machen?"

„Nein! Nicht Anzeige! Ich bitte dich von ganzem Herzen. Du sagst, wir trafen uns den Tag danach in der Stadt und ich habe dir alles erzählt?"

„Ja. So ist es."

„Ha! Ha! Dann bitte ich dich um Verzeihung, Schwesterlein. Ich vergaß, wir trafen uns den Tag danach in der Stadt und ich habe dir alles erzählt. Ich hatte das vergessen."

„Na! Siehst du, Mädchen? Dazu erinnere ich dich an die Tatsache, dass diese sogenannte Schülerin deines Mannes nicht Simone und auch nicht Sabine Neuhaus heißt, sondern, ganz einfach, Sabine Lang. Mindestens so hast du mir das gesagt."

„So habe ich dir gesagt? Ja... Ja! Selbstverständlich heißt sie Sabine Lang. Aber nicht das ist jetzt mein Problem, liebe Miri."

„Was ist das Problem?"

„Ich habe Angst, Miri. Dieser böse Mann ist fähig, mich zu ermorden. Er ist überzeugt, ich hätte Christian getötet. Ich muss ihm einen Brief schreiben, um ihm zu sagen, dass ich nicht diejenige bin, die Christian getötet hat. Könntest du nicht kommen, um mir zu helfen, den Brief zu schreiben? Es ist mir schwer, so einen Brief zu formulieren. Ich versuchte mehrere Male, aber es gelang mir nicht."

„Leonora, du bist dabei, wieder eine Dummheit zu machen. Du schreibst keinen Brief. Es führt zu nichts Gutem. Er wird sich nur ärgern, was für dich gefährlich ist. Begreife bitte, dass Frank kein gesundes Verständnis mehr hat. Er ist krank."

„Er ist krank? Ja, ja, möglich, dass er krank ist. Soll ich keinen Brief schreiben?"

„Nein! Auf keinen Fall!"

„Dann… kommst du trotzdem, mir zu helfen, eine Überweisung für meinen Schneider auszufüllen? Seit drei Wochen habe ich ihm noch etwas zu zahlen."

Miriam verstand, dass ihre Freundin Schwierigkeiten mit dem Schreiben hatte. Gerade sie, die immer so schöne Briefe schrieb! Sie begriff auch, dass mit Leonoras Gedächtnis etwas nicht in Ordnung war. Wieso hat sie ihr dieselbe Geschichte zwei Mal erzählt? Es beunruhigte sie auch, dass ihre Freundin oft mit derselben Frage, die man ihr gestellt hatte, antwortete und auch dass sie dieselbe Phrase oft wiederholte. Es war kein Zweifel: Etwas passierte mit ihrer Freundin. Sie wird alles Fredi berichten. Selbstverständlich ging sie, ihrer Freundin bei der Ausfüllung der Überweisung zu helfen.

Es folgten einige Wochen, in denen in der Familie Hoffmann eine gespannte Ruhe herrschte. Leonora traf Frank selten. Sowohl sie als auch er vermieden, sich zu treffen. Wenn dies doch geschah, sagte er immer zu seiner Frau „Verschwinde aus meinem Weg, Mörderin!" Sie kochte, wusch und bügelte für ihn, sonst nichts. Sie wurde vollkommen teilnahmslos. Verschwand stundenlang in Christians Zimmer, wo sie mehr und mehr Kerzen anzündete. Das Zimmer wurde zu einem Altar. Hier trank sie auch ihren Whisky, um noch ein bisschen Ruhe zu erlangen. Mit Miriam traf sie sich auch nicht mehr in der Stadt, sondern telefonierte nur, und das, wenn Frank nicht zuhause war. Während dieser Gespräche sprach sie nie seinen Namen aus. Sie nannte ihn immer „der böse Mann". Sie wurde von Ängsten und Obsessionen heimgesucht. Miriam war besorgt über das, was in der Familie Hoffmann passierte. Sie ahnte, dass gerade diese relative Ruhe ein Vorbote von etwas Schlimmem, sehr Schlimmem sein könnte. Sie versuchte, Leonora zu überreden, eine Konsultation bei dem Freund Alfred Berger zu akzeptieren. Obwohl Leonora kein Interesse für so etwas hatte – sie schien sich mit der Situation abzufinden – akzeptierte sie doch irgendwann den Vorschlag, vielleicht mehr Miriam zuliebe. Leider zu spät…

Frank Hoffmann stürmte in Christians Zimmer, wo Leonora sich, wie gewohnt, befand. „Idiotin! Siehst du nicht, dass das Haus brennt?", schrie er. Beide eilten in das Bügelzimmer neben der Küche. Der Tisch worauf das überhitzte Bügeleisen stand brannte mitsamt einem Anzug von Frank. Nachdem Frank den Stecker gezogen hatte, schüttete er einen Eimer mit Wasser auf das Feuer. Leonora stand erschrocken in einer Ecke, ohne etwas unternehmen zu können. „Verzeih mir! Verzeih mir!", stammelte sie. Er drehte sich zu ihr um und schlug ihr kräftig ins Gesicht. Kurz darauf nochmals. Sie schrie vor Schmerz und floh ins Wohnzimmer. Er folgte ihr. „Die Zeit der Zahlung ist gekommen, Mörderin!" Er griff eine Figur aus Marmor. „Ich bitte dich! Ich flehe dich an! Nein!" Er warf diese in ihre Richtung. Sie duckte sich. Die Figur zerstörte eine Vitrine mit Kristallgläsern. Ohrenbetäubender, fürchterlicher Lärm. Er schleuderte eine Blumenvase nach ihr. Traf sie! Ihr Gesicht war voll Blut. Mit einer großen Eisenzange vom Kamin näherte sich Frank Leonora mit der Absicht, ihr auf den Kopf zu schlagen. Sie flüchtete ins Schlafzimmer und stürzte zum Telefon. Rief Miriam an. „Mach etwas! Er bringt mich um!" Sie legte sofort auf, denn er betrat das Schlafzimmer. Sie flüchtete in Christians Zimmer. Schaffte gerade die Tür zu schließen. „Öffne, Idiotin! Hast du Angst vor der Zahlung?" Frank schlug mit der Eisenzange in die Tür. Schlug nochmals. Versuchte, die Tür aufzubrechen. Es gelang ihm nicht. Brüllte: „Du hast mein Kind getötet! Du hast mein Kind getötet!" Leonora hörte, wie er die Möbel im Wohnzimmer zerstörte, immer mit der Eisenzange schlagend. Sie fürchtete, er würde zu Christians Tür zurückkommen. „Er wird sie aufbrechen! Dann bin ich verloren!" Nach einer Weile wurde es wie durch ein Wunder plötzlich still. Leonora verstand nicht, was passiert war. Sie glaubte, die Wohnungstürklingel zu hören. Ja, ja! Es war die Türklingel! Frank öffnete nicht. Stille. Dann lautes Klopfen an der Tür. „Öffnen sie! Polizei!" Leonora traute sich, Christians Zimmer zu verlassen und ging direkt zur Wohnungstür, um zu öffnen. Frank aber kreuzte ihren Weg und hob die Eisenzange, um ihr auf den Kopf zu schlagen. Wenn er nicht über einen Möbelrest gestolpert wäre, hätte er sie getroffen! Ihr gelang es, an die Tür zu kommen und den Polizisten zu öffnen. Frank versuchte wieder, sie von hinten zu schlagen, aber ein junger Polizist fasste seine Hand. Zwei andere überwältigten ihn. „Herr Frank Hoffmann?", fragte ein Polizist. „Ich bin nicht Frank Hoffmann". „Ist dieser Herr Frank Hoffmann?", wurde Leonora gefragt. „Ja. Er ist es." „Die Ratte lügt! Ich bin nicht Frank Hoffmann. Ich bin nicht der, den sie suchen." „Können sie sich ausweisen?" Frank befreite sich von dem Griff der Polizisten, fasste wieder die Eisenzange. Stürmte in Richtung Leonora. Die Polizisten überwältigten ihn wieder. „Ich bin nicht Frank Hoffmann! Ich bin nicht Frank Hoffmann! Es ist ein Missverständnis. Ein Missbrauch! Ich werde mich im Rathaus beschweren!" Sie legten ihm die Handschellen an. Schoben ihn zur Tür.

Er schrie immer „Ich bin nicht Frank Hoffmann! Ich bin nicht Frank Hoffmann!" Umsonst. Er wurde verhaftet und nach einem kleinen Verhör auf der Wache in das bekannte psychiatrische Krankenhaus im Stadtteil Grafenberg eingeliefert. Für Leonora bestellten die Polizisten eine Ambulanz, die sie in ein nahe liegendes Krankenhaus transportierte, um sie zu beruhigen und ihre Wunde am Kopf zu verarzten.

In dem psychiatrischen Krankenhaus traf Frank Hoffmann, diesmal ohne seinen Willen, den Doktor Alfred Berger, der in dieser Zeit schon Chefarzt war. Frank wurde ruhiggestellt mittels Spritzen mit sehr starken Sedativa. Er wurde in die geschlossene Abteilung aufgenommen, das heißt in die Station, aus der er nicht rausgehen konnte, nicht mal zu einem Spaziergang im Park, und wo er auch nicht besucht werden durfte. Er wurde für gefährlich gehalten. In den zehn Tagen, die er dort verbrachte, erkannte er den Freund Fredi Berger nicht, oder wollte ihn nicht erkennen. Er wiederholte immer, er sei nicht Frank Hoffmann. Der Chefarzt kam zu dem Ergebnis, Franks Krankheit wäre unheilbar. Er wies ihn in ein Hospiz für unheilbare Nervenkrankheiten ein.

In dem nahe liegenden Krankenhaus, in das Leonora transportiert wurde, hatte man ihre Wunde am Kopf behandelt. Sie musste aber noch zwei Tage dort bleiben, um medizinisch beobachtet zu werden. Sie erholte sich ziemlich schnell und akzeptierte die Bitte der Staatsanwaltschaft, bei der Rekonstruktion des Geschehens behilflich zu sein. Als das stattfand, wurde Leonora selbstverständlich unterstützt von Miriam Obermann. Am Ende einer für alle Teilnehmer sehr pingeligen und ermüdenden Arbeit wurden alle Attacken Franks gegen seine Frau im Detail rekonstruiert. Jetzt, im Besitz der nötigen Beweise, konnte die Staatsanwaltschaft offiziell eine Strafanzeige gegen Frank Hoffmann erstellen. Es war Alfred Berger, der ihn gerettet hatte, indem er Frank als für nicht zurechnungsfähig erklärte, unheilbar krank und nicht fähig, an einem Prozess teilzunehmen. Es war keine Lüge, aber die Schnelligkeit mit welcher der Freund agierte, schonte Frank vor jeglichem Treffen mit der Polizei oder der Staatsanwaltschaft. Dies waren wahrscheinlich auch die Gründe, warum Frank so schnell ins Hospiz eingeliefert wurde.

Nach der Rekonstruktion wollte Leonora zu Hause bleiben, „bei Christian", wie sie sich ausdrückte. Aber schon in der ersten Nacht wurde sie von der Zwangsvorstellung gequält, dass „jener böse Mann" kommen wird, um sie umzubringen. Sie rief oft ihre Freundin Miri an, auch weit nach Mitternacht, und erzählte, sie höre, wie jemand die Eingangstür aufzubrechen versuchte. Manchmal schwor sie, habe sie einen Schatten in der Wohnung gesehen, der mit Sicherheit „jener böse Mann" wäre. Einige Male bat sie Miri, sie bei sich zu Hause zu beherbergen. Miriam akzeptierte immer, aber nach ein oder zwei Tagen wollte Leonora unbedingt „zu Christian" zurückkehren. Die Freundin hatte bei Doktor Berger eine eingehende Konsultation für Leonora vereinbart.

An jenem Vormittag setzte Doktor Berger alle seine Aktivitäten im Krankenhaus ab und widmete seine ganze Zeit und Aufmerksamkeit der lebenslangen Freundin. Nachdem er die nötigen Tests vornahm, um ihre Konzentrationskraft und die Leistungsfähigkeit ihres Gedächtnisses festzustellen, bat er Leonora, eine Uhr zu zeichnen. Wie der Arzt vermutete, zeichnete sie die Uhr mit einer gewissen Schwierigkeit und setzte die Ziffern an die falschen Stellen. Oben stand anstatt 12 die Ziffer 1. Dieser klassische Test verstärkte seine Vermutung, dass Leonora an einer Demenz im Anfangsstadium litt. Weiter führte er mit ihr lange Gespräche.

„Leo, lass uns jetzt zu dem Traum, der dich so lange quält, zurückkommen. Wer ist das Mädchen, das nach dem Luftballon läuft?"

„Ich weiß nicht."

„Hast du sie mal im Wachzustand gesehen?"

„Nein... Ich glaube, nicht."

„Wie ist sie im Traum gekleidet?"

Leonora dachte nach. Sie gab sich richtig Mühe zu antworten.

„Ich glaube, sie trägt ein Kleidchen."

„Ein Kleidchen oder ein Röckchen mit einem Hemd?"

„Ein Kleidchen oder ein Röckchen mit einem Hemd? Nein. Kein Rock. Ein Kleid."

„Welche Farbe?"

„Grün mit Margeriten. Ein altmodisches Kleid, so wie es die Mädchen vor dem Krieg trugen."

„Hast du auch so ein Kleid getragen?"

„Ja."

„Bist du nicht zufällig dieses Mädchen?"

„Nein."

„Warum? Warum bist du so sicher, du wärst sie nicht?"

„Weil ich diesen Traum nur als Erwachsene hatte."

Der Arzt akzeptierte die oberflächliche Argumentation, notierte aber ins Protokoll die Wahrheit: Das Mädchen war Leonora.

„Wann hast du erstmals diesen Traum gehabt?"

„Ich weiß nicht genau."

„In welcher Periode deines Lebens? Versuch, dich zu erinnern."

„Ich glaube in Berlin, als der Krieg ausbrach."

Der Arzt notierte, dass diese Träume der Patientin gleichzeitig mit ihrem Trauma angefangen hatten, das von dem Fortgehen des Verlobten zur Front verursacht war. Auch die Unmöglichkeit, weiter Theater zu spielen, so wie sie sich gewünscht hatte, müsse eine ähnliche Rolle in ihre Psyche gespielt haben.

„Sprechen wir jetzt über diesen wunderschönen Luftballon, den das Mädchen versucht zu fassen. Du sagtest, er wäre blau?"

„Ja. Blau." Auf ihren Lippen erschien ein Lächeln.

„Was bedeutet für dich die Farbe Blau?"

„Was bedeutet für dich die Farbe Blau? Das Blau ist eine schöne… sehr schöne Farbe."

„Was ist blau?"

„Was ist blau? Was ist… Der Himmel, das Meer und… einige Häuser oder Kleidungsstücke."

„Wenn du die Welt einfärben solltest, so, nach deinem Geschmack, wie würdest du es machen? Was würdest du blau färben?"

„Die Theater würde ich blau machen." Die Antwort kam mit einer unerwarteten Sicherheit.

„Und andere Dinge nicht? Die Städte, die Menschen, die Tiere?"

„Die Städte würde ich rot oder grau färben."

„Warum?"

„Weil sie nicht immer gut sind."

„Aber die Menschen? Wie würdest du die Menschen färben?"

„Die würden verschiedene Farben haben."

„Blau nicht?"

„Doch. Einige würden blau sein."

„Welche würden blau sein?"

„Welche würden blau sein? Nur die guten. Die, die eine gute Seele haben."

„Also Blau bedeutet Gutes, gut sein?"

„Ja… Gut sein und Schönheit."

„Aber die Menschen mit guter Seele haben nichts blaues, bevor du die färben würdest?"

„Sicher! Die Augen. Ihre Augen sind schon blau. Das bedeutet gut sein."

„Könnte der blaue Luftballon, nach dem das Mädchen rennt, auch blaue Augen bedeuten?"

„Ja! Blaue Augen und Theater und Gutes und Schönheit."

Mit diesen Worten bestätigte Leonora dem Arzt die Bedeutung ihres Traumes. Freiwillig sprach sie eine präzise Diagnose.

„Hast du einen Menschen mit blauen Augen gekannt?" Der Arzt wusste genau, dass Leonora ihr ganzes Leben von den blauen Augen ihres Mannes fasziniert war.

„Ja! Sicher!"

„Wer war dieser?"

„Christian."

„Christian?" Alfred Berger war schockiert: Er wusste wohl, dass ihr Sohn braune Augen hatte.

„Ja. Mein Sohn hatte blaue Augen."

„Und dein Mann? Hat er nicht blaue Augen?"

„Welcher ‚mein Mann'?"

„Ach, Leo! Dein Mann, Frank."

Leonora wurde nervös, sogar aggressiv.

„Wie kannst du so etwas sagen, Fredi? Wie kannst du sagen, dass jener böse Mann blaue Augen hat? Ich erlaube dir nicht, in meinem Name solche Behauptungen zu machen. Die Untersuchung ist zu Ende. Ich bedauere, Alfred Berger!"

Nachdem Leonora wegging, notierte der Arzt in den Akten, dass die Patientin ein exzessiv von der Subjektivität beeinflusstes und manipuliertes Gedächtnis, und auch den Beginn von Alzheimer Demenz aufweist. Über Miriam hat er ihr einige Medikamente zukommen lassen. Sie hat diese brav eingenommen, aber vielleicht wegen des häufigen Whiskykonsums blieben die erwarteten Ergebnisse aus. Allerdings für Demenz gibt es keine heilenden Medikamente, sondern nur einige, die eine Verlangsamung des mentalen Degenerationsprozesses zu bewirken versuchen.

Der Verfall Leonoras mentaler Fähigkeiten wurde Woche für Woche sichtbarer. Ihre wiederholten Gedächtnisstürze beunruhigten sie, denn sie begriff, diese sind Vorboten der Demenz. Sie wusste das.

Sie fühlte das. Ging oft gezielt in einen der Wohnräume und, einmal dort, wusste sie nicht mehr, warum sie hierher kam. „Was wollte ich hier? Warum bin ich hierhergekommen?", fragte sie sich. Sie bemühte sich, sich an den Zweck zu erinnern. In ihrem Kopf ließ sich ein weißer Schleier nieder, wie ein Nebel, durch welchen sie nichts sehen konnte. Sie war ganz einfach dort und wusste nicht warum. Sie suchte verzweifelt durch den dichten Schleier. Ihre Gedanken versuchten durch den Schleier zu schwimmen, ertranken aber immer wieder in dem Weiß, das ihr nichts sagte. Panik erfasste sie. Oft weinte sie. Kehrte zurück. Vielleicht würde sie sich so erinnern. Nichts geschah. Sie verzichtete. Erschöpft setzte sie sich auf einen Sessel. Erst dann erschien ihr manchmal in ihren Gedanken der Zweck ihres Tuns. Andere Male konnte sie sich nicht an den Zweck einer angefangenen Aktion erinnern. So passierte es immer wieder mit Aktionen, die sie ausführen wollte, mit Gegenständen und auch mit Namen von sehr bekannten Personen. Einmal fragte sie Miriam, wie ihr Mann heißt, den Leonora seit fünfunddreißig Jahren kannte.

Eines Tages vergaß Leonora sogar die Telefonnummer von Miriam. Nachdem sie bei der Auskunft die Nummer erfuhr, schrieb sie diese mit großen Ziffern auf ein Stück Pappe, das seinen festen Platz neben dem Telefon bekam. Nach einiger Zeit verschwand die Pappe. Den ganzen Vormittag suchte sie verzweifelt die Notiz. Nur durch einen Zufall fand sie diese im Kleiderschrank, zwischen Blusen versteckt. Sie selbst hatte das Stück Pappe da versteckt, aber konnte sich nicht erinnern. Sie rief ihre Freundin an, und mit einem sehr rauen Ton warf sie dieser vor, sie hätte, während des gestrigen Besuches, das Stück Pappe im Kleiderschrank vergraben. Leonora blieb davon fest überzeugt. „Wenn du unsere Freundschaft noch wünschst, verstecke nie wieder diese Pappe!", drohte Leonora, immer wenn sie Miriam traf, sogar einige Monate nach dem Geschehen. Ähnliche Szenen wiederholten sich: Mal waren es die Hausschlüssel, die mit Sicherheit die Nachbarn in den Kühlschrank versteckt hatten, damit sie nicht mehr das Haus verlassen konnte. Mal die Brieftasche mit Geld und Kreditkarten, die ihr zweifelsohne beim Einkaufen der Händler geklaut hatte, aber durch Glück fand sie diese wieder im Schlafzimmer unter der Matratze. Auch die Fernbedienung für den Fernseher fand sie nach einem halben Tag Suche im Wäschekorb. Sie versteckte immer wieder Objekte, aber stets waren es die anderen, die ihr etwas Böses antun wollten.

In dieser Periode verstärkten sich auch ihre Schwierigkeiten zu schreiben. Sie rief immer Miriam, um ihr zu helfen verschiedene Bankformulare auszufüllen. Auch ihre Aufzeichnungen im Tagebuch wurden seltener. Die letzten waren fast unleserlich. Die Schrift war zittrig, unsicher, oft die Wörter halb- oder ineinander geschrieben. Die letzten sechs Aufzeichnungen vor der endgültigen Aufgabe sind der Beweis einer unvorstellbaren Qual, der tragische Beweis des Unvermögens. Bevor ich den Inhalt dieser Sätze entziffern konnte, sprachen diese zu mir von dem bedauernswerten Zustand Leonoras. So eine Schrift ist der Spiegel einer Wunde auf dem Gehirn.

Doch in derselben Zeit passierte mit Leonora so etwas wie ein Wunder. Zugleich mit dem unaufhörlichen Fortschritt der Demenz wurde sie immer heiterer. Sie wurde nicht mehr von der enormen Angst, „jener böse Mann" könnte zurückkehren, gequält. Hatte sie ihn in nur eineinhalb Jahren vergessen? Könnte es so gewesen sein, dass Franks Gestalt mit seiner Boshaftigkeit und Aggressivität in jenem weißen Meer, in dem Leonoras Gehirn nichts mehr sah und nichts mehr fand, untergetaucht war? Auch der Alptraum mit dem Mädchen, das verzweifelt nach einem blauen Luftballon rannte, verschwand mit der Zeit. Es schien, dass nur die alltäglichen Handlungen gut zu erledigen, sich an jegliche Nichtigkeiten zu erinnern und ständig etwas zu suchen, ihre einzigen Beschäftigungen waren. Sie nahmen ihre Aufmerksamkeit und die sehr reduzierte Konzentrationskraft, die sie noch hatte, vollkommen in Anspruch. Nur am Abend widmete sie sich der Vergangenheit, die ausschließlich aus dem verlorenen Sohn, Christian, bestand. Sie verbrachte mehrere Stunden in seinem Zimmer. Zündete immer mehr und mehr Kerzen an. Sie sprach mit ihm. Erzählte ihm Märchen, so wie sie es getan hatte als er ein Kind war. Sie fragte ihn, was sie für den Tag, an dem er zurückkommen wird, kochen sollte. Ja, Leonora war überzeugt, er würde zurückkommen. Vielleicht hielt gerade diese Überzeugung sie aufrecht. Die eingebildete Rückkehr von Christian löschte die Vergangenheit, machte sie unempfindlich für die Gegenwart und zuversichtlich für die Zukunft.

Aber die mitleidlose Krankheit schritt unerbittlich fort. Nichts und niemand kann diese Krankheit stoppen. Aus Miriams Tagebuch berichte ich folgende Ereignisse:

Die beiden Freundinnen vereinbarten, dass Miriam am nächsten Tag zu Leonora kommen sollte, um zusammen zu frühstücken. Pünktlich, um zehn Uhr, schellte Miriam an Leonoras Haustür. Diese öffnete, ohne durch die Sprechanlage zu fragen, wer da sei. Angekommen auf der dritten Etage, wo Leonora wohnte, klopfte Miriam diskret an die Wohnungstür. Kurz danach klopfte sie nochmals, etwas stärker. Erst nach dem dritten Versuch hörte sie hinter der Tür die Stimme der Freundin:

„Wer ist da?"

„Miri."

„Ach, Miri! Aber ich habe dir geöffnet!"

„Ja, Leo. Du hast mir die Haustür geöffnet. Öffne jetzt die Wohnungstür", sagte Miriam und klopfte noch einmal, damit die Freundin klar versteht, welche Tür sie öffnen soll.

„Ja, ja! Du kannst nicht reinkommen. Warte einen Augenblick. Ich hole die Schlüssel."

Es vergingen mehrere Minuten und Leonora öffnete nicht. Miriam klopfte wieder an die Tür.

„Wer ist da?", fragte Leonora von der anderen Seite.

„Ich bin's. Miriam. Öffnest du nicht?"

„Sicher öffne ich dir. Aber ich muss die Schlüssel suchen. Warte."

Nach einer ziemlich langen Zeit, in welcher nichts geschah, klopfte Miriam wieder an die Tür. Von drüben hörte sie die Stimme Leonoras, weinend:

„Miri! Miri! Ich finde die Schlüssel nicht. Was soll ich machen? Ich bin hier eingeschlossen. Miri, hilf mir! Ich habe Angst!"

„Beruhige dich! Wir werden eine Lösung finden. Ruf den Schlüsseldienst und bitte sie um einen Noteinsatz. Die können jede Tür öffnen."

„Welche Nummer hat dieser Dienst?"

„Keine Ahnung. Such im Telefonbuch."

„Gute Idee! Warte."

Wieder musste Miriam mehr als zehn Minuten warten. Leonora kam zurück zur Tür schreiend „Lass mich nicht hier! Rette mich! Ich flehe dich an, Miri, rette mich!". Miriam beschloss, die Nachbarin um Erlaubnis zu bitten, den Schlüsseldienst anzurufen und den Noteinsatz zu verlangen. So geschah es auch. Nach zwei Stunden wurde Leonora befreit. Kurz nachdem sie die Wohnung betrat, entdeckte Miriam den

Schlüsselbund in einer Blumenvase, im Wasser. Sie nahm die Schlüssel und reichte diese ihrer Freundin.

„Wie gut, dass die Vase durchsichtig ist!"

„Du bist ein Engel, Miriam!"

Endlich gegen zwölf Uhr frühstückten sie zusammen. Auf Vorschlag der Freundin gab Leonora ihr die Reserveschlüssel.

„Jetzt kannst du kommen, wann immer du willst. Ich bitte dich, so oft wie möglich zu kommen."

Einige Monate nach dem Ereignis mit den Schlüsseln vereinbarten die beiden Freundinnen schon am Vorabend, dass Miriam am folgenden Tag zu Leonora mit einem Taxi kommen sollte, um diese in die Stadt mitzunehmen. Sie würden dort frühstücken und danach, so wie damals, durch die Geschäfte shoppen, um sich mit den Neuigkeiten zu vergnügen. Zu der vereinbarten Zeit stieg Miriam aus dem Taxi, um bei Leonora zu schellen, oder in ihre Wohnung zu gehen und sie abzuholen. Aber Leonora verließ gerade das Haus mit zwei leeren Taschen in den Händen.

„Du hier, Miri?"

„Ja. Ich kam, um dich mitzunehmen."

„Mich mitzunehmen? Wohin, mich mitzunehmen?"

„In die Stadt. Hatten wir nicht gestern vereinbart, eine Tour durch das Zentrum der Stadt zu machen?"

„Eine Tou… Tour durch das Zentrum? Gestern vereinbart?"

Miriam merkte, dass ihre Freundin auffallend ungepflegt wirkte. Die Haare strubblig, die Jacke falsch geknöpft. Ungeschminkt. Absolut ungewöhnlich für diese Frau, die ihr ganzes Leben sehr kokett war!

„Was ist mit dir? Du siehst nicht so gut aus."

„Was ist mit mir? Leonora geht heute Einkauf. Zu… Zuck… süß ist nicht. Nicht im Hause. Tee und… wie nennt sich? …Kaffees ist nicht. Nicht ist. Muss ein… einkommen. Einkaufen. Ach! Eingekauft. Eingekauft muss!"

Sie quälte sich sehr diesen Satz zu sagen, und ihr Kinn zitterte dabei. Durch die Phrasen- und Wortscherben war ihre Panik nicht zu übersehen, nicht ausdrücken zu können, was sie sagen wollte. Miriam war erschrocken. Sie behielt aber die Ruhe. Bezahlte das Taxi und ließ es wegfahren. Sie nahm Leonora am Arm und sie gingen gemeinsam die nötigen Einkäufe in dem Stadtteil machen. Wie gut! Sie hinderte Leonora fünf Pfund Kaffee oder drei Kilo Zucker auf einmal zu kaufen.

Als Miriam versuchte, Leonora zu hindern, vier Flaschen Whisky zu nehmen, wurde diese böse. Sie wurde sogar aggressiv. Als die beiden zu Hause ankamen, bereitete Miriam etwas zu essen vor. Nach dem Essen war Leonora erschöpft. Trank einige Gläser Whisky und schlief ein.

Allmählich wurde für Miriam klar, dass ihre Freundin auch für die alltäglichen Handlungen unbedingt Hilfe brauchte. Sogar eine gewisse Aufsicht war nötig. Folglich kam sie täglich zu Leonora, manchmal zwei Mal pro Tag. Immer stellte sie eine Unzulänglichkeit, eine Absurdität oder etwas Falsches in dem Tun der Freundin fest. So zum Beispiel fand sie eines Tages Leonora in der Küche, einen großen Topf auf dem Herd, vielleicht acht Liter, und beobachtete ihn höchst angespannt. Im Topf kochte eine Menge ungeschälter Orangen.

„Was ist das? Was machst du hier?", fragte Miriam.

„Leonora kocht. Vor... vorkocht Ess... Essen."

„Was für ein Essen?"

„Gut! Es... esselent. Für Christian!"

„Für Christian?", fragte Miriam schockiert.

„Wenn kommt. Christian kommen!"

Sicher wollte Miriam ihr nicht sagen, dass der Sohn nie mehr kommen wird und es nicht nötig ist, für ihn Essen zu kochen. Sie machte mit in dem dementen Spiel:

„Du hast Recht. Wenn Christian kommt, gehört es sich, dass er etwas zu essen hat..."

„Ja! Ja, Miri!"

„Schau mal: ich helfe dir. Wie kochst du die Orangen?"

„Wasser."

„Gut. Aber kochst du sie so ungeschält? Und dann: Was willst du mit diesen machen? Konfitüre?"

„Konfitüre? Neeeein... Nicht Konfitüre."

„Dann, was?"

„Leonora nicht wissen... Dann, was? Ja... was? Was...", Leonora war total verunsichert. Sie fing zu weinen an: „Miri! Miri, verzeih mir! Christian! Verzeih! Ich nicht wissen, was machen, was vorbereiten... Essen. Verzeih mir!"

Mit großen Schwierigkeiten gelang es Miriam, Leonora zu beruhigen. Später seufzte Leonora mit Nostalgie in der Stimme:

„Die Or... Oranen waren schön! Schade!"

Dieses Ereignis mit dem Orangenkochen, wie auch alle anderen solcher Art, machte Miriam traurig, sehr traurig. Sie war auch mehr und mehr besorgt und machte sich Gedanken um ihre Freundin Leo. Jedes Mal erzählte sie dem Freund Alfred Berger, dem Psychiater, was mit Leonora passierte. Dieser sagte, dass die Evolution der Demenz Typ Alzheimer bei ihrer Freundin sehr beschleunigt, ziemlich früh für ihr Alter, aber vollkommen typisch, also in einer gewissen Weise „normal" sei. „Bald sollten wir ernsthaft an eine Unterbringung in einem Altenheim denken", fügte der Arzt hinzu.

Bevor Berger konkrete Maßnahmen treffen konnte, verschlechterte sich die Situation unerwartet schnell:

Miriam Obermann war noch ab und zu tätig als Schauspielerin. An jenem Morgen musste sie für vier Tage nach Hamburg fliegen, wo sie Dreharbeiten hatte. Um sechs Uhr früh schellte das Telefon. Es war Leonora. Sie schien extrem unruhig zu sein.

„Mi… Mi… Miri! Christian nicht kommen… nicht mehr kommt!"

„Wieso? Sei ruhig, Leo. Er wird kommen! Warte nur ein wenig…"

„Christian kommt nie… nie… niemal. Christian Feuer sein Haus. Feuer!"

„Was sagst du? Feuer?"

„Ja. Feuer. Feuer bei Christian. Ist weg! Nacht waren Herren. Herren mit Unif… Uniform. Herren mit Sch… Schla… Schlangen mit Wasser. Herren weg Feuer bei Christian. Christian ohne Haus."

„Mich erschreckt, was du sagst, Leo! Ich werde verrückt: in einer halben Stunde muss ich am Flughafen sein. Ich habe dir doch gesagt, ich verreise für vier Tage nach Hamburg. Beruhige dich. Ich schicke Torsten, um zu sehen, was geschehen ist."

„Torsten?"

„Ja, Torsten, mein Mann."

„Miriam lässt Leo alleine? Miri! Lässt mich? Du ver… ver… verletzt mich? Miriiiii!"

„Ich flehe dich an, beruhige dich! Ich habe keine andere Lösung. In einer halben Stunde wird Torsten bei dir sein."

Leonora legte plötzlich auf. Um sich zu versichern, dass Leonoras Geschichte nicht eine Chimäre war, rief Miriam die Nachbarin ihrer Freundin an. Diese bestätigte, dass in der Nacht in Christians Zimmer ein Feuer war. Sie spürte Geruch von Verbranntem. Danach sah sie auch Rauch und rief die Feuerwehr. Mit Frau Hoffmann ist nichts Schlimmes passiert. Der Rest der Wohnung wurde nicht vom Feuer erreicht. Miriam fuhr mit ihrem Mann zum Flughafen, der sich dann gleich zu Leonoras Wohnung begab.

Während ihres Aufenthaltes in Hamburg dachte Miriam fast ununterbrochen an das Schicksal ihrer Freundin. Sie war erschüttert von dem Drama dieser Frau, eine Idee nicht mehr in Worte fassen zu können. Sie verstand, dass im Kopf ihrer Freundin ein dichter, schlimmer Nebel herrschte. Die Wörter, die eine Idee werden sollten und auch diese ausdrücken, rasten steuerlos durch diesen Schleier. Sie zerschellten und zerbarsten an seinem dichten Weiß. So wurden sie ständig zu etwas Anderem als Leonora es wünschte. Nur der Klang des einen oder anderen Wortes blieb im Netz des mitleidlosen Nebels hängen, verwandelte sich dann in ein anderes Wort, die anfängliche Idee erwürgend und verstümmelnd. „Es ist sicher, Leonora selbst verstand nicht, was sie sagte und wahrscheinlich auch nicht, was sie sagen wollte. Sie selbst schwebte durch Scherben von Wörtern und Gedanken", schrieb Miriam in ihr Tagebuch. Es ist wahr: Wenn das Gehirn benebelt ist, werden Wort und auch Gedanke nur Ideenwracks. Ohne das Wort kann kein Gedanke sein und die Idee wird nur mit dem Gedanken ans Licht gelangen.

Am Abend des ersten Tages in Hamburg, als sie nach der Arbeit ins Hotel kam, rief Miriam Leonora an. Mit Tränen in den Augen hörte sie die Freundin ihr dieselbe Geschichte erzählen: „Miri! Christian nicht kommen... nicht mehr kommt! Christian kommt nie... nie... niemal. Christian Feuer sein Haus. Feuer! Feuer bei Christian. Ist weg! Nacht waren Herren. Herren mit Unif... Uniform. Herren mit Sch... Schla... Schlangen mit Wasser. Herren weg Feuer bei Christian. Christian ohne Haus." Auch am nächsten Abend, als sie sie wieder anrief, hörte Miriam wieder dieselbe Geschichte. Am Ende, fügte die Freundin hinzu: „Wo Miri ist? Miri nicht kommen? Miri kommen mit Christian?" Miriam verstand, Leonora zum dritten Mal anzurufen, wäre für Beide eine Qual. Sie rief nicht mehr an. Torsten hatte ihr am Telefon berichtet, alles wäre in Ordnung, so wie man in solcher Situation erwarten darf. Die Putzfrau hatte alle Schäden und Spuren des Feuers beseitigt und kommt öfters als gewöhnlich, um auf Leonora aufzupassen – ergänzte Torsten die Informationen.

Aufgrund zusätzlicher Nachtdreharbeiten am vierten Tag in Hamburg, landete Miriam erst am Morgen des fünften Tages nach ihrem Abflug in Düsseldorf. Ihre erste Tat war, Leonora anzurufen. Niemand antwortete. Sie beschloss sogar noch vor dem Frühstück zu ihr zu fahren. Niemand war in der Wohnung. „Leo! Leo!", rief sie. Keine Antwort. Die Nachbarin sagte ihr, seit zwei Tagen hätte sie Frau Hoffmann nicht mehr gesehen. Miriam hatte die Idee, Leonora könnte schon in einem Krankenhaus eingewiesen worden sein. Sie rief sofort Doktor Berger an. Nein, Leonora war nicht bei ihm in der Klinik. Sie versuchte es auch bei anderen Krankenhäusern. Nirgendwo wurde eine Dame namens Leonora Hoffmann stationär aufgenommen. Sie rief dann bei der Polizei an und fragte, ob in den letzten zwei Tagen ein Unfall mit einer älteren Dame mit dem Name Leonora Hoffmann registriert sei. Ein solcher Unfall sei nicht in Düsseldorf bekannt – antwortete der Polizist. Folglich machte Miriam offiziell eine Vermisstenanzeige von Leonora mit der Bitte, sie dringend zu suchen. In seiner Eigenschaft als Chefarzt der psychiatrischen Klinik rief auch Alfred Berger bei der Polizei an und wies darauf hin, dass die gesuchte Person eine Freundin von ihm ist, die an Demenz leide. Für die eigene Sicherheit und auch für die Sicherheit anderer Bürger wäre es zwingend notwendig, sie so schnell wie möglich zu finden.

Die Polizei startete eine spektakuläre Suchaktion. Mehrere Autos fuhren kreuz und quer durch den Stadtteil Oberkassel. Oft hielten sie plötzlich. Die Beamten befragten Bürger und untersuchten alle versteckten Ecken. Und Polizisten zu Fuß, immer zur zweit, waren unterwegs. Sie klapperten alle Büsche und kleine Wälder in Parks oder am Rheinufer ab. Es wurde auch ein Hubschrauber zum Einsatz gebracht, der ununterbrochen seine Runden über den Stadtteil und dem Rhein drehte. Es wurde ein Mord, ein Unfall oder ein Ertrinken im Fluss vermutet.

Bis spät am Abend brachte die Suche kein Ergebnis. Am nächsten Tag wurde der Einsatz wieder aufgenommen. Erst um zwei Uhr Nachmittag rief aus einer kleinen Ortschaft neben Düsseldorf ein Bürger bei der Polizei an. Er berichtete, dass er bei einem Spaziergang entlang des Rheins in einem Busch die Leiche einer alten Frau entdeckt hatte. Schnell waren zwei Polizeiautos vor Ort. Tatsächlich lag in einem Busch eine alte Frau. Sie war ungepflegt, ungekämmt, schmutzig. Bei der Untersuchung, nach Gewaltspuren, stellten die Polizisten fest, sie könnte noch am Leben sein. Die Beamten riefen sofort einen Notarzt. Dieser bestätigte, dass die Frau noch lebte. „Wer ist sie? Könnte sie die Person sein, die wir in Düsseldorf suchen?", fragten sich die Polizisten. Die Frau hatte keine Papiere bei sich. Der Notarzt untersuchte sie. Er machte ihr eine Infusion, um sie einigermaßen zu stabilisieren. Langsam wachte sie auf. Mit der letzten Kraft murmelte die Frau: „Weg zu… Ha… Hause. Wo Haus? Weg Hause". Dann verlor sie ihr Bewusstsein. Der Arzt bestellte einen Rettungshubschrauber, um sie schnellstens in die Uniklinik in Düsseldorf zu transportieren. Gleichzeitig wurde auch Miriam in dieselbe Klinik gebracht, um die nötige Identifizierung vorzunehmen.

„Kennen sie diese Frau?", fragte ein Beamter.

„Ja…", sagte Miriam leise.

„Wer ist sie?"

„Sie ist Frau Leonora Hoffmann", bestätigte sie und fing an zu weinen.

„Denken sie bitte nach: Ist diese Frau wirklich die Gattin des Erfinders Frank Hoffmann und mit Herrn Doktor Alfred Berger befreundet?" Der Polizist konnte es nicht glauben, dass diese Frau, die eher wie eine Obdachlose aussah, zu der Elite der Stadt gehörte.

„Ja… sie ist es."

Leonora wandte den Kopf zu ihrer Freundin. Sie sah sie an, zeigte aber keine Reaktion. Es schien, Leonora erkannte Miriam nicht wieder.

Ein anderer Beamter zeigte Miriam eine fast leere Flasche Whisky.

„Dieses Objekt wurde neben der Frau gefunden. Könnte es eine Verbindung mit ihr haben? Ist sie wirklich Frau Hoffmann?"

„Ja! Ja! Ja! Leider hat dies eine Verbindung mit ihr… Und jetzt lassen sie mich in Ruhe. Ich habe euch alles, was ich weiß, gesagt. Ich möchte nach Hause gefahren werden."

Kurze Zeit nachdem Miriam von den Beamten dorthin gefahren worden war, rief Doktor Berger die Führung der Uniklinik an. Er bat um den Transfer der Patientin in seine Klinik. Schon am Abend befand sich Leonora unter der Obhut des Freundes Fredi Berger.

Nachdem sie sich zuhause ein wenig beruhigt hatte, nahm Miriam ein Taxi und fuhr zu Leonoras Wohnung. Sie holte Wäsche, die Zahnbürste und einige persönliche Sachen, um sie der Freundin ins

Krankenhaus zu bringen. Sie nahm auch Leonoras Tagebuch mit. Das war gut, denn am nächsten Tag versiegelte die Staatsanwaltschaft die Wohnung, weil diese von Doktor Berger erfuhr, Frau Hoffmann würde nie wieder nach Hause zurückkommen.

Die Diagnose Doktor Bergers lautete Demenz Typ Alzheimer im fortgeschrittenen Stadium. In nur einer Woche erledigte der Arzt die nötigen Formalitäten, um Leonora in das Altenheim Haus am Weißen See zu schicken. Sie wurde in das Heim eingewiesen, welches einer Schweizer Stiftung gehörte, die die Familie Hoffmann seit Jahren finanziell unterstützte. Die Staatsanwaltschaft erlaubte, dass Miriam in Begleitung eines Beamten Leonoras Wohnung betreten durfte, um Bekleidung und kleine Objekte, die nötig im Heim waren, auszuwählen. Sie packte zwei Koffer mit Sommer- und Winterkleidung. Ebenso kleine Erinnerungen, die sie als wertvoll für ihre Freundin betrachtete. Selbstverständlich vergaß sie nicht zwei eingerahmte Fotos von Christian.

Am 18. Juni 1984, nur dreiundsiebzig Jahre alt, verließ Leonora Hoffmann für immer ihre Geburtsstadt Düsseldorf. Ohne zu begreifen, trennte sie sich von allem, was Privatsphäre bedeutet, von allen ihren Bekannten und Freunden. Sie verabschiedete sich von der Gesellschaft der wirklich Lebendigen, um Platz zu nehmen in dem Wartesaal des Todes unter jenem Dach wie ein Sargdeckel. Im gleichen Jahr, nur drei Tage nach Leonora, hatte auch meine Mutter dasselbe getan, durch ihren Tod. Besonders dieser Zufall bildete eine magische, unbeschreibliche Brücke zwischen mir und meiner lieben Leonora.

Unzählige Male folgte ich ihr in Gedanken auf ihrem Weg mit der Ambulanz von Düsseldorf in den Süden des Landes, in jenes Haus, das ich nach fünfundzwanzig Jahren renovieren sollte. Ich sehe auch jetzt ihr Bild vor mir: Eine Tote mit noch einem kleinen Faden Leben, die sich in die beleidigte und verstümmelte Schönheit des Grafenhauses perfekt eingliederte. Das Schicksal Leonoras und das des Hauses ähnelten sich! Denn die Schönheit und die Eleganz beider, beleidigt und verstümmelt, verwandelten sich vor dem Tod in Morbidität. Dieselbe seltsame Nuance einer traurigen und bizarren Schönheit, derselbe langsame Zerfall vor dem großen Ende verband Leonora mit dem Haus, in dem sie nur noch ein paar Jahre leben durfte.

Sicher verstand sie nichts von all dem. Sie verstand auch nicht die zynische Inschrift *Privata domus valet aurum.* Manchmal bedeutet das Nichtverstehen sogar Glück! Gewiss nahm aber Leonora den betörenden Lindenduft wahr, schöne Droge, die von Rast, Liebe und der großen Ruhe flüstert. Als sie an jenem Juniabend im Haus am Weißen See ankam, waren die Linden in voller Blüte. Am Abend, besonders am Abend, ist der Wahnsinn des Lindenduftes groß.

KAPITEL III

Als ich diesen Bruchteil von Leonoras Biographie zu Ende schrieb, wurden auf der Baustelle eine Reihe höchstwichtiger Arbeiten zu Ende geführt: Verstärkungen, Betonierung des Fundaments und anderer Statikelemente des Gebäudes, das Dach, die Installation der Wasser- und elektrischen Leitungen sowie alle Maurerarbeiten.

Ich war zufrieden mit dem fortgeschrittenen Stadium der beiden „Baustellen": Die Rekonstruktion des alten Grafenhauses und die von Leonoras Leben. Sowohl das Haus als auch das Bild des Wesens, das alle meine Gedanken und Emotionen so sehr beherrschte, füllten sich allmählich mit Leben. Ich war sogar stolz auf meine Tat. Ich begriff aber auch, dass die Arbeit auf den beiden „Baustellen" noch lange nicht zu Ende war. Jetzt folgte die entscheidende Phase.

Im Falle Leonoras fehlten mir jegliche Kenntnisse über ihre letzten vier Jahre, die sie im Heim verbrachte und auch über ihren Tod. Ich hatte keine Vorstellung, warum und wer ihr eine Statue errichtet hatte. Der Mangel solcher Kenntnisse gab der ganzen Situation eine bizarre Note. Bisher hatte ich es mit einer Person zu tun, die „nur" ein sehr ungünstiges Schicksal hatte: Aufgewachsen ohne Vater, der im Ersten Krieg gefallen war. Als Erwachsene verliebte sie sich in einen jungen Mann, der an die Front musste – wieder der Krieg! Ihr Traum, Theater zu spielen, verwirklichte sich nicht. Später verliert sie das einzige Kind. Ihr nervenkranker Mann quält und terrorisiert sie. Schließlich, nachdem sie selbst nervenkrank wird, erkrankt sie auch noch an Demenz. Es ist wahr: alles ist sehr dramatisch. Aber, bei einigem Scharfblick: Solche Schicksale kann man in der Gesellschaft treffen und leider nicht sehr selten. Bis zu diesem Punkt findet sich kein Grund zur Errichtung einer Statue für eine solche Person. In den meisten Fällen geschieht das menschliche Leiden in Anonymität. Ich verstand, dass ich um jeden Preis den Bildhauer, der die Statue von Leonora erschaffen hatte, finden musste. Nur er konnte eine zufriedenstellende Antwort auf meine Fragen geben. Nur er wusste etwas Wichtiges über Leonora, das die Geste, ihr eine Statue zu widmen, begründete.

Im Falle des alten Grafenhauses schien alles klar zu sein: Das Gebäude würde wirklich nur Leben erhalten wenn die Innenarchitektur-Arbeiten abgeschlossen wären. Wie würde jeder Salon, jeder Flur oder jedes Zimmer aussehen? Was für Möbel würden diese Räume bekommen? Was für einen Wandanstrich? Welche Farbe? Wie würden die Badezimmer aussehen? Welche Armaturen? Welche Wasserhähne und andere Accessoires? Wie würde die Küche eingerichtet? Die Sauna? Das Schwimmbad? Der größte Teil dieser Fragen war schon auf dem Papier erledigt. Ich hatte die nötigen Pläne schon gemacht. Sie mussten nur verwirklicht werden. Das schwierigste Problem aber war die Restaurierung der Wandmalereien. Ich benötigte Künstler-Restauratoren mit außerordentlichen Fähigkeiten. Sie müssten nicht nur restaurieren, sondern auch ziemlich große Flächen frei malen können. Die Suche nach solchen Profis war mühsam und sehr lang. Ich suchte in München, in Stuttgart, sogar in Berlin und Hamburg. Kein Ergebnis! Einige kamen, um zu sehen, wovon die Rede war und verzichteten sofort. Ich suchte weiter auch in Österreich und in der Schweiz. Das Gleiche: Jeder schreckte vor der Arbeit zurück und ging fort mit der Behauptung, er habe keine Zeit oder nicht genügend Personal. Mir kam die gute Idee, in Italien zu suchen. Dieses Land mit so vielen Kunst- und Architekturdenkmalen sollte doch über eine richtige „Armee" von Restauratoren verfügen. Und wirklich: Sofort nachdem ich im Internet bekannt machte, dass ich einen solchen Auftrag zu vergeben hätte, rief mich ein gewisser Vincenzo Mirelli an. Von der ersten Sekunde an schien mir dieser ein sympathischer Mensch zu sein. Er erkundigte sich genau nach der Aufgabe und sagte, in drei Tagen käme er hierher, um zu sehen. Als er die Wandmalereien zuerst in dem großen Salon und im Treppenhaus sah, rief er enthusiastisch aus „Aaaa! Sandro Boticelli, *mio amore*! Ich liebe das Quattrocento aus Florenz!" Danach untersuchte er konzentriert jeden Raum. Er kommentierte sehr fachlich die verschiedenen Malereistile. Es war deutlich, dass er gründliche Kenntnisse im Bereich der Stilistik hatte. Anschließend sagte er, dass er Mut hätte, sich für so eine Arbeit zu engagieren. Er hatte in seiner Mannschaft sieben *geniale* Maler und einen Bildhauer namens Giorgio, der „besser als Gott skulptiert". Er machte auch einige Fotos von den Gemälden und sagte, in zwei Wochen würde er ein paar Skizzen schicken, als Vorschlag für die Ergänzung der schon vorhandenen Bilder. Die Professionalität Vincenzo Mirellis begeisterte mich. Ich war erleichtert, sogar glücklich. Ich war auch amüsiert von seiner typisch italienischen Art, immer gutgelaunt. Vincenzo Mirelli kam auf die Baustelle wie ein Licht.

Erstaunlich pünktlich – besonders für einen Italiener! – kam Mirelli genau zwei Wochen nach seinem ersten Besuch persönlich mit den Skizzen. Ich war verblüfft! Besser hätte ich es mir nicht vorstellen können. Jetzt wusste ich, dass das ganze Projekt eine sehr gelungene Sache werden würde mit den Wandmalereien als zentralem Punkt. Genauso, wie der „große" Chef, Herr Vos, verlangt hatte!

„*Dottore*, wenn du willst, dass wir arbeiten, müssen wir jetzt einen Vertrag abschließen. Alles muss in Ordnung sein."

Als er mir den Betrag nannte, den er für die Arbeit fordert, wurde ich wie vom Blitz getroffen. Der war enorm! Mindestens sechs Mal höher als unser Budget für die Restaurierung der Gemälde und der Statuen vorsah. Ich konnte die Verantwortung nicht übernehmen. Ich rief Herrn Vos an. Er war auch schockiert von der Summe, die Mirelli verlangte. Er bat mich, sofort mit den Skizzen und dem Italiener zu ihm zu kommen. Als Vos die Skizzen sah, akzeptierte er sogleich die immense Summe. Er war auch hoch begeistert. „So etwas hat zu Recht einen hohen Preis", sagte er. Sofort wurde der Vertrag abgeschlossen und von der Seite unserer Firma von Vos Senior persönlich unterzeichnet.

Ich vereinbarte mit Vincenzo, ihm zwei Container, wo seine Leute wohnen sollten, zur Verfügung zu stellen. Er sagte, die würden zwischen vier und fünf Monaten arbeiten. Er würde nächste Woche kommen und sofort die Arbeit beginnen. So geschah es auch. Nach einer Woche war die ganze Baustelle von den Italienern mit ihrem unendlichen Gequatsche und ihrer ansteckenden guten Laune erfüllt. Sie arbeiteten sehr intensiv. Öfter als bei anderen Handwerkern, ging ich zu dem Platz, wo die Italiener tätig waren. Ich wollte sehen, was für Wunder durch die Hände dieser begabten Leute entstanden. Das machte mir besondere Freude! Sowohl auf der Baustelle als auch in der Natur begann der Frühling mit seinem wohltuenden Wiedererwachen zum Leben und zur Farbenpracht.

Nur im Falle von Leonoras Geheimnis fand ich keine Lösung. Wer machte die Statue? Ich suchte überall im Internet einen Bildhauernamen mit den Initialen A und B. Ich durchsuchte alle möglichen Register von Kunstvereinen und Künstlergruppierungen sowohl in Deutschland als auch in Österreich und der Schweiz. Sicher fand ich einige Bildhauer mit diesen Initialen: Anna Bender, Anton Bart, Alexander Burscheid etc. Keiner von diesen konnte es gewesen sein! Das ergab sich aus deren biographischen Daten: Entweder waren sie zwischen 1984, als Leonora aufgenommen war und 1989, als das Heim aufgelöst wurde, schon gestorben, oder sie waren in dieser Zeitspanne noch im Kindesalter. Ich fand nichts!

***

An einem Freitagnachmittag rief mich die Sekretärin der Firmenführung an und benachrichtigte mich, dass es Montag nicht mehr nötig wäre, wie gewohnt, zu Herrn Vos zu kommen, denn er würde persönlich auf der Baustelle sein, um die Arbeiten zu inspizieren. Sicher hat mir diese Nachricht eine gewisse Aufregung verursacht. Ich bat die Chefs aller Handwerkergruppen dem Aussehen der Baustelle erhöhte Aufmerksamkeit zu schenken, um einen möglichst guten Eindruck zu machen.

Am Montag zeigte sich eine strahlende, milde Frühlingssonne, die Optimismus und gute Laune bewirkte. Vos kam mit seiner imposanten Limousine, selbstverständlich von seinem privaten Chauffeur gefahren.

„Guten Morgen!", sprach er mich fröhlich an. „Lass uns sehen, was du gemacht hast, Junge."

Zuerst gingen wir ins Gebäude. Er kontrollierte sehr aufmerksam jeden Raum, jede Wand, vom Keller bis zum Dachgeschoss. Es schien, dass ihm gefiel, was er sah. Oben, auf dem Dachgeschoss, lobte er meine Idee, für jedes der zehn kleinen Zimmer einen Balkon einzurichten.

„Schön, mein Herr! Schön und menschlich. Auch die Gäste, die keine zu große Tasche haben, um eine teure Suite zu mieten, können einen Balkon genießen. Schön! Die Architektur muss auch menschlich sein. Nicht wahr?"

Als wir an dem Arbeitsort der Italiener ankamen, blieb Vos mehrere Minuten stehen, und bewunderte das Können dieser Menschen. Er schien fasziniert zu sein. „Vincenzo Mirelli!", rief er. Als dieser zu uns kam, beglückwünschte ihn der „große" Chef. Danach gingen wir zu einem Nebengebäude auf der rechten Seite des Herrenhauses, wo ich die Sauna und das Schwimmbad einrichtete. Vos lobte mich besonders für den Verbindungsflur zwischen dem Haupt- und Nebengebäude. „Große Glaswände und trotzdem im klassischen Stil gehalten! Bravo, Herr Kollege! Bravo!" Er mochte auch das Schwimmbad, das den Eindruck machte, eine Verlängerung des Sees zu sein, der von jedem Winkel durch die Panoramafenster sichtbar war.

Wir gingen weiter in den Park. Giorgio, der „besser als Gott skulptiert" arbeitete eifrig an den Statuen. *„Buon giorno, boss!"*, grüßte er. Gut gelaunt, Vos antwortete: *„Buon giorno, maestro!"* Ich war mehr als zufrieden über die Laune, die herrschte. Vos wandte sich zu mir:

„Der Investor hat mich angerufen und sagte, er möchte auch eine Anlegestelle für Privatboote haben. Du musst es dringend machen! Sagen wir mal, zwei oder drei Stege. Einer davon etwas länger für ein kleines Schiffchen, um die zehn- zwölf Meter lang. Die anderen beiden etwas kürzer, für Kanus, Trittboote und Ruderboote. Die Gäste dieses Hotels müssen über etliche Vergnügungsmittel verfügen. Sieh zu, wie du es machst, aber beeile dich!"

„Ich habe verstanden, Herr Vos."

„Ich vertraue dir. Lass uns jetzt entlang dem Ufer spazieren. Die Lage dieses Hauses ist wie ein schöner Traum."

Während des Spazierganges schaute sich Vos das Haus und den Park von allen Seiten bewundernd an. Auf einmal hielt er inne.

„Gefällt Ihnen, nicht wahr?", fragte ich.

„Ja! Es gefällt mir sehr gut. Besser hätte es nicht sein können." Er zog aus seiner Jackentasche einen Umschlag. „Lies bitte dieses Papier."

Ich konnte es kaum glauben! In dem offiziellen Brief der Firma wurde ich benachrichtigt, dass wegen der speziellen Aufgaben, die ich mit Erfolg erledigt habe, mein Lohn um fünfunddreißig Prozent ab sofort erhöht wird. Ich hatte plötzlich das Gefühl, ihn umarmen zu müssen:

„Herr Vos! So etwas habe ich nicht erwartet! Ich danke Ihnen von ganzem Herzen."

„Bedanke dich nicht. Du verdienst es. Du hast alleine die ganze Architektur und auch die Innenarchitektur gemacht. Du hast auch die Baustellenaufsicht gemacht. Das ist nicht wenig, lieber Kollege! Gar nicht wenig!"

Wir setzten unseren Spaziergang fort und kamen auf dem linken Ufer der Halbinsel an. Das Unvermeidliche geschah: Vos erblickte Leonoras Statue. Er ging gezielt dahin und untersuchte aufmerksam das Monument.

„Wer ist sie? Wer hat sie gemacht?"

„Ihr Name ist Leonora Hoffmann. Sie war Patientin des Altenheims. Den Name des Künstlers kenne ich nicht."

„Ach... wie schön sie ist! Was für eine Tiefe und Ausdruckskraft", wunderte sich Vos.

Ich war sehr zufrieden, dass dem „großen" Chef die Statue gefiel. Ich hoffte, dass er deshalb mit ihrem Erhalt einverstanden sein würde. Aber meine Hoffnungen wurden zerstört:

„Man sieht klar, sie gehört nicht zu dem ganzen Ensemble. Hmm... Sie ist schön. Sehr gelungen, aber macht mit dem ganzen Rest einen Stilbruch. Begreifst du es auch, Kollege? Nicht wahr? Leider muss sie entfernt werden."

„Ich weiß, Herr Vos. Die stilistische Ungereimtheit ist mir bewusst... aber trotzdem wünsche ich sehr, sie zu behalten. Ich bin seelisch verbunden mit diesem Wesen."

„Warum? Hast du sie gekannt?"

„Nein. Ich habe sie nur durch Berichte gekannt und trotzdem hat dieses Wesen mich durch ihre Biographie fasziniert. Sie hat extrem viel gelitten, vielleicht wie nur wenige gelitten haben..."

„Das sieht man gut durch die Statue."

„Am Anfang hat mich diese Skulptur fasziniert, so wie sie jetzt Sie beeindruckt hat. Später, als ich Leonoras Leben akribisch untersuchte, kam es so weit, dass sie ein Teil meines Leben geworden ist. Ich könnte ihre Entfernung nicht ertragen."

„Wie hast du untersucht? Wo hast du untersucht?"

„In Düsseldorf, wo sie lebte."

„In Düsseldorf?"

„Ja. In Düsseldorf."

„Diese Untersuchungen waren die ‚persönlichen Probleme', deretwegen du vorigen Herbst zwei Tage nicht auf der Baustelle gewesen bist?"

„Ja. Ich gebe zu: so war es. Verzeihen Sie mir, Herr Vos."

„Es gibt nichts, was ich dir verzeihen sollte. Es ist vorbei. Du hast eine sehr gute Sache gemacht. Aber, Junge: Ich verstehe deine

Liebe für diese Statue gut. Ich schätze deine Sensibilität und deine Menschlichkeit. Doch musst du auch verstehen, dass diese Statue hier keinen Platz hat. Warum hat man dieser Frau Leonora eine Statue gewidmet?"

„Leider weiß ich es nicht."

„Sieht du? Wir haben nicht mal einen ethischen oder moralischen Grund, dieses Monument zu erhalten."

„Doch, ich habe gedacht, wir könnten sie als eine Art Erinnerung, als eine Art Mahnung und letztendlich als eine Hommage für die alten Leute, die sehr gelitten haben, behalten."

„Das ja! Das wäre ein Grund, die Statue zu behalten. Ein schöner Grund. Aber ein zu schöner, zu idealistischer Grund! Junger Kollege, du fängst an, mich zu enttäuschen. Kannst du nicht verstehen, dass dieses Gebäude ein Luxushotel wird? Ein Hotel, das von Leuten mit viel Geld aufgesucht wird? Leute mit sehr viel Geld! Kannst du nicht verstehen, dass diese Leute sich hier für einen sehr erhöhten Preis die Ruhe, die Sorglosigkeit und die Heiterkeit kaufen werden? Es ist wahr: Eine künstliche Heiterkeit, eine gekaufte und nicht natürliche! Dieses Hotel muss gerade diese paradiesische Heiterkeit vorgaukeln. Die Leute mit viel Geld, die hierher kommen werden, haben traurige Mahnungen bezüglich Altwerden und Leiden gar nicht nötig. Die kaufen sich gerade die Entfernung von solchen Problemen. Leonoras Statue ist zu traurig und zu tief, um hier zu bleiben… um hier, in einem künstlichen Paradies zu bleiben, nicht wertvoller als eine leere Blechdose."

„Herr Vos, aber…"

„Kein ‚aber'! Mach weiter mit Talent und Können die leere Blechdose! Ich will sagen die Kulisse des Selbst- und Lebensbetruges. Lass sie sich selbst betrügen, wenn sie es wollen! Dein Beruf ist es, diese Kulisse zu bauen. Nur das! Die Regie der traurigen Vorstellung werden andere führen. Das Alter und der Schmerz haben keinen Platz in der Welt des großen Geldes, so wie die Statue hier keinen Platz hat."

Etwas stürzte in mir zusammen. Ich war traurig. Ich war voller Schmerz. Der allmächtige Chef war mit dem Erhalt der Statue überhaupt nicht einverstanden. Doch erblickte ich noch eine kleine Chance. Ich bat ihn um Erlaubnis, ihm die Seiten, die ich über Leonoras Leben geschrieben hatte, zu geben. „Wenn es mir nicht gelungen ist, ihn zu überreden, vielleicht gelingt es Leonora", sagte ich mir. Vos willigte ein. Er kam mit mir in den Container, in dem ich wohnte. Ich startete den Drucker, um die zwanzig Seiten aufs Papier zu bringen. In dieser Zeit bot ich ihm einen Kaffee an und wir diskutierten allgemeine Sachen über die Baustelle. Er lobte mich nochmals. Als die Seiten fertig waren, versprach mir Vos, er werde diese aufmerksam lesen. Er wünschte mir Erfolg und ging zu seiner Limousine.

Wie gewohnt machte ich am Abend noch eine Inspektion auf der Baustelle. Alles schien in Ordnung zu sein. Anschließend ging ich zu Leonora. Ich setzte mich auf die Bank. „Leonora. Liebste Leonora", flüsterte ich, „so wie es aussieht, haben wir kein Glück. Alle wollen, dass ich dich von hier entferne… dass ich dich anderswohin bringe… Ich weiß nicht mal wohin! Glaube mir: Ich werde alles Mögliche unternehmen, damit du hier bleibst. Dafür werde ich mit allen Mitteln kämpfen. Gute Nacht." Schweren Herzens ging ich zu meinem Container, in meine sogenannte „Wohnung". Die Worte „werde ich mit allen Mitteln kämpfen" klangen noch in meinen Ohren. Ich habe Leonora belogen! Eigentlich wusste ich gar nicht, welche Mittel noch möglich waren, um ihren Verbleib zu erkämpfen. Ich sah keines! „Ich werde mit allen Mitteln kämpfen" – was für eine leere Floskel! Was konnte ich in meiner Unbeholfenheit ihr anderes sagen?

Später hörte ich Klopfen an der Tür. Wer könnte mich zu dieser Uhrzeit suchen? Außer Italienern war niemand auf der Baustelle. Ich fragte, wer da sei. „Vincenzo Mirelli", lautete die Antwort. Ich öffnete ihm.

„Buona sera, dottore!", sagte gut gelaunt Vincenzo als er den Raum betrat.

„Was ist, Vincenzo? Was ist geschehen?"

„Niente. Nichts ist geschehen." Er hielt seine Hände hinten dem Rücken, als ob er etwas verstecken wollte.

„Dann?"

„Dottore, versuch zu raten, was ich in den Händen habe."

„Ich habe keine Ahnung."

Der Italiener öffnete die Armen breit. In jeder Hand hielt er eine Flasche mit Rotwein:

„Salice Salentino, un vino divino! Dottore, ich komme aus *Puglia,* Apulien, wie ihr sagt. Da macht man einen göttlichen Wein. *Questo* ist sogar *dal mio padre* gemacht. Probiere und du wirst sehen, was für ein Wunder das ist!" Er fing an, die erste Flasche zu öffnen.

„Aber auf welchen Anlass, Vincenzo?"

„*Grande* Boss war hier. Inspektion! Das ist der Anlass. Weißt du, wie die Griechen meine Region nannten? Du weißt es nicht? *Enotria*, so nannten sie sie in der Antike. Das bedeutet *la terra dei vini*! Das Land der Weine. Probiere! Zum Wohl! Ist gut, ja?"

„Wirklich, er ist exzellent", gab ich zu.

„Dein Chef ist ein *grande* Boss. *Che macchina!* Mit eigenem Fahrer! Ein echter *signore*!" Vincenzo merkte, dass ich nicht große Lust zum Feiern hatte. „Aber was ist mit dir, *dottore*? Du bist traurig. War etwas nicht in Ordnung auf der Baustelle? War *grande* Boss unzufrieden?"

„Nein. Alles war OK. Herr Vos hat mich gelobt für die Baustelle."

„Dann, *perche* bist du traurig?"

„Wegen Leonora."

„*Ma quale* Leonora?"

„Die Statue draußen. Hast du sie nicht gesehen?"

„Aaaaa! Die Statue neben dem Container! Leonora. *Che bella! Bellissima!* Sicher kenne ich sie. Ich habe sie aufmerksam betrachtet, sogar mit Giorgio. Giorgio sagte, sie ist *una divinita. Veramente dottore*, sie ist fantastisch! Was für eine… eine… *come se dice?*… Würde, Distinktion und Eleganz sie hat! Aber man sieht, diese Frau hat viel gelitten. *Povera* Leonora!" Er machte unerwartet eine kurze Pause und fragte: „Was ist mit der Statue?"

„Herr Vos ist nicht einverstanden, sie da zu lassen, wo sie ist. Sie muss verschwinden. Ich bin sehr traurig. Ich liebe diese Statue."

„Aaaa, *dottore mi dispiace* dir zu sagen, aber ich glaube, der *grande* Boss hat Recht. Sie passt nicht als Stil."

„Genau. Genau das ist…"

„Komm! Lass uns das Böse vergessen! Trink noch ein Glas. *Salice Salentino, un vino divino*! Zum Wohl!"

Wir tranken noch ein Glas, dann noch eins und noch eins… Mit seiner Fröhlichkeit und seinen immer mit italienischen Wörtern gemischten Sätzen gelang es Vincenzo, mich in gute Laune zu versetzen. Er sprach meine Sprache ziemlich gut aber, um anscheinend keine Sekunde seine Muttersprache zu vernachlässigen, schob er genüsslich italienische Wörter dazwischen. Er fragte mich, ob ich Abendbrot gegessen hätte. Nein, an dem Abend hatte ich noch nicht gegessen. Dann verschwand Vincenzo ein paar Minuten und brachte von seinem Container ein Tablett mit leckeren Antipasti mit. Damit war der Wein noch besser! Er erzählte mir über seine Region, Apulien, mit ihren wunderbaren Stränden entlang der Adria-Küste und auch über den Hof seines Vaters. Er insistierte, ich müsste unbedingt einen Urlaub dort verbringen. Ich könnte in seinem Elternhaus wohnen – kostenlos, versteht sich – oder, wenn ich wollte, in dem berühmten *Castello Monaci*, das gar nicht weit ist. Es wurde spät und wir feierten weiter, lachten, machten Scherze und erzählten über dies und jenes.

„*Dottore*! Ich habe die Lösung für Leonora."

„Ja? Und was wäre das?"

„*Caro dottore*, verkaufe mir die *signora* Leonora. Ich stelle sie an einen Ehrenplatz, in die Mitte des Hofes, wo auch Vaters Weinkeller ist. Vater hat den größten und bekanntesten Weinanbau und Weinkeller der Kommune Veglie. Das wird Leonoras Zuhause. Ich erkläre sie zur Weingöttin von Veglie. So wird sie jeden Herbst geehrt, wie es sich gehört. *Siguramente* wird es ihr da gutgehen."

„Bist du verrückt?"

„Ich zahle gut, *dottore*. Geld oder, wenn du willst, Wein von dem besten Jahr. Hundert Flaschen? Zwei Hundert? Wenn du willst, ein ganzes Fass. *Salice Salentino, un vino divino*! Morgen rufe ich *padre* an und er schickt sofort den Wein. Geht das Geschäft?"

„Sehr nett von dir, Vincenzo, aber Leonora ist nicht zu verkaufen. Gott bewahre!"

„Denke noch nach, *dottore*. Denke noch nach."

Etwa um drei Uhr Nacht ging Vincenzo in seinen Container. Ich bin sofort eingeschlafen.

***

Am nächsten Montag begab ich mich, wie immer, zu Herrn Vos. Besonders wollte ich ihm die Skizzen für die Bootsanlegestelle zeigen. Zu meinem großen Erstaunen begegnete mir der Chef herzlicher denn je. Seine erste Frage war „Wie geht es ihrer Leonora?" Spontan machte ich sein Spiel mit und antwortete: „Leonora ist traurig, sehr traurig, dass sie von ihrem Platz entfernt werden muss."

„Verstehe. Ich verstehe dich.", antwortete Vos. „Auch mir tut es Leid, aber sie muß doch verschwinden. In dieser Hinsicht möchte ich dir gratulieren, lieber Kollege, für die Seiten, die du über Leonoras

Leben geschrieben hast. Die haben mich sehr beeindruckt." Er blickte mich bedeutungsvoll über den Rand seiner Brille an. „Ich weiß über das Drama der alten Menschen, die in einem Heim landen. Meine Mutter hat ihr Leben in so einer Anstalt beendet. Auch sie wurde demenzkrank. Ich weiß, was das bedeutet!"

„Es tut mir Leid, Herr Vos."

„Mir fällt es auch schwer, diese Statue zu vernichten. Es wäre schade! Vielleicht finden wir eine Lösung. Sie war Schauspielerin, nicht wahr?"

„Ja, sie war Schauspielerin."

„Vielleicht können wir sie einem Theater- oder Filmmuseum anbieten."

„Ich glaube nicht, dass jemand Interesse dafür hätte. Leider war sie keine große Schauspielerin. Hinzu kommt, dass die Statue nicht diesen Sinn hat. Die Statue ist mit der Seele dieser Frau verbunden, vor allem mit ihrem tragischen Schicksal. Über Schmerz ist die Rede in dieser Figur, nicht über die mit Lorbeerblättern des Erfolges gekrönten Premieren."

„Ja, ja. Du hast Recht. Die Idee mit dem Museum entfällt. Was für eine andere Lösung sollen wir finden?"

„Das ist die Frage, lieber Herr Vos. Eine Lösung finden, um sie zu behalten."

„Wir denken noch darüber nach, Junge. Wir denken. Sag mir: Hast du die Skizzen für die Anlegestelle gezeichnet?"

Ich präsentierte ihm die Pläne. Er war zufrieden. Ich verließ das Büro von Vos mit einem kleinen Hoffnungsschimmer im Herzen. Vielleicht wird er Leonora doch behalten. Vos zeigte sich verständig und wollte sogar eine Lösung finden. Immer, wenn wir uns seitdem trafen, begegnete er mir mit den Worten „Wie geht es ihrer Leonora?" Diesen unerwarteten Erfolg verdankte ich nur Leonora. Zugleich fühlte ich, dass, wenn ich den Grund in Erfahrung bringen könnte, wofür man ihr eine Statue erstellt hatte, dieser den „großen" Chef endgültig überzeugen würde. Was für Recherchen müsste ich noch unternehmen, um den Namen des Bildhauers zu erfahren? schwierige Frage!

In den folgenden Wochen liefen die Arbeit und das Leben auf der Baustelle gut. Maler, Elektriker, Installateure, Schreiner, Fliesenleger, Parkettleger alle arbeiteten auf Hochtouren. Tag für Tag nahmen die Ergebnisse ihrer Arbeit Form an. Vincenzos Italiener lieferten immer wieder ästhetische Überraschungen der angenehmsten Art. Ich war regelrecht entzückt über das was sie gestalteten. In meinem Inneren aber war ich immer frustrierter, weil es mir unmöglich war, Fortschritte in Leonoras Fall zu machen.

Vincenzo betrachtete sich jetzt als mein Freund. Er kam oft am Abend in meinen Container mit seinem *„Salice Salentino, un vino divino!"* Fragte mich immer, ob ich mich entschlossen hätte, ihm Leonora zu verkaufen. Ich antwortete ihm, Leonora ist auf keinen Fall zu verkaufen, aber er insistierte mit Hartnäckigkeit immer wieder. Ich fragte ihn auch, ob er nicht zufällig einen Bildhauer mit den Initialen A.B. kennt. Nein. Er kannte keinen. Ich bat ihn, gut nachzudenken, auch seinen Maler und besonders Giorgio zu fragen. Ich erklärte ihm, dass nur derjenige, der Schöpfer dieser Statue war, erzählen könnte, warum er sie gemacht hatte und vor allem, was Leonora getan hatte, um ihr ein Monument zu errichten. Vincenzo verstand genau die Wichtigkeit meines Anliegens, aber er konnte mir nicht helfen. Als Ersatz brachte er mir immer gute Laune.

Während einer meiner Inspektionen auf der Baustelle zog er mich auf die Seite:

„Komm, *dottore.* Komm mit mir. Ich möchte dir etwas *ecceptionale* zeigen."

Er führte mich im Erdgeschoss in die damalige Bibliothek des Grafen, die eine Bar für Raucher wurde. Auf den Wänden waren schon großartige Gemälde fertig im Stil von Georges de la Tour.

„Schön, Vincenzo! Sehr schön."

„*Dottore*, anscheinend siehst du ein Detail nicht in dieser Schönheit im Stil von *Giorgio della* Tour."

Ich amüsierte mich köstlich, wie Vincenzo Georges de la Tour italienisierte: *Giorgio della* Tour. Aber ich sah nicht, was er mir zeigen wollte. Um ihn nicht zu enttäuschen, fragte ich:

„Wo soll ich hinsehen?"

„Hier, auf die rechte Wand. Das Gruppenportrait."

„Du bist verrückt, Vincenzo! Bist absolut verrückt! Was ist in dich gefahren, so etwas zu machen?"

„Ihr verdient es *dottore*! Ihr beiden verdient das!"

Auf dem Gruppenportrait, ganz vorne, war mein Gesicht neben dem von Leonora zu sehen. Sehr deutlich mein und Leonoras Portrait!

„Es wäre gut, das auszuradieren. Mindestens mein Portrait." Ich dachte vor allem an die Reaktion meiner Kollegen von der Firma.

„Du kannst mich darum bitten, solange du willst: Ich entferne nichts!"

Belustigt akzeptierte ich letztendlich. So war Vincenzo!

Eines Tages entdeckte ich an der Statue zwischen Leonoras Händen, die schon in Stein gemeißelte, welke Blumen trugen, ein Bündchen frische Schneeglöckchen. Die Schneeglöckchen bedeckten fast völlig die toten steinigen Blumen. Der Dialog zwischen den zarten Frühlingsboten und den welken, kalten Pflanzen aus Stein, bildete eine einzigartige aber sehr ausdrucksvolle Erscheinung. Ich erriet sofort, wer die frischen Blüten dorthin gelegt hatte. Um mich zu vergewissern, fragte ich Vincenzo. Er bestätigte, er hätte die Schneeglöckchen in Leonoras Hände gelegt „um sich auch über die kommende *primavera* freuen zu können, denn die *povera donna* habe genug gelitten". Seine Geste berührte mich zutiefst! Vincenzo war wirklich ein wunderbarer Mensch!

Absolut genial war Vincenzo ein anderes Mal. Als ich wieder bei meiner Routineinspektionen auf der Baustelle war, hörte ich ihn wie einen Verzweifelten schreien: „*Dottore! Dottore!*" Ich war erschrocken. Im ersten Moment dachte ich, dass ein Unfall passiert wäre, dass einer seiner Männer vom Gerüst gefallen wäre oder etwas Ähnliches. „*Dottore! Dottore!*", hallte durch das ganze Gebäude. Ich eilte in die Richtung, woher die Schreie kamen, zum zweiten Geschoss. Als ich dort ankam, umarmte mich Vincenzo:

„Wie gut, dass du gekommen bist, *dottore*! Ich habe etwas *molto importante* für dich! Extrem *importante*!"

„Sag, was ist so wichtig."

„Ich kann es hier nicht sagen. Es ist eine komplizierte Geschichte. Gehen wir zu dir in den Container."

„Aber du siehst, ich habe zu tun. Ich habe die Inspektion noch nicht beendet."

„Das ist nicht *importante, dottore*! Komm!", und er ging vor in Richtung Hausausgang.

Ich hatte keine andere Wahl als ihm zu folgen. Unterwegs ging er in seinen Container und brachte von dort zwei Flaschen Wein mit.

„Ich trinke nicht, Vincenzo. Es ist zu früh. Ich habe noch zu tun."

„Wenn du erfahren wirst, was ich dir sage, wirst du schon trinken! Ohooo… und wie du trinken wirst!"

Wir betraten meine sogenannte „Wohnung". Wir nahmen am Tisch Platz. Vincenzo schenkte sich Wein ein. Ich platzte vor Neugierde zu erfahren, was er mir so Wichtiges und so Dringendes sagen wollte.

„Komm, sag jetzt."

„Vor ungefähr zwölf Jahren habe ich mit meinem Team bei einer *grande* Basilika in Genf gearbeitet. Guter Vertrag *dottore, eccelente* Vertrag! Hauptpfarrer war da ein Monsignore Bischof. *Un ragazzo fantastico*, dieser Monsignore! Ich habe mit ihm viele Flaschen *Salice Salentino* getrunken! *Un ragazzo adorabile* der Bischof!"

„Ja, gut. Was willst du damit sagen?"

„*Aspeta dottore*! Sei nicht so eilig. Monsignore hat mich gefragt, ob ich nicht jemanden kenne, der einige Figuren in Stein reparieren könnte. Ich kannte so einen nicht. In der Zeit habe ich in meiner Mannschaft nur vier Maler gehabt, die ich auch jetzt habe. Bildhauer hatte ich nicht. Ich hatte sofort *mio padre* angerufen und ihn gebeten einen guten *scultore* zu finden. In Bari hat er meinen Giorgio gefunden, der besser als Gott skulptiert. Seitdem habe ich Giorgio in meiner Mannschaft. Habe ich das nicht gut gemacht?"

„Sehr gut hast du das gemacht, Vincenzo. Aber jetzt machst du nicht gut, dass du mich von der Arbeit abhältst."

„Mach mich nicht traurig, *dottore*. Wenn du mich ärgerst, erzähle ich dir nichts mehr."

„Komm… Gut! Erzähl weiter." Ich war ziemlich gelangweilt und sogar genervt von der banalen Geschichte des Italieners.

„Gestern Abend habe ich mehrere Flaschen Wein mit Giorgio getrunken. Wir haben uns erinnert, wie er in unser Team kam. Giorgio ist ein *nostalgico*. Es war ein prima feuchter Abend. Wir sind alle Freunde, wie eine Familie! Ich zahle die Jungs gut!"

„Vincenzo, das ist auch gut. Alles ist sehr gut. Aber bitte, sag mir die Pointe deiner Geschichte."

„*Dottore*, du beeilst dich, wie die Jungfrau zur Hochzeit! In Ordnung. Ich sage dir die Pointe."

„Ich bitte dich."

„Die Pointe ist, dass Giorgio sich gestern erinnert hat, er hatte nicht so viel zu tun bei der Basilika aus Genf. Die Nase eines Heiligen und eine Hand bei einem Engel, ganz neben dem Altar. Nur das."

„Ja, und?"

„Und. Und. Und… *Aspeta!* Giorgio hat damals festgestellt, dass fast alle Statuen schon renoviert waren, also die kleinen Schäden, die er zu reparieren hatte, entstanden später. Mit seinem Auge von einem *grande* Fachmann hat er gemerkt, dass die Renovierung sehr gut gemacht wurde. Giorgio hat sich gestern erinnert, dass er den Monsignore fragte, wer und wann die Statuen renoviert hat. Der Bischof antwortete, sie wurden zuletzt am Anfang der siebziger Jahre wiederhergestellt, als er nur ein einfacher Pfarrer bei der *grande* Basilika war. Der Geistliche hat noch gesagt, dass die Schäden, die Giorgio reparieren sollte, nur kurze Zeit nach der großen Renovierung entstanden waren aber der Bildhauer, ein Schweizer, der die ganze Arbeit gemacht hatte, war leider nicht mehr aufzufinden. Der Pfarrer bekam damals die Information, der gesuchte Bildhauer sei umgesiedelt nach Deutschland als Angestellter eines Altenheimes. Das müsste in der Mitte der siebziger Jahre gewesen sein.

Als ich dies hörte, zuckte ich. Auf einmal wurde ich hellwach. Eine größere Überraschung konnte ich mir nicht vorstellen.

„Schenk mir ein Glas Wein ein", sagte ich ihm.

„Ahaaaa! Das habe ich gut gesagt, *dottore*, dass wenn du hören wirst, was ich dir mitzuteilen habe, wirst du wohl trinken!"

„Es kann nicht sein! So etwas kann nicht sein! Es ist wie ein Traum! Wiederhole, Vincenzo!"

„Was soll ich wiederholen, *dottore*? Es ist einfach: Ein Schweizer *scultore* hat Anfang der Siebzigerjahre die Basilika renoviert. Er konnte nicht gefunden werden, um einige etwas später entstandene Schäden zu reparieren, weil er in der Mitte der Siebzigerjahre sich in Deutschland von einem Altenheim hat einstellen lassen. Nach mehr als zwanzig Jahren, also 1998, kam ich dahin, um die Gemälde zu restaurieren und brachte auch Giorgio mit, um die kleinen Reparaturen an den Statuen zu machen. Das ist alles! *Basta!* Was ist so schwer zu verstehen, *dottore*?"

„Schenk mir noch ein Glas ein!"

„Siehst du? Lass die Baustelle! Jetzt haben wir mit *donna* Leonora zu tun."

„Du bist ein Genie! Du bist ein Engel, Vincenzo!" Ich umarmte ihn.

„Zum Wohl! Für deine Leonora!"

„Zum Wohl, Vincenzo! Für Leonora!"

Ich war fast sicher, der Bildhauer, den ich suchte, war derselbe über den der Italiener sprach. Es fehlte aber noch eine unabdingbare Einzelheit: sein Name. Könnten wir diesen Namen durch die Kirche, wo Vincenzo mit seiner Truppe arbeitete, in Erfahrung bringen? *„Siguramente, dottore!"*, beruhigte mich der Italiener und versprach, morgen in Genf anzurufen, um den Bischof persönlich zu fragen. Die Baustelleninspektion setzte ich nicht mehr fort, denn es wurde schon Abend. Ich wollte lieber meine Freude genießen, selbstverständlich mit Vincenzo und seinem wunderbaren *Salice Salentino*.

Am nächsten Tag arbeitete ich morgens im Büro. Meine Aufmerksamkeit richtete sich ständig auf die Tür. Ich wartete ungeduldig, dass Vincenzo käme und mich über das Ergebnis des Gespräches mit Genf unterrichtete. Gegen elf Uhr tauchte er endlich auf:

„Ei, wie heißt der Bildhauer?", fragte ich.

„Ich konnte nicht mit dem Bischof sprechen. Monsignore ist vor drei Jahren gestorben."

„Oh, Gott! Was machen wir jetzt?"

„Sei ruhig, *dottore*! Ich habe mich damit nicht geschlagen gegeben! Vincenzo gibt sich nie geschlagen."

„Was hast du gemacht?"

„Ich habe mit der Sekretärin gesprochen. Sehr nette Frau! Sie hat den Vertrag für die Renovierungsarbeiten der Kirche Anfang der Siebzigerjahre gesucht. Die große Renovierung fand 1973 statt. Für die Steinfiguren wurde ein gewisser Antonio Bali beauftragt. *Un ragazzo italiano!* Anders hätte es nicht sein können."

„Du bist wirklich genial, Vincenzo!"

„Lass das jetzt! Ich habe auch erfahren, dass dieser Antonio Bali damals in Genf wohnte. Das ist ein *molto importante* Indiz. Jetzt weißt du, wo du anfangen kannst, ihn zu suchen. Vielleicht hat er sich wieder in seiner Geburtsstadt niedergelassen als er zurück von Deutschland kam. Vielleicht! Vielleicht hast du Glück. Jetzt gehe ich an die Arbeit."

Vincenzo Mirelli kam wirklich wie ein Licht auf unsere Baustelle!

A.B. – Antonio Bali Schweizer Bildhauer, italienischer Abstammung, wohnhaft in Genf. Er machte Leonoras Statue. Diesen Mann musste ich unbedingt finden. Unbedingt! Wie? Was konnte ich dafür unternehmen?

Ich erinnerte mich, dass Mayer, der mich bei meinem ersten Besuch der alten Grafenresidenz begleitete, mir versprach, die Archive der sozialen Stiftung, der das Heim gehörte, zu finden. Er sagte damals, er habe eine Cousine, die im Rathaus zu Bern arbeitete. Zu der Zeit wartete ich monatelang vergeblich auf eine Antwort. Jetzt dachte ich mir, vielleicht kennt diese Cousine eine Kollegin, die im Genfer Rathaus tätig ist. Es wäre gar nicht auszuschließen! Dort, bei dem Einwohneramt von Genf, musste zuerst gefragt werden. Vielleicht hatte ich das Glück, so Antonio Bali zu finden, ohne die Stiftungsarchive mehr zu benötigen, die sowieso unauffindbar zu sein schienen. Also habe ich Mayer angerufen und gab ihm die nötigen Informationen und bat ihn zugleich, zu versuchen, das Problem zu lösen. Es war einfacher als ich dachte. In nur ein paar Tagen hat die gute Cousine von Mayer eine Adresse aus Genf mitgeteilt, wo der alte Bildhauer Antonio Bali registriert war.

Es wurde klar, dass ich nun eine Reise nach Genf machen musste. Aber wenn Bali inzwischen gestorben war? Oder wenn er mich nicht empfangen wollte? Das hieße, ich führe umsonst. Hinzu kam, dass nochmals zwei-drei Tage unerlaubt fern von der Baustelle zu bleiben, für mich fatal werden könnte. Wie sollte ich vorgehen? Ich beschloss, dem Bildhauer einen Brief zu schreiben, in dem ich ihn bat, mich zwecks eines Gespräches über Leonora Hoffmann und ihre Statue, die er skulptierte, zu empfangen. So würde ich erfahren, ob Antonio Bali noch am Leben wäre, ob er mich empfangen wollte und dazu würde ich endgültige Sicherheit haben, dass er die Statue skulptierte. Ich hatte solch einen Brief geschrieben. Keine Antwort! Am Ende eines ganzen Monats Warten verlor ich die Hoffnung. Ich sah mich gezwungen, jegliche Nachforschungen bezüglich Leonora aufzugeben. Groß war meine Freude als ich, nach einem Monat und einer Woche, doch einen Brief von Antonio Bali aus Genf bekam. Mit einer äußerst ausgewählten Schrift, sehr höflich, zeigte sich der alte Bildhauer überrascht, dass jemand sich für seine Statue und für „arme Leonoras" Schicksal interessierte. Mit Vergnügen lud er mich ein, ihn zu besuchen. Er konnte und wollte mir auch sehr wichtige Sachen über Leonora erzählen. Besonders diese letzte Aussage verursachte in mir eine grenzenlose Neugierde. Ich musste unbedingt nach Genf! Wie? Was sollte ich dem Vos sagen? Aus Angst, dass mein Anliegen abgelehnt würde, wählte ich die weniger elegante Lösung. Ich ging zum Arzt. Ich erzählte diesem alle möglichen Lügen über mein Befinden und meine Gesundheit. Der Arzt schrieb mich offiziell krank und empfahl mir, mich vorerst vier Tage auszuruhen. Der Weg nach Genf war jetzt frei!

***

Der Stadtteil, in dem Antonio Bali wohnte, war bescheiden. Nichts deutete daraufhin, dass dieser der reichen und eleganten, weltberühmten Stadt Genf zugehören würde. Das Taxi hielt vor einem Haus von trauriger Banalität. Links und rechts von dem Eingang je eine Wohnung mit zwei Fenstern. Auf dem Obergeschoss das Gleiche. Nur das. Viereckig, ohne jeden architektonischen Schmuck oder Effekt schien das Haus eine maschinell, auf einem laufenden Band hergestellte Schachtel zu sein. An der Tür sah ich acht Schellen, was zu bedeuten hatte, dass die zwei Wohnungen im Parterre und die zwei im Obergeschoss sich auf der anderen Seite des Hauses wiederholten. Ich schellte. Es dauerte ziemlich lange bis ich in der Sprechanlage hörte „Wer ist da?" Nachdem ich meinen Name genannt hatte, wurde ich gebeten auf die erste Etage, rechts, Wohnung Nummer acht zu kommen. In der Türöffnung stand ein alter Mann mittlerer Größe, körperlich gebeugt. Er hatte lange, weiße Haare, die bis auf die Schultern hingen. „Guten Tag", begegnete er mir mit einem warmen, freundlichen Lächeln, und untersuchte mich zugleich mit seinen intelligenten und besonders lebendigen Augen. „Seien Sie willkommen in meinem Nest", ergänzte der Alte und machte eine höfliche einladende Geste, die Wohnung zu betreten. Durch eine sehr enge Diele kamen wir in das Wohnzimmer. Auf Anhieb wurde deutlich, dieser Raum war kein Wohnzimmer mehr, sondern ein Büro. Ich nahm Platz auf einem Sessel neben dem imposanten Arbeitstisch.

„Möchten Sie einen Kaffee? Ich vermute, Sie sind heute sehr früh aufgestanden. Er wird Ihnen gut tun."

„Gerne."

Antonio Bali ging in seine Küche, um den Kaffee vorzubereiten. Ich bemerkte, dass er Schwierigkeiten hatte, zu gehen. Seine Schritte waren klein, vorsichtig und sehr langsam. Meine Augen streiften alle Ecken des Zimmers. Mich beeindruckte die Menge der Bücher, die sich dort befanden. Bücher über Bücher nicht nur auf den Regalen der ungewöhnlich großen Bibliothek, sondern auch überall gestapelt: auf dem

Arbeitstisch, auf einem anderen kleinen Tisch und sogar auf dem Boden. Einige Bücher waren geöffnet, andere hatten zwischen den Seiten kleine Papierstreifen mit ein paar Wörtern darauf geschrieben, wie eine Art Lesezeichen. Es war ein einzigartiger Kontrast zwischen den Büchern rundherum an den Wänden und dem einzigen Fenster des Zimmers, das zu einem Wald gerichtet war, denn Balis Wohnung befand sich auf der Hinterseite des Hauses. Die vielen Bücher schienen von den dunklen Ästen der alten Tannen direkt zu mir ins Zimmer herunterzusteigen. Auf dem Tisch befanden sich eine alte Schreibmaschine und viele, sehr viele Blätter mit Notizen. Es war deutlich, dass in diesem Raum sehr ernsthaft mit Schreiben und Büchern gearbeitet wurde. Ich las einige Buchtitel. Fast ausschließlich Philosophie- oder Psychologiebücher. Ich war ein wenig irritiert: Außer einigen kleinen, zwischen den Regalen verlorenen Figuren, deutete nichts darauf, dass dieser Raum einem Bildhauer gehörte.

„Bitte sehr", sagte mein Gastgeber und kam mit ebenso langsamen Schritten zurück. „Hier ist Zucker, wenn Sie den Kaffee versüßen wollen. Hier, in dieser Dose, ist Süßstoff, falls Sie so etwas bevorzugen. Ach! Ja! Ich habe die Milch vergessen…"

„Nein, danke. Ich möchte keine Milch. Ich trinke den Kaffee nur mit ein wenig Zucker."

„Dann ist alles in Ordnung."

Bali verstand, dass ich die Menge von Büchern bewunderte.

„Hm… Sie haben erwartet, mich in einem Bildhaueratelier zu finden? Nicht wahr?"

„Um ehrlich zu sagen: Ja. Das habe ich erwartet."

„Ich skulptiere seit langer Zeit nicht mehr, mein Herr. Genauer gesagt, seit zwanzig Jahren. Die Gelenke tun mir weh. Ich leide an Arthrose. Ich könnte Hammer und Meißel nicht mehr in den Händen halten. Apropos, meine letzte Arbeit in Stein war gerade die Statue von Frau Leonora Hoffmann, die Sie so sehr interessiert. Die war meine letzte Geste in Kunst. Danach habe ich mich völlig einer anderen ,Liebe' aus der Jugendzeit gewidmet: der Philosophie."

„Also sind Sie Philosoph."

„Ach, nein! Ist zu viel gesagt ,Philosoph'. Ich bin ganz einfach ein Mensch, der sich Fragen stellt und versucht eine Antwort für sie zu finden. Diese Arbeit erfüllt meinen Geist mit Befriedigung. Es ist fantastisch! Die Kunst hat mir nur Frustration verursacht."

„Wieso?"

„Sobald ich das Studium an der Kunstakademie beendet hatte, versuchte ich immer durchzukommen. Ich arbeitete wie ein Verrückter. Kein Ergebnis. Die Kunst ist zu abhängig von den wirtschaftlichen Interessen. Etwas später versuchte ich es als Restaurateur. Es ging mal besser, mal schlechter, aber es gelang mir nicht, so zu verdienen, dass ich mir Materialien und Werkzeuge für meine Skulptur leisten konnte. …Für die Skulptur, die ich wünschte! Der materielle Ruin war bedrohlich nah. Frustriert, akzeptierte ich damals die Stelle, die mir bei dem Haus am Weißen See angeboten wurde. Ich musste dort einen Bildhauereikreis einrichten, wie eine Art Therapie für die bedauernswerten Alten, die den ganzen Tag nichts zu tun hatten. Festen Lohn und nicht so schlecht! Unterkunft und Nahrung, kostenlos! Für mich bedeutete das viel, sehr viel. Ich wurde den Armutsstress los. Zugegeben: Nicht ohne den Schmerz, mich von der Kunst getrennt zu haben! 1989, als das Heim geschlossen wurde, hatte ich etwas Geld gespart. Ich hätte wieder anfangen können zu skulptieren, wenn die fürchterlichen Schmerzen in den Gelenken nicht gewesen wären. Ich war schon sechzig Jahre alt. Anstatt Steine und Werkzeuge habe ich Bücher gekauft."

„Aber jetzt als Philosoph oder… entschuldigen Sie, als Mensch, ‚der sich Fragen stellt und versucht eine Antwort für sie zu finden', wie Sie so schön gesagt haben, genießen Sie auch die Anerkennung Ihrer Fähigkeiten?"

„Ja. Ich habe auch Einiges veröffentlicht. Auf jeden Fall habe ich durch die Philosophie mehr Anerkennung bekommen als durch die Kunst. Aber das hat keine Bedeutung, mein Herr. Keine Bedeutung! Wichtig ist nur die geistige Befriedigung. Der Rest ist nur Hochmut, Eitelkeit und falsch verstandener Ehrgeiz."

Es war ein Vergnügen, Antonio Bali zuzuhören. Seine Heiterkeit war hinreißend. Wie einfach und locker erzählte er mit wenigen Worten seinen ziemlich traurigen Werdegang! Zweifelsohne war mein Gastgeber ein Mensch der tiefen Gedanken. Ich fühlte, ich würde über Leonora nicht nur wertvolle Informationen erfahren, sondern diese würden auch mit höchster Stichhaltigkeit interpretiert und kommentiert. Ich war ungeduldig, dass er endlich zu unserem Hauptthema überging. Ich bat ihn um Erlaubnis, unser Gespräch auf einem Diktaphon aufzunehmen. Er hatte nichts dagegen. Ich schaltete den Apparat ein. Bali fragte mich, ob ich akzeptierte, dass er nicht mehr auf dem Stuhl vor dem Tisch säße, sondern sich auf einem Sessel mir gegenüber hinlegte. Natürlich war ich einverstanden. Er legte sich auf den Sessel, der eher nach einem Bett aussah.

„So geht es besser", sagte mein Gastgeber. „Wenn ich auf dem Stuhl sitze, habe ich große Schmerzen. So, hingelegt, lese ich und meditiere, obwohl man sagt, Philosophie soll man nicht im Bett lesen! Man sagt… Nur wenn ich schreiben muss, setze ich mich an den Tisch, aber nicht bevor ich eine ordentliche Portion Medikamente eingenommen habe. Es ist nicht so lustig!"

„Ich verstehe, Herr Bali", sagte ich voll Mitempfinden.

„Bevor ich über Leonoras Schicksal erzähle, möchte ich meine Freude zum Ausdruck bringen, dass ich, durch Ihre Anwesenheit hier zum ersten Mal ein Echo auf eine meiner Arbeiten habe. Auch wenn ein sehr spätes… Bis heute brachte keine Arbeit von mir je ein Echo. Ich begann 1988 die Arbeit an Leonoras Figur, unmittelbar nachdem sie gestorben war. Die Statue war fertig und ich habe sie aufgestellt 1989, gerade als das Heim geschlossen wurde. Ich muss zugeben: Die Tatsache, dass Sie wegen dieser Statue hier sind, ist für mich eine Genugtuung. So sind wir Menschen: Doch schwach… egal wie viel wir die Tiefen der Gedanken genossen haben. Schwach, mein Herr! Empfänglich für Schmeicheleien."

„Die Skulptur ist regelrecht fantastisch!"

„Nicht die Statue ist fantastisch, mein Herr. Leonora war fantastisch! Die Plastik ist nur ein imperfekter Spiegel ihrer Person."

„Was war so besonderes im Leben dieser Person, dass Sie beschlossen hatten, ihr eine Statue zu erstellen?"

„Besonderes? Das ist sehr wenig gesagt. Ich werde versuchen, Ihnen zu erzählen, was ‚besonderes', wie Sie sagen, in Leonoras Leben war. Zuvor möchte ich unterstreichen: Leonora war nicht ein ‚besonderes' Wesen. Sie war viel mehr. Sie war ein Engel. Ja, ja! Sie war nicht mehr irdisch. Sie hatte etwas Himmlisches in sich. Für mich persönlich war sie auch eine gute Fee."

„In welchem Sinne?"

„Als sie 1984 eingewiesen wurde, arbeitete ich bereits seit neun Jahren in dem Haus am Weißen See. Ich hatte schon bezüglich Altwerden und Demenz eine gewisse Erfahrung. Ich glaube, ich wusste ziemlich gut, wie ich mich diesen Leute nähern sollte. Es interessierte mich sehr, was sich hinter den oft automatisch wiederholten paar Wörtern, hinter den häufig mechanischen und sinnlosen Gesten dieser Menschen befindet. In Leonoras Fall ist es mir am besten gelungen, in die Innenwelt eines an Demenz Typ Alzheimer Erkrankten einzutauchen. Ich weiß, die Medizin ist nicht gewillt, zu akzeptieren, das so etwas möglich wäre. Aber, mein lieber Herr, ich versichere Ihnen: was ich in Leonoras Seele sah, ist die wahre Innenwelt einer solchen Kranken. Gerade diese Erfahrung veranlasste mich zu den philosophischen Untersuchungen zurückzukehren. Leonora verhalf mir durch ihre Tragödie meine letzte Geste in Kunst zu machen, die Statue als Hommage an sie, und zugleich mich der Philosophie wieder zu widmen. In diesem Sinne war sie für mich eine gute Fee."

„Also werden Sie mir über die Innenwelt von Leonora erzählen."

„Überwiegend. Denn die Taten, die geschahen und im Allgemeinen die Dinge, die mit einem solchen Kranken geschehen können, sind sehr ärmlich. Sehr reduziert, um es so zu sagen. Diese Kranken können fast nichts machen. Sie können nichts mit Fug und Sinn unternehmen. Gerade deswegen sind sie fälschlicherweise *ad acta* gelegt, registriert als halbtote Menschen, mit welchen nichts mehr geschehen kann. Das ist die riesige Konfusion oder, nennen wir es beim Namen: Das ist unsere riesige und unverzeihliche Nachlässigkeit ihnen gegenüber. Während in ihren Seelen das Leben weiter geht… Geht weiter, mein lieber Herr! Diese Art Innenleben, das sie voll ausleben, entfaltet sich nicht in den gewöhnlichen Koordinaten der Vernunft und des Verstandes. Also kann sie weder erkannt noch ausgedrückt werden von uns, den Gesunden, die meistens mit den Instrumenten der Vernunft und des Verstandes operieren. Zwischen uns und diesen Kranken existiert ein gewaltiger Sprachunterschied; ich meine die Sprache als solche, aber auch die Geste- Intentionen- und vielleicht auch Gedankensprache. Wer diese trennende Schranke nicht versteht und nicht versucht, sie zu überwinden, wird nie Zugang zur Seele der Demenzkranken haben."

„Es ist einleuchtend, was Sie gesagt haben, Herr Bali. Ich glaube, ich fange an zu verstehen."

„Sicher. Sicher verstehen Sie. Es bedarf nur ein wenig guten Willens und Flexibilität. Schauen Sie. Nehmen wir ein Beispiel, vielleicht banal, aber bedeutsam: Ein Alzheimerkranker sagt ‚Sein Körper. Licht. Zeit.' – Wörter, die Leonora mir irgendwann allerdings gesagt hatte. Jeder Mensch, der die Schranke, worüber wir sprachen, nicht verstanden hat, wird sagen: ‚Der Arme! Er kann die Wörter nicht mehr zusammenbinden. Er spricht ohne Sinn und Zweck.' Aber wenn dieser Mensch mit seinem oberflächlichen Kommentar am Feierabend ein Buch mit modernen Dichtungen nimmt und liest: ,Sein Körper. Licht. Zeit.' oder ein wenig verändert, zum Beispiel ,Sein Körper-Licht. Die Zeit.' wird er wahrscheinlich von dem Talent des Dichters begeistert sein. Sie können mein Beispiel auch für die nichtgegenständliche Malerei anwenden. Stellen Sie sich einen schwingungsvollen, gut gemachten roten Fleck vor, auf irgendeinen Hintergrund gemalt und ,Schrei' betitelt. Viele werden sagen: ,Was für eine Ausdruckskraft! Ein ganzes Drama sehe ich in diesem Fleck!' Niemand wird dem Maler vorwerfen, dass er nur angedeutet hat und nicht durch gegenständliche Malerei die Ursachen und Umstände dieses Schreies gezeigt, beziehungsweise beschrieben hat. Warum sind wir so borniert und sehen nichts Bedeutendes hinter dem Mangel an Logik und Bezeichnungsfähigkeit der Aussagen von Alzheimerkranken, während wir gleichzeitig in der modernen Kunst gerade den Verzicht an logisch-beschreibenden Ausdrücken begeistert genießen?"

„Ihre Frage ist wirklich verblüffend."

„Versuchen Sie nicht, mir zu schmeicheln. Es sind nur einige Ideen, die mich in das Innenleben dieser Kranken geleitet haben. Nur einige Ideen… Die guten, die wahren Ideen werden in der Regel in der Wiege der Bescheidenheit geboren. Sie sollen da, in dieser Wiege belassen werden. Wenn die Ideen wirklich gut und wahr sind, werden sie auch dort strahlen: in der Bescheidenheit ihres Autors. Kant sagte, die Arbeit des Philosophen ist eine Arbeit der Demut; denn ,Philosophie besteht darin, seine Grenzen zu kennen'. Erlauben Sie mir bitte zu den Beispielen, die ich gegeben habe, eine Sekunde zurückzukommen. Bleiben Sie nicht bei dem Eindruck, nur die Moderne Kunst ähnele mit dem Mangel an Logik- und Beschreibungskraft den Alzheimerkranken. Die gute Kunst aller Zeiten ,spricht', also deutet viel mehr an, als sie beschreibt, beziehungsweise zeigt. Das Angedeutete ist viel wichtiger als das Gezeigte. Ein Beispiel, wieder banal: Von den Tausenden von Seiten, die über die berühmte *Mona Lisa* von Leonardo geschrieben wurden, bezieht sich nur ein kleiner Teil, sagen wir zehn bis fünfzehn Prozent, auf das, was das Bild beschreibt, das heißt, zeigt. Der Rest, der große Rest ist den ganzen Welten, die das Bild andeutet, gewidmet. Die Wege der Andeutung sind von der logischen Beschreibung meistens getrennt. Selten stützt sich eine Andeutung auf logische Elemente. So auch in dem Fall der Kranken, über die wir sprechen: Was sie durch Fetzen von Phrasen und Wörtern, durch ihre absurden Gesten ausdrücken, sind nur Andeutungen von dem, was in ihrem Inneren geschieht. Andeutungen über ihre Zustände. Nur Andeutungen! Wie in der Kunst. Entziffern wir diese Andeutungen, dann haben wir Zugang zu ihrer Seele. So bin ich auch mit Leonora vorgegangen."

„Das bedeutet, Sie kannten sie sehr gut."

„Es bedeutet, ich habe versucht, sie zu kennen. Ich weiß nichts oder fast nichts von ihrem Leben in Düsseldorf, bevor sie in das Haus am Weißen See eingewiesen wurde. Ich las in ihrer medizinischen Karteikarte, dass ihr einziger Sohn im Alter von vierundzwanzig Jahren gestorben war und sie, bevor sie an Demenz Typ Alzheimer erkrankte, unter einer starken Depression litt. Ein gewisser Psychiater Doktor Berger hat in den Akten, die sie ins Heim begleiteten, leider nicht mehr geschrieben. Warum? Kann ich nicht nachvollziehen."

„Aus Diskretion. Doktor Berger war ein guter Freund von ihr."

„Ahaaaa! Also Sie kennen Einzelheiten von ihrem Leben?"

„Von ihrem Leben vor der Einweisung ins Altenheim ziemlich viele. Ich habe einige Seiten darüber niedergeschrieben. Kurz kann ich nur das sagen: Sie litt grausam. Nicht nur wegen des Todes ihres Sohnes, sondern auch wegen ihres Mannes, der sie terrorisierte und erniedrigte, wie es selten anzutreffen ist." Mein Gastgeber zuckte:

„Ich begreife… Jetzt begreife ich noch besser!"

„Was denn?"

„Ich werde es Ihnen zu dem richtigen Zeitpunkt sagen."

„Gut. Dann, lieber Herr Bali, fangen wir von vorne an. Welche Eindrucke hatten Sie über Leonora in dem Moment, als sie ins Haus am Weißen See kam?"

„Ja. Es ist gut, den Zeitverlauf zu respektieren. Zuvor muss ich Ihnen sagen, dass ich die vier Jahre von Leonoras Anwesenheit im Heim in drei Perioden teile. Drei absolut unterschiedliche Perioden. Die erste war gewöhnlich, sogar typisch für Demenzkranke. Aber in der zweiten und besonders in der dritten Periode geschahen mit Leonora wahre Wunder. Es geschah das Unvorstellbare!"

„Sie haben mich extrem neugierig gemacht. Ich höre."

Mit ruhiger Stimme und ausgewogenem Wort, begann Antonio Bali die fantastische Geschichte Leonora Hoffmanns zu erzählen:

„Als Leonora zu uns kam, war ihr Zustand bedauernswert. Obwohl sie nur dreiundsiebzig Jahre alt war, ähnelte ihre mentale Degeneration eher einer Achtzig- oder Neunzigjährigen. Ein dermaßen fortgeschrittenes Demenzstadium ist ziemlich selten in so einem Alter. Nicht mal einzelne Wörter konnte sie sicher ausdrücken. Die ersten Silben stimmten schon mit dem, was sie sagen wollte, überein, aber die folgenden waren fast immer falsch und daraus ergab sich ein anderes Wort. So wie ich beschrieb, musste ich immer erraten, ihre Intention zu entziffern; also, was sie ausdrückte, musste ich als eine Andeutung und nicht als einen fertigen und sicheren Ausdruck betrachten. Es ist überflüssig zu erinnern, dass es Leonora nicht gelang, die Wörter in einen logischen Satz einzubinden. Ihr physischer Zustand war auch jämmerlich. Sie war immer sehr nachlässig gekleidet und hatte die Haare in Unordnung. Ihre Erscheinung war ungepflegt. Sie sah älter aus, als sie war. Der Rücken gebeugt. Die Hände zitternd. Immer missmutig und den Kopf zwischen die Schultern geduckt, fast versteckt. Sie war teilnahmslos und lehnte jeglichen Kontakt ab. Auch mit einer Freundin, die sie besuchte, lehnte sie ein Gespräch ab. Ich habe auch unzählige Male versucht, eine Diskussion mit ihr anzufangen. Vergeblich. Sie schien die Einzige in dem Altenheim zu sein, bei der meine Methode, mich an die Seele der Patienten heranzutasten, nicht gelang. In meinen Gedanken keimte die Vermutung, dass Leonoras Schrecken, mit jemandem ein Gespräch zu führen, nicht primär von der Demenz Typ Alzheimer verursacht war, sondern von der Depression, die sie bereits zuvor hatte. Mit anderen Worten ausgedrückt, ich vermutete, dass sie eine grundsätzliche Angst vor Menschen hatte, Angst, von jemandem enttäuscht zu werden. Folglich war ihre Demenz nur eine Art Wächter, eine Art Schutzschild im Sinne dieser Angst."

„Ich glaube, Sie waren auf dem korrekten Weg. Herr Bali, wenn ich Ihnen über die Panik, die diese Frau vor ihrem Mann hatte, der sie so schrecklich schlug, erzählen würde, ließe sich Ihre Theorie noch besser begründen."

„Ich glaube es. Ich bin davon überzeugt. Ich bitte Sie sogar, mir davon zu berichten, aber nicht jetzt, sondern am Ende. Sonst besteht das Risiko, dass das, was ich Ihnen sagen werde, von dem ursprünglichen Sinn abweichen wird. Mir wurde klar, ich muss irgendwie ihr Vertrauen gewinnen. Ich versuchte es mit zärtlicher Geste. Zum Beispiel, wenn ich zu ihr sprach, nahm ich ihre Hand zwischen die meinen.

Kein Ergebnis. Sie zog immer ihre Hand zurück. Ich versuchte ab und zu ihr eine Blume anzubieten. Dieselbe Enttäuschung: Sie schaute ohne Interesse die Blume an und legte diese beiseite auf den Tisch. Eines Tages aber, ohne es zu wollen, absolut durch Zufall, bot ich ihr eine blaue Blume an. Mein lieber Herr, der Effekt war erstaunlich! Sie nahm die Pflanze zwischen ihre Hände. Betrachtete sie aufmerksam. Roch an ihr. Auf ihrem Gesicht erschien ein warmes, zartes Lächeln. Sie schloss ihre Augen und seufzte tief. Mit einer beträchtlichen Aufmerksamkeit und sogar Fingerfertigkeit setzte sie die Blume dann in ihr Haar. Ihre Augen richteten sich zu mir. Sie schaute mich lange an und schenkte mir jetzt ein Lächeln wie ein Licht. Es war, als ob sie sich bei mir bedankte. Ich war überzeugt, dass in diesem Moment, ein sehr wichtiger, verlorener Teil von Leonoras Leben in ihren so verwüsteten Kopf zurückkehrte."

Die Szene mit der blauen Blume beeindruckte mich fast zu Tränen:

„Rührend... mein Herr", flüsterte ich.

„Ja! Ich werde diesen Moment nie vergessen können. Es geschah so natürlich und spontan... Ich nenne dieses Ereignis ,Mein erster Schlüssel zu Leonoras Seele'." Nach einer Pause setzte mein Gastgeber seine Geschichte fort: „Ich war jetzt neugierig, was für sie die Farbe Blau bedeutet. Sicher war ich auch neugierig, etwas über ihr vergangenes Leben zu erfahren. Ach! ,Neugierig' ist falsch! Eigentlich wollte ich ihr Gedächtnis ein wenig aktivieren. Mir schwebte vor, sie einigermaßen zu sich selbst zu bringen, zu ihrem Leben. Immer, wenn ich sie ansprach, hatte ich die ,Eintrittskarte zu Leonoras Seele', das heißt, eine blaue Blume. Große Befriedigung war für mich, als ich einmal die Blume vergass und sie sofort fragte: ,B... Blume?' ,Sieg!', habe ich mir gesagt. Also ihr Gedächtnis kann noch funktionieren. Vielleicht war ich für sie ,Der Mann mit der blauen Blume'. Wahrscheinlich. Sicher ist aber, dass mein Enthusiasmus bezüglich ihres Gedächtnisses zu voreilig und zu optimistisch gewesen war. Leonora erinnerte sich an nichts aus ihrem vergangenen Leben. Nur ihren Namen wusste sie noch. Ein Beweis, dass es nicht eine Ablehnung war, mir etwas mitzuteilen, sondern ganz einfach ein Unvermögen, sich an etwas zu erinnern, ist die folgende, etwas bizarre und inkohärente Geschichte: Nach wiederholtem Insistieren meinerseits und beachtlichen Anstrengungen ihrerseits, sagte sie, dass sie ihr ganzes Leben vergeblich gewartet hatte.

‚Worauf hast du gewartet?', fragte ich. ‚Mann weggegangen'. ‚Wann ist er weg? Wohin ist er gegangen?'. ‚Ich war ein Kind und er ist weg... Krieg...'. ‚Ist er nie zurückgekommen?'. ‚Nein... Doch! Ich glaube zurückgekommen...' ‚Wann?', fragte ich. ‚Ich weiß nicht. Ich habe ihn geliebt. Aber er ist wieder weg... Krieg!'. ‚Und seitdem wartest du?', insistierte ich. ‚Nein. Nicht seitdem... Ich glaube, einmal ist er zurück-gekommen... aber... aber... wieder weg. Er ist gef... geflüchtet. Nicht gekommen. Geflogen in Himmel. Nicht gekommen. Niemals. Feuer in seinem Haus. Leonora wartet nicht mehr. Leonora weint.' Trotz der Unklarheit dieser Aussage, fand ich heraus, dass in Leonoras Leben von drei Personen, die sie verloren hat, die Rede sein kann. Alle drei männlich. Zuerst nahm ich an, der erste Mann, der weggegangen war und nicht mehr zurück kam, sei ihr Vater gewesen. Möglicherweise wurde dieser während des Ersten Weltkrieges an die Front geschickt. Bei dem zweiten, den sie geliebt hat – wie sie sagte – ist mir unklar, wer er gewesen sein könnte. Auf jeden Fall wurde er wohl auch im Krieg eingezogen, aber diesmal im Zweiten Weltkrieg. Zu der Zeit war sie doch eine Erwachsene. Vielleicht war er eine Jugendliebe von Leo-nora. Der dritte könnte ihr verstorbener Sohn sein. Aufgrund dessen, dass sie mit allen dreien ähnliche Erfahrungen hatte, bündelte Leonora diese ihr nahestehenden Personen in eine einzige Figur: Der geliebte Mann, der fortgegangen war und nie mehr zurückkam. Ich weiß nicht, ob es von Wichtigkeit ist, genau festzulegen, wer diese drei Männer waren. Wichtig ist aber, dass mit ihrer anscheinend konfusen Aussage sich ein andauerndes Drama dieser Frau deutlich abzeichnete. Sehen Sie, mein Herr, wie das Gedächtnis der Alzheimer Kranken auch ohne Logik und Vernunft funktioniert? Sehen Sie, wie die Aussagen dieser Kranken nur Andeutungen sind, die trotz Inkohärenz und Mangel an Logik, umfangreiche Welten von Leben beinhalten? Wahres Leben!"

„Ihre Deduktion ist absolut exakt. Der zweite Mann war ihr zu-künftiger Ehemann, der kurz nachdem sie sich verlobt hatten, im Jahr 1938, an die Front ging."

„Ahaaa!", wunderte sich Bali, „Also ist er zurückgekommen und sie heirateten?"

„Genauso. Er war in Gefangenschaft und kam zurück am Ende des Jahres 1946. Dann haben sie geheiratet."

„Das bedeutet, es war zwischen ihnen eine große Liebe."

„Bis zu einem Punkt. Genauer gesagt, bis zu dem Tod ihres Sohnes. Seitdem verwandelte sich alles in das Gegenteil einer Liebe. Ich sagte Ihnen, dass sie seinetwegen sehr gelitten hat."

„Jetzt ist mir die ganze Geschichte klar geworden. Ich danke Ihnen!" Bali setzte seine Erzählung fort: „Was die Farbe Blau für Leonora bedeutete, konnte ich zuerst nicht erfahren. Ich hatte nur die Bestätigung, dass diese Farbe eine besondere Wichtigkeit für sie darstellte. Vielleicht kennen Sie das Spiel, die Übung mit einem großen und sehr leichten Ball, das in Altenheimen praktiziert wird, um die motorische Tüchtigkeit und die Aufmerksamkeit der Patienten zu unterstützen. Die Alten sitzen im Kreis und werfen sich den Ball zu."

„Ja. Das ist mir bekannt."

„Leonora hatte kein Interesse für dieses Spiel. Schaute abwesend einige Minuten zu und ging dann fort. Sie wurde einige Male eingeladen, teilzunehmen, aber sie lehnte immer ab. Eines Tages passierte genau das Gegenteil. Sobald sie den Saal betrat, wurde sie plötzlich unruhig. ‚Leonora spielt mit. Leonora Ball', schrie sie ungeduldig. Die Therapeutin verstand und bot ihr einen Platz im Kreis der Spieler an. Als der Ball zum ersten Mal zu Leonora kam, fing sie ihn. Dabei war sie entzückt. Lachte. Das zweite Mal, ebenso: sie fing den Ball. Wieder hat sie gelacht. Auf ihrem alten Gesicht konnte man die Freude ablesen. Sie blühte regelrecht auf. So ist es ein paarmal geschehen. ‚Es war begeisternd, ihre Freude zu sehen', sagte mir später meine Kollegin. Alles endete schlagartig als Leonora es zum ersten Mal nicht schaffte, den Ball zu fangen. Sie schrie jämmerlich. Fing an, wie ein Kind zu weinen. Ihr Körper zitterte. ‚Leonora geht', sagte sie. ‚Leonora will nicht Ball', ‚Angst! Angst!' Alle waren über ihre heftige Reaktion erschrocken. Zwei Pflegerinnen begleiteten sie nach draußen. Sie beruhigte sich erst nach einer Viertelstunde. Niemand verstand ihren abrupten Stimmungswechsel, als sie den Ball nicht gefangen hatte, umso weniger, als sie auf einmal an einem Spiel teilnehmen wollte, das sie vorher immer abgelehnt hatte. Ich fragte mich auch weshalb. Die einzig mögliche Erklärung war, dass an dem Tag, als sie teilnehmen wollte, mit einem neuen Ball gespielt wurde. Es war ziemlich klar, dass sie nur mit diesem neuen Ball spielen wollte. Der neue Ball war blau. Die alten Bälle hatten andere Farben. Ich hatte den Eindruck, Leonora habe eine riesige Angst, die Farbe Blau zu verlieren. Was symbolisierte diese Farbe für sie?"

„Sie erstaunen mich, Herr Bali! Bezüglich der Farbe Blau und ihrer Symbolik für Leonora, werde ich Ihnen über das Protokoll eines Gespräches berichten, das sie mit ihrem Psychiater in Düsseldorf hatte."

„Besitzen Sie solche Dokumente?"

„Ja."

„Dann scheint es, dass der Kreis sich schließen wird!", freute sich mein Gastgeber.

„Sicher, wir werden den Kreis schließen, Herr Bali."

„Während dieser ersten Periode Leonoras im Haus am Weißen See versuchte ich weiter, über mehrere Monate, etwas über ihr vergangenes Leben zu erfahren. Unmöglich! Diese Krankheit kann nicht besiegt werden! Aber meine Annäherung an ihre Seele machte weiter diskrete Fortschritte. Mittags, und auch abends, kam ich ins Esszimmer und nahm neben ihr Platz. Ich hatte immer eine blaue Blume bei mir. Leonora wurde heiter. Lächelte. Steckte die von mir gebrachte Blume in ihr Haar. Dann ‚diskutierten' wir, das heißt wir wechselten ein paar Worte. Mehr konnte sie nicht. Mehr wusste sie nicht zu sagen. Doch sind wir irgendwie Freunde geworden. Eine Freundschaft nicht durch Wörter und Erklärungen ausgedrückt. Nein! Eine Freundschaft auf warmes Lächeln und zärtlichen Gesten aufgebaut. Heute würde ich sagen, eine essenzialisierte Freundschaft."

Antonio Bali unterbrach seinen Bericht. Er stellte fest, dass es im Zimmer ziemlich dunkel geworden war. Um ihm die Anstrengung zu ersparen aufzustehen, bot ich ihm an, das Licht anzumachen. Er lehnte ab. Mit seiner Schärfe und Künstlichkeit störte ihn das elektrische Licht. „Es ist nur nötig, wenn man schreibt", sagte er. Mühsam stand er auf und nahm von einem Schrank mehrere Kerzen. Ich half ihm, diese anzuzünden. Recht hatte der Bildhauer-Philosoph. Im Zimmer herrschte nun eine absolut spezielle Stimmung. In dem gelben, warmen Kerzenlicht schienen die lebendigen Augen von Bali noch stärker zu funkeln. Seine Haarpracht schien noch weißer zu sein. Sein entspanntes und heiteres Gesicht noch ruhiger. Angeleuchtet nur von Kerzen, mit dem dunklen Wald hinter dem Fenster als Hintergrund, hatte jetzt die Erscheinung meines Gastgebers etwas Legendenhaftes und Mystisches. Als ob ich mich in einer geheimen Versammlung in einer fast irrealen Welt befand. Dann setzte er seinen Bericht fort. In dieser Kulisse klang seine Stimme ganz anders:

„Leonora zeigte Interesse, das Atelier für Skulptur in Ton zu sehen, wo ich mit den Patienten, die noch nicht an Demenz litten oder sich nur am Anfang dieser Krankheit befanden, täglich arbeitete. Anscheinend gefiel es ihr. So wie sie konnte, gab sie zu verstehen, sie wolle auch in unserer Gruppe arbeiten. Mit großer Freude akzeptierte ich. Sie arbeitete mit beachtlicher Hingabe. Es war evident, dass diese Arbeit ihr großen Spaß machte. Ich betrachtete ihre aktive Teilnahme wie ein sehr gutes Zeichen bezüglich der Entwicklung ihrer Krankheit. Es verging nicht viel Zeit als mit Leonora ein kleines Wunder geschah. Eines Tages fragte sie mich, wie ich heiße. Zum ersten Mal nach so vielen Monaten! Ich sagte ihr meinen Namen. Sie wiederholte diesen korrekt und deutlich ‚Antonio Bali?‘ Es folgte eine Pause, in welcher sie offensichtlich versuchte, einen Satz zu formulieren. Danach sagte sie, ebenso korrekt und deutlich: ‚Dann bist du Toni, nicht wahr? Toni mit blauer Blume. Ha, ha, ha!‘ Ich war erstaunt, nicht nur von der Kohärenz der gesagten Sätze, sondern auch von ihrer Leistung, meinen Kosenamen gefunden zu haben. So etwas war absolut ungewöhnlich, vielleicht sogar unmöglich für einen Demenzkranken in dem Stadium, in welchem sich Leonora befand. Meiner Meinung nach war diese Szene der Wendepunkt von der ersten zu der zweiten Periode ihrer Existenz im Altenheim. Sicher, die Medikation, die ihr verschrieben wurde, hatte ihren positiven Beitrag. Aber, mein lieber Herr, man weiß: Für die Demenz Typ Alzheimer gibt es keine Medikamente, die eine Rückbildung der Symptome bewirken können und umso weniger solche, die die Heilung herbeiführen. Höchstens kann man eine Verlangsamung der Krankheitsentwicklung erzielen. Eben deswegen glaube ich, dass das Abklingen einer gewissen psychologischen Komponente bei Leonora – ich meine die starke Depression, die sie hatte – ihre Seele erleichtert hatte, sie aufheiterte und ihr eine Art Klarheit bescherte; auch wenn diese ‚Klarheit‘ diskutabel ist. Aber wohlbemerkt: Leonora hatte nicht die Klarheit der normalen Menschen bekommen. Bei weitem nicht.“

„Wie charakterisiert sich diese zweite Periode?“

„Wie gesagt, sie wurde heiter. Lächelte oft. Sie versuchte am Leben des Heimes teilzunehmen. Sie versuchte mit den anderen Patienten zu kommunizieren. Schenkte ihrem äußerlichen Aussehen immer mehr Aufmerksamkeit, so dass sie gepflegt, gut gekämmt und sogar mit aufgetragenem Lippenstift erschien. Phänomenal war, dass sie auch ihre

Körperhaltung unmerklich änderte. Wenn zuvor, als sie ins Heim kam, ihr Rücken gebeugt war, sie einen grimmigen, immer nach unten gerichteten Blick hatte und ihren Kopf zwischen die Schultern duckte, als ob sie ihn verstecken wollte, so war Leonora jetzt, in dieser sogenannten zweiten Periode, ein völlig anderer Mensch. Ihr Körper wurde geschmeidig, hatte eine gewisse Eleganz und ihren langen Hals hielt sie immer gerade. Sie schaute fröhlich aber auch mit Würde jeder Person, die sie traf, direkt in die Augen. Ihr Gang zeigte eine seltene Leichtigkeit. Wie eine Tänzerin, oder besser gesagt, wie ein Schwan auf dem Wasser, glitt Leonora von einem Raum zum anderen. Wirklich, ihr Gang war eher ein Schweben. Aus all diesen Haltungen und Gesten las ich Leonoras immensen Wunsch ab, zurück zum Leben zu kommen. Sie wollte zurück zu den konkreten Taten. Meiner Meinung nach wurde so etwas nur möglich, weil sie ihr Leben voll Enttäuschungen und Leid vergessen hatte. Paradox und vielleicht für einige spekulativ klingend: Gerade die grausame Alzheimerkrankheit, das heißt der totale Gedächtnisverlust, hat ihr verholfen zu sich selbst und zum Leben zurückzukommen. Das große Vergessen, mit einbegriffen das Vergessen von allem Schlechten, wie die Gründe ihrer Depression und ihrer Ängste, schenkte Leonora den Durst nach Leben und Taten wieder, so wie es die Menschen am Anfang des Lebensweges gewöhnlich haben. Und ihre Taten folgten. Sie wollte unbedingt helfen. Den anderen Menschen helfen! Besonders als alle im Esszimmer versammelt waren, nahm Leonora oft neben einem, der auffallend unbeholfen war, Platz und half diesem, die Nahrung zu sich zu nehmen. Sie schnitt das Schnitzel oder die Frikadelle in kleine Stücke und übernahm manchmal die Aufgabe der Pflegerinnen, indem sie ihm, Stück für Stück das Essen in den Mund schob. Um vier Uhr nachmittags, als Kuchen mit Kaffee oder Tee angeboten wurden, ging Leonora von Tisch zu Tisch und mal streichelte sie einen Patienten oder eine Patientin über den Kopf, mal sagte sie ihnen mit einem bezaubernden Lächeln ‚Leonora grüßt. Leonora Freundschaft!'. Anderen schenkte sie Blumen, die sie von der Vase, die gerade auf ihrem Tisch stand, nahm. Mit einigen ‚sprach' sie, so wie sie konnte, in kurzen und ziemlich konfusen Phrasen. Sie fragte aber nie jemanden, wie er heißt. Bis zu dieser Zeit war ich der einzige, den sie nach dem Namen gefragt hatte. Es ist leicht zu verstehen, dass Frau Leonora Hoffmann in kurzer Zeit die beliebteste Person im Haus am Weißen See geworden war. Für diese auf die tote Schiene geschobenen, von der Welt vergessenen und nur auf das unvermeidliche Ende wartenden armen Menschen, war sie wie ein Lichtstrahl."

„Wie seltsam, Herr Bali! Ihre letzte Phrase über die ‚auf die tote Schiene geschobenen, von der Welt vergessenen und nur auf das unvermeidliche Ende wartenden armen Menschen' ähnelt sehr meiner ersten Definition eines Altenheimes. Ich sagte, dass dies ein Wartesaal des Todes sei."

„Sehr schöner und wahrer Ausdruck, mein Herr! Aber es ist gar nicht seltsam, dass wir beide ähnlich gedacht haben. Jeder Mensch, der ein Altenheim kennt, der das Drama gesehen hat, das sich Tag für Tag, Stunde für Stunde und sogar Minute für Minute da abspielt, wird genauso wie wir denken."

„Erzählen Sie weiter?"

„Ja, sicher: In ihrem Lebenswillen, in ihrem Drang, am Leben teilzunehmen, übertrieb Leonora oft. Zum Beispiel ging sie an einem Morgen in die Küche und sagte ‚Leonora hilft. Leonora kocht.' Selbstverständlich wurde sie aus Sicherheitsgründen abgelehnt. Sie lief dann in mein Atelier und weinte. Ich konnte sie kaum beruhigen. Oft bestand sie darauf, die Rollstühle zu schieben, um die bewegungsunfähigen Patienten im Park und am Ufer spazieren zu fahren. Sicher, die Pflegerinnen erlaubten so etwas nicht – es wäre zu gefährlich gewesen. Immer wenn sie eine Ablehnung bekam, wurde sie traurig und weinte. Ja, Leonora hatte den Verstand eines Kindes und die Seele einer Heiligen." Antonio Bali vertiefte sich in Gedanken. Stille. Ich fühlte, er selbst war von seinen Emotionen ergriffen. Ich schwieg auch. Ich wollte ihn nicht aus seiner besonderen Stimmung reißen. Ich schaute ihn nur an, wie er in das bezaubernde Kerzenlicht eingetaucht war. Ich sah auf seinem Gesicht, das jetzt nicht mehr heiter war, die Spuren eines Schmerzes. Nach einer Weile sagte er: „In dieser Periode geschah das Unvorstellbare. Leonora hatte einen Moment von Klarheit. Aber, mein Herr, auch diese Klarheit war eigentlich nicht eine Klarheit, wie wir diesen Begriff verstehen. Es war nur die nötige ‚Klarheit', um ihren Zustand wahrzunehmen. Es war später als zehn Uhr in der Nacht, als ich heftiges Klopfen an der Tür meiner Wohnung hörte. ‚Toni! Toni mit blauer Blume, öffne! Helfe Leonora!' Ich machte sofort die Tür auf. Voll Tränen fiel Leonora in meine Arme. Sie weinte mit Schluchzen. Ich fragte sie, was geschehen sei. ‚Ich verrückt. Ich stürzen. Fallen, fallen, Toni.' ‚Wo fällst du?' ‚Ins Weiß… Weiß, Weiß, Weiß', schrie sie immer lauter, fast hysterisch und schlug mit den Fäusten gegen meine Brust. ‚Welches Weiß? Was ist weiß, Leonora?' ‚Ich Augen zumachen... alles ist weiß. Leonora sieht nicht... sieht nur weiß. Toni mit blauer Blume hilft Leonora! Nicht wahr?' ‚Sicher, Leonora, ich helfe dir!', versuchte ich, sie zu beruhigen. Sie setzte sich auf einen Sessel. Ich bot ihr eine Tasse Tee an. ‚Sag mir jetzt, was ist weiß?' Mit einer gewissen Ruhe in der Stimme, sagte sie: ‚Wörter... Sachen... tauchen in Weiß. Leonora fängt nichts... Die Welt rutscht ins Weiß. Ich kann nicht sprechen. Ich verliere Welt. Alles Nebel... weiß Nebel. Wand Nebel. Leonora verrückt. Leonora krank. Toni mit blauer Blume hilft Leonora.' Sie erhob sich vom Sessel, untersuchte aufmerksam rundherum mein Zimmer. Auf ihren Lippen erschien sogar ein Lächeln. ‚Leonora offene Augen, Welt ist schön!' Sie ließ ihre Hand über ein Bücherregal, über eine Lampe und über den Türrahmen gleiten. Der Tastsinn ersetzte die Begriffe, die nicht mehr verstanden werden konnten und nicht mehr fähig waren, zu einer Vorstellung zu führen. ‚Die Welt schön', wiederholte sie. Dann machte sie ihre Augen langsam zu. Ihr Gesicht verzog sich zu einer furchterregenden Grimasse. ‚Auge zu... ich verstehe nichts... sehe nichts. Nichts! Nichts! Nichts!' Sie stürzte zu Boden. Von Spasmen geschüttelt, mit den Fäusten auf den Boden schlagend schrie sie ‚Weiß. Weiß. Weiß...' Sie kratzte den Teppich, versuchte, ihn zu beißen, krallte ihn mit ihren Händen zusammen, als ob sie mit ihm sprechen wollte: ‚Weißes Biest... Biest!' Brach wieder in Tränen aus. Auf einmal wurde ihr Körper weich, er entspannte sich. Sie verschmolz fast mit dem Boden. Wie eine Litanei wiederholte sie pausenlos: ‚Weiß, weiß, weiß... Nebel...Nebel... Leonora trinkt Nebel. Leonora atmet Nebel. Leonora ertrinkt Nebel. Tooooni! Toni mit blauer Blume... zieh Leonora von weißem Nebel! Ich anflehen! Zieh raus!' In ihrer Verzweiflung verlangte dieses Wesen das Unmögliche von mir: Sie von Demenz zu heilen! Vor diesem riesigen Drama fühlte ich mich klein und unbeholfen. Ich konnte nichts mehr machen, als den Arzt zu rufen, um ihr ein starkes Beruhigungsmittel zu spritzen. Sie wurde in ihr Zimmer getragen.'

„Furchtbar", bemerkte ich spontan und nicht gerade passend. Allerdings nach der Beschreibung so einer Szene, wollte und konnte auch ich nicht sprechen. Doch ich setzte fort: „Und Sie interpretieren so etwas als einen Moment der Klarheit?"

„Egal, wie paradox oder spekulativ es klingen mag: Ja! Es war ein Moment, wo sie begriff, wie krank sie ist. Ein Moment der klaren

Betrachtung ihres eigenen Klarheitsmangels. Sie verstand, dass sie kaum etwas verstehen konnte – wenn ich so sagen darf. So etwas ist absolut ein Einzelfall in der Symptomatik der Demenz Typ Alzheimer. Eine Ausnahme! Jeder Demenzkranke begreift nicht, dass er an dieser Krankheit leidet. Die Demenz selbst schützt ihn vor so einer Feststellung, die einem Drama von riesigem Ausmaß gleicht. Es ist durchaus möglich, dass gerade ihr instinktiver Wille zum Leben Leonora zu einer so bitteren Feststellung, also auch zu der Krise, die sie hatte, führte. Gewöhnlicher weise sind die Alzheimerkranken apathisch, sie haben kaum Wünsche und umso weniger den Wunsch zum Leben, am Leben teilzuhaben, so wie Leonora es hatte. Die Krise, die Leonora in meiner Wohnung erlebte, müsste wie ein Geschenk für uns als Gesunde verstanden werden. Es ist vielleicht der einzige authentische Beweis, den wir über die Demenz haben, weil dieser von einer Person, die darunter selbst leidet, geliefert wurde. Der ganze Rest der sogenannten Beweise beinhaltet nur Vermutungen oder Berichte von ‚draußen‘, das heißt mehr oder weniger oberflächliche Berichte von gesunden Leuten über diese Krankheit. Leonoras Krise war aber ein Bericht von ‚innen‘ gemacht, auch wenn nur in der Sprache der Andeutung ausgedrückt. Einmalig! Denken Sie einen Moment, was für ein Drama eine solche Feststellung ist. Denken Sie an das Gewicht einiger Wörter, wie ‚Die Welt rutscht ins Weiß‘ oder ‚Ich verliere Welt‘… Das bedeutet, für diese Menschen verschwindet die ganze Welt. Sie verlieren die ganze Welt! Sie können sich die Welt nicht mehr vorstellen. Sie können die Welt weder verstehen noch ausdrücken. Der Verlust der Welt, lieber Herr, ist Verlust von sich selbst, denn wir sind immer Wesen-in-der-Welt und wir definieren uns durch sie. Und dann jenes obsessive, unendliche Weiß, das sie beißen, kratzen und beseitigen will, aber es gelingt ihr nicht. Das unendliche Weiß erfasst sie. Sie trinkt das Weiß, sie atmet das Weiß… Sie ertrinkt in dem Weiß. Erschütternd! Allerdings hatte ich noch einige Demenzfälle in weniger fortgeschrittenen Stadien, wo die Kranken bei dem Versuch, sich an etwas zu erinnern, über eine weiße Wand oder einen weißen Schleier sprachen. Zynisch war das Schicksal, als es beschloss, ein Altenheim, in welchem die meisten an Demenz leiden, gerade am Ufer jenes fast immer vom Nebel bedeckten Weißen Sees einzurichten!"

„Ich verstehe Sie perfekt, Herr Bali. Sie haben Recht. Es ist zynisch, dass das, was die Patienten in ihrem armen kranken Gehirn sahen, sich auch in der Natur wiederholte. Glücklich diejenigen, die es nicht begriffen! Ebenso zynisch schien mir die Inschrift über dem Haupteingang des Hauses: *Privata domus valet aurum.*"

„Ja, Sie haben Recht: auch das war furchterregend. Immer wenn ich diese Inschrift las, schmerzte meine Seele."

„Was passierte mit Leonora nach der Krise?"

„Zuerst hatte sie sich zwei Wochen zurückgezogen. Außer der Pflegerin hatte niemand sie sehen können. Sie bat darum, ihr das Essen in ihr Zimmer zu bringen. Danach kehrte sie Schritt für Schritt in das Leben und die Gesellschaft des Heimes zurück. Sie machte sogar wieder ihre kleinen Freundschafts- und Hilfegesten für die anderen Patienten. Besuchte wieder meinen Töpfereikreis. Aber es war nichts mehr wie vor der Krise. Sie sprach kaum. Alles begrenzte sich auf die Geste. Auch ihr bezauberndes Lächeln verschwand fast restlos. Ich hatte den Eindruck, Leonora verlor ihr Selbstvertrauen. Als ob sie äußerst vorsichtig war, um nicht gewisse Grenzen zu überschreiten. Dieses Verhalten dauerte ab Herbst 1987, als sie die Krise hatte, bis zum Frühling nächsten Jahres, als mit Leonora das größte Wunder passierte. Gleich mit diesem Frühling 1988 begann ihre von mir genannte dritte Periode im Altenheim. Das Wunder war, dass Leonora eine Liebe erlebte."

„Ist wirklich so etwas möglich?"

„Wieso nicht? Ich sehe, Sie sind misstrauisch. Ich könnte versuchen, Sie zu überzeugen, dass so etwas durchaus möglich ist, indem ich aktuelle Studien der Neuropsychologie erwähne. Aber ich glaube, der Stoff wäre zu kompliziert und auch Sie, als Architekt hätten nicht so sehr Interesse dafür. Ich werde dies durch einen viel einfacheren Weg versuchen, der aber zu demselben Ergebnis führt. Sagen Sie mir bitte, welche mentale Funktion degeneriert zuerst bei einem Demenzkranken?"

„Das Gedächtnis, selbstverständlich."

„Und?"

„Ach, ja: Die Vernunft und die Verständniskraft."

„Exakt! Durch ‚Verständniskraft' meinen wir die Fähigkeit, verschiedene Elemente sinnvoll in Verbindung zu bringen, zum Beispiel Wörter, aber vor allem die Fähigkeit, die Verbindung zwischen Ursache und Wirkung zu entziffern. Nicht wahr?"

„Sicher!"

„Gut. Das heißt, dass vor dem Endstadium, in welchem sogar der Körper degeneriert, sinnliche Wahrnehmungen, wie das Sehen, das Hören oder der Tastsinn, bei diesen Kranken noch erhalten bleiben. Bei den gesunden Menschen werden oft die sinnliche Wahrnehmungen, auch Perzeptionen genannt, sowohl von dem Unterbewusstsein als auch von dem Bewusstsein aufgenommen und verarbeitet. Im Bewusstsein werden solche Reize mittels Vernunft analysiert, mittels Gedächtnis mit Präzedenzfällen verglichen und letztendlich von dem Verstand begriffen und definiert, wodurch sie die erste Stufe der Erkenntnis bilden. Im Unterbewusstsein aufgenommene Perzeptionen verursachen und unterstützen, nicht sehr verschieden zu den Tieren, Reaktionen, also seelische Zustände, eben Stimmungen. Bei den Alzheimerkranken aber werden die sinnlichen Wahrnehmungen fast ausschließlich nur von dem Unterbewusstsein aufgenommen. Folglich passieren bei ihnen auch die Reaktionen auf das Wahrgenommene überwiegend im Unterbewusstsein, im Gegensatz zu den gesunden Menschen, die, zum Beispiel, wütend sein können auch wegen einer verstandenen, im Bewusstsein begriffenen, und nicht nur einer gefühlten Sache. Es ist festzuhalten: Die Demenzkranken haben verschiedene Stimmungen, wie angenehmes oder unangenehmes Fühlen, Traurigkeit, Wut, Neigung etc., und diese Stimmungen entstehen immer im Unterbewusstsein. Das kann nicht bestritten werden. Richten wir jetzt unsere Aufmerksamkeit auf das Unterbewusstsein im Allgemeinen: Entsprechend zahlreicher modernen Untersuchungen, ist das Unterbewusstsein, sowohl bei Gesunden als auch bei Kranken, viel umfangreicher und wichtiger als das ständig zensiertes, gefiltertes und manchmal von der Vernunft sogar entstelltes Bewusstsein. In diesem riesigen Unterbewusstsein haben der Instinkt, wie bei den Tieren, aber auch die spezifisch humane Intuition ihre Quelle. Alle diese Prozesse, wie Stimmung, Instinkt und Intuition, wenn sie ausschließlich im Unterbewusstsein bleiben, sind sowohl bei Gesunden, wie auch bei Kranken, zweifelsohne nicht von der Logik, von der Vernunft, dem Verstand oder dem Gedächtnis gesteuert. Ich frage Sie, ob Sie jemanden gehört haben, der imstande ist, die entscheidenden Gründe, die den seelischen Zustand ‚verliebt zu sein' verursachen, logisch und vernünftig zu beschreiben. Ich spreche hier nicht von der Liebe, von der tiefen, verstandenen und bewusst unterstützten Liebe, die die Partner in vielen Jahren harmonischen Zusammenlebens entwickeln. Die Rede in meiner Frage ist von jenen magischen ersten

Stunden, wenn zwei Personen, ohne zu begreifen warum, ohne zu wollen, sich unwiderstehlich gegenseitig angezogen fühlen. Ebenso schließe ich entschieden die sexuelle Begierde aus, die nur eine Konsequenz der ersten fundamentalen Anziehung ist. Kennen Sie so eine Beschreibung? Kann jemand sagen, warum er verliebt ist?"

„Ich habe nie so eine Beschreibung gehört."

„Sicher haben Sie es nicht gehört, denn verliebt zu sein ist ein seelischer Zustand, eine gewisse Stimmung, die immer zuerst in Unterbewusstsein entsteht. Es ist die am Anfang unerklärbare Stimmung, Vergnügen, Freude, sogar Glücksgefühl, Begeisterung und eine Art Erhebung bei dem Kontakt mit der begehrten Person zu empfinden. Die unmittelbare Konsequenz dieses seelischen Zustandes ist natürlich der unaufhörliche Wunsch, in der Nähe dieser Person zu sein, die zwingende Anziehung zu dieser Person. Gar keine Frage: Die Demenzkranken können Stimmungen haben und – warum nicht? – auch solche Stimmungen. Vielleicht kommt diese wunderbare Stimmung vom Instinkt, vielleicht von der Intuition, aber auf jeden Fall ist sie weder von der Vernunft beeinflusst, noch durch Verstand begründet oder erklärbar, und umso weniger quillt sie aus dem Gedächtnis. Der Philosoph Blaise Pascal sagte den unsterblichen Satz: ‚Das Herz hat seine eigenen Gründe, die die Vernunft nicht kennt'. Zum Schluss muss betont werden, dass bei den Demenzkranken der Zustand ‚verliebt zu sein' keine Vergangenheit und leider auch keine Zukunft hat. Diese Stimmung entfaltet und artikuliert sich bei ihnen immer in der Gegenwart. Sie können diese fabelhafte Stimmung nicht ‚weitertragen', sie können sie nicht erfüllen, ergänzen, Tag für Tag mit Taten und Wörtern unterstützen und nähren. Das, ganz einfach deshalb, weil sie diesen Zustand ständig vergessen. Das gelöschte Gedächtnis der Demenzkranken erwürgt das Werden, die Entwicklung ihrer erhabenen Stimmung. Ohne Gedächtnis gibt es keine Vergangenheit und ohne Vergangenheit kann nicht über eine Zukunft die Rede sein. Diese Kranken entdecken den faszinierenden Beginn immer wieder, wenn sie sich treffen. Wie in einem gesegneten Traum."

„Warum betrachten Sie diese Stagnation als einen ‚gesegneten Traum'?"

„Weil, wie das Leben so oft zeigt, aber auch der tiefere Sinn von Leonoras Geschichte, gerade diese ersten Stunden noch nicht unter der Kontrolle der Vernunft, des Verstandes und des Gedächtnisses sind, die sie häufig verderben. Viele ,normale' Menschen verlieben sich und, nach einer relativ kurzen Zeit, kann sich ihre Liebe sogar in Hass verwandeln. Warum? Weil das Gedächtnis, besonders bei den unvermeidlich wenig günstigen Aspekten, sein kontraproduktives Werk vervollkommnet. Auch die Vernunft und der Verstand nehmen Vergleiche, Analysen und Vorstellungen vor, die nicht selten ungünstig für die erste spontane Stimmung von gegenseitiger Anziehung sind. Manchmal ist ihr Werk korrekt und bewirkt bei den Betroffenen eine Art Erwachen zur Realität, eine Ernüchterung. Dann sagen sie, die erste Intuition war leider falsch. Andere Male aber zeigt sich das Werk des Gedächtnisses, der Vernunft und des Verstandes zu streng, unflexibel und rigoros; dann tötet es ungerechterweise die erste Stimmung, die die Protagonisten hatten. Deswegen ist es für die Demenzkranken ein wahrer Segen, dass, einmal von dem faszinierenden Gefühl der gegenseitigen Anziehung erfasst, sie diese in purer, natürlicher, originaler Form erleben und immer wieder erleben können. Sie können dieses Gefühl ununterbrochen wieder erleben ohne die manchmal bösartige Last des Gedächtnisses, ohne die manchmal argwöhnische Vernunft und auch ohne die Last eines gewissen ,Verstandes', der oft zur Starrheit und Intoleranz führt. Besser ist ein verewigter schöner Beginn, als einer, der ein tragisches Ende hat. Glückliche Leute!"

„Mir scheint sehr plausibel, was Sie sagen. Wirklich: Glückliche Leute!"

„Ich freue mich. Es ist tatsächlich so, Herr Architekt. Im Frühling des Jahres 1988 kam ein gewisser Herr, der sich Axel nannte, zu uns ins Heim. Zwei Wochen lang hatte Leonora ihn nicht mal bemerkt. Eines Tages, als sie ihre gewöhnliche Tour im Esszimmer machte, um gute Wörter, Lächeln und Streicheleinheiten links und rechts an die alten Menschen zu verteilen, kam sie auch auf diesen Herrn Axel zu. Überrascht hob der alte Mann seinen Blick zu ihr. Sie schaute intensiv in seine Augen. Auf ihren Lippen erschien ein schwer zu beschreibendes Lächeln. Es waren Erstaunen, aber auch Licht, Freude und Zärtlichkeit in diesem Lächeln. Ihr ganzes Gesicht strahlte eine einzigartige Stimmung der Faszination aus. Auf einmal schien es, als ob sie sich vor ihrer eigenen Reaktion erschrocken hätte. Sie hob ihre Hand zum Mund und tief einatmend zog sie sich einen Schritt zurück. Der Mann stand auf. Seine blauen Augen erhellten sich. Er schaute sie an, wie man ein Wunder betrachtet. Sie erstarrte. Sie war Gefangene seines Blickes.

Eine Weile standen die Beiden einander gegenüber, unbeweglich. Die anwesenden Personen hörten auf, zu reden. Es herrschte Stille. Alle fühlten irgendwie, dass etwas Ungewöhnliches passierte. Leonora flüsterte: ‚Wie heißt du?' Er antwortete kurz und entschlossen: ‚Axel. Axel ist mein Name.' ‚Axel… Axel… schöner Name… Axel…', wiederholte Leonora sich entfernend und zwischen den Tischen im Kreis gehend, als ob sie schwebte. Von einem Tisch nahm sie eine Blume. Sie kehrte zu Axel zurück. Bot ihm die Blume an: ‚Leonora für Axel.' Sie verließ dann das Esszimmer, ging auf die Terrasse und noch weiter in den Park hinein. Der alte Herr blieb einige Momente, wie vom Blitz getroffen, stehen. Er folgte ihr mit Blicken, als sie sich entfernte. Irgendwann setzte er sich wieder. Auch die anderen Anwesenden begannen ihre Mahlzeit und ihre gewöhnlichen Gespräche wieder. Die Patienten, die noch nicht von der Demenz betroffen waren, registrierten das seltsame Ereignis genau. Sie kommentierten es lange als einen außerordentlich wichtigen Vorfall im Leben ihres Heimes. Das Treffen von Leonora mit Axel wurde für sie das Hauptthema. Nur durch Zufall wurde auch ich Zeuge bei dieser Szene. Ich hatte aber sehr begründete Motive – die Sie zu passender Zeit erfahren werden – den Arzt des Heimes über das Geschehene sofort zu unterrichten. Wir beschlossen zusammen, die Beiden nicht unbeobachtet zu lassen. So bekam ich die Aufgabe, immer wenn sie sich trafen, sie zu überwachen. Und sie trafen sich mehrere Male…"

„Waren die Liebesbeziehungen im Heim verboten?"

„Ach, mein Herr! ‚Liebesbeziehungen'! Was zwischen Leonora und Axel passierte, hat nichts gemein mit dem, was wir unter ‚Liebesbeziehungen' verstehen. Bei diesen Kranken kann von so etwas nicht die Rede sein. Es war, ganz einfach, jene magische, unbeschreibliche gegenseitige Anziehung zwischen zwei Menschen, worüber wir gerade sprachen. Nur das. Aber dieses ‚nur' bedeutet sehr, sehr viel. In den folgenden Wochen fand fast jeden Tag dasselbe Spiel statt: Als sie sich zufällig trafen, hielten sie an, betrachteten sich, lächelten und fragten ‚Wie heißt du?' Jeder erstaunte beim Hören des Namens des anderen. Beide blieben regungslos, jeder die Anwesenheit des anderen wie ein Wunder genießend. Als ob sie nicht könnten oder keinen Mut hätten, etwas mehr zu unternehmen. Sie begnügten sich mit gegenseitigem Anschauen. Ein Zauber erfasste sie, der sich selbst reichte und nicht die geringste Geste erlaubte, die ihn zerstören könnte. Auf ihren Gesichtern sah ich das Glück selbst. Wie wenig brauchten sie, um glücklich zu sein! Es war immer Leonora, die sich plötzlich entfernte und irgendwie diesen Zauber unterbrach. Aber sie löste ihn nicht auf. Sie nahm den Zauber mit sich, sie behielt ihn nur für sich, und während sie ihren Weg fortsetzte ließ sie sich von ihm beflügeln. Trunken von der Magie, ging sie wie eine Mondsüchtige durch das Esszimmer, Flure, Terrasse und Park. In jenen Momenten war Leonora weit, sehr weit in einer niemandem bekannten Welt. Es ist zu mindestens ungewöhnlich, dass durch die Anwesenheit von Axel, die sie zweifelsohne faszinierte, Leonora nur das Gefühl erlebte, verliebt zu sein, um unmittelbar danach die wunderbare Stimmung für sich ganz alleine zu genießen und dabei zu vergessen, wer diesen Zustand verursacht hatte. Aber einmal kehrte Leonora von ihrem ‚Tanz' zurück und ging auf Axel zu. Sie streckte ihm ihre Hand entgegen, als ob sie ihn einlud, ihr zu folgen. Der Mann nahm ihre Hand. Sie gingen die Terrassentreppen hinunter und spazierten zusammen eine ganze Stunde im Park. Am linken Ufer der Halbinsel trafen sie auf eine Bank zwischen zwei Linden. Sie setzten sich, und Hand in Hand blieben sie dort eine lange Zeit. Sie sprachen nicht. Sie schauten still auf den Weißen See. Von diesem Tag an, immer wenn sie sich trafen, gingen sie unweigerlich zu der Bank zwischen den beiden Linden. Es war genau der Ort, an dem ich später Leonoras Statue aufstellte."

„Ich verstehe jetzt die Bedeutung des Ortes, wo sie die Statue erstellt haben."

„Hm… Wenn ich Ihnen die ganze Geschichte von Leonora erzählt habe, werden Sie noch besser und noch mehr verstehen. Es müsste im Monat Juni gewesen sein, die Zeit der Lindenblüte, als mich Leonora, wie gewöhnlich sehr ungeschickt, fragte, was der Duft der Lindenblüte bedeutete. Ich wollte ihr einen Gefallen tun und sie gleichzeitig ein wenig anregen indem ich antwortete, dieser Duft wäre der Duft der Liebe. Sie fing an zu lachen. Lachte aus vollem Herzen. ‚Leonora Linde! Leonora Liebe!' Ihr Lachen hat mich überrascht. Es schien mir ironisch zu sein. Genauer gesagt: selbstironisch. Könnte es wirklich so gewesen sein? Könnte sie so viel Klarheit und kritischen Abstand zu ihrem eigenen Empfinden gehabt haben? Oder begriff sie nicht mal, dass sie verliebt war? Eine Weile quälten mich diese Fragen. Die erschütternde Antwort ließ nicht lange auf sich warten. Leonora war verliebt und hatte nicht einmal das begriffen! Sie selbst überzeugte mich

140

durch ihr Verhalten von der Richtigkeit dieser Antwort: Es kam die Zeit, in welcher die Beiden sich nicht mehr gegenseitig ‚entdeckten', immer so, als ob sie sich nie zuvor gesehen hätten. Jetzt suchten sie sich bewusst mit ihren Augen. Als die Blicke sich trafen, erschien auf ihren Gesichtern jenes Lächeln von Freude und jeder ging aus der Ecke, in der er sich befand, zu der Bank zwischen den Linden, die ‚ihr Ort' geworden war. Nur mit den Augen luden sie sich gegenseitig zum Treffen ein. Besonders die Art mit welcher Leonora Axel zum Treff animierte, war sehr aussagekräftig. Sie machte ‚die Einladung' mit einem koketten, sogar verführerischen Lächeln, so wie es gewöhnlich nur eine Frau in voller Blüte ihres Lebens kann. Solche Handlungen plädierten zu Recht für die Vermutung, dass sich die Beiden eines gemeinsamen ‚Geheimnisses' bewusst waren, dass sie dieses ‚Geheimnis' nicht vergaßen und genau wussten, was zu unternehmen war, um sich ihren Wunsch zu erfüllen. War es wirklich so? Eine klare Strategie? Sehr schwer sich festzulegen! Aber, was sie auch machten, ob von der wahren Klarheit gesteuert – was sehr wenig wahrscheinlich für Demenzkranke ist – oder ob es eher ein von den gegenseitigen Blicken verursachter purer Automatismus war, ist für uns jetzt weniger wichtig. Wichtig ist, dass so ein Verhalten nicht anders als gegenseitige Verliebtheit genannt werden kann. Was glauben Sie?"

„Mit Sicherheit waren diese Menschen ineinander verliebt", antwortete ich voll Überzeugung.

„Ich bin auch sicher. Ob sie sich dieses seelischen Zustands bewusst waren oder nicht, ist ein anderes Problem. Eigentlich für die Beiden und auch für uns jetzt ein absolut unwichtiges Problem. Es ist noch ein sehr bedeutsames Ereignis zu erwähnen: Es war ein schöner Septembernachmittag als, nachdem Kaffee und Kuchen auf der Terrasse serviert war, die Beiden wieder zu ‚ihrer Bank' im Park gingen. Lange Zeit saßen sie nebeneinander, Hand in Hand und schauten den Weißen See an. Über das Wasser stieg wie so oft ein weißlicher Nebelschleier herab. Auf einmal veränderte sich die Landschaft, sie war nicht mehr so lieblich und freundlich. Doch Leonora und Axel blieben weiter unbewegt auf der Bank. Aus einer Naturlaune verdunkelte sich der Himmel ziemlich schnell und ein kalter Wind blies heftig. Die ganze Atmosphäre wurde absolut unangenehm. Es fing an zu regnen. Alle Leute zogen sich von der Terrasse und dem Park zurück. Nur die Beiden blieben weiter unbewegt auf der Bank zwischen den Linden sitzen, als ob nichts geschähe. Entsprechend meiner Abmachung mit dem Arzt des Heimes ließ ich sie nicht aus den Augen. Als der Regen noch heftiger wurde, beschloss ich zu ihnen zu gehen und sie zu bitten, ins Haus zu kommen. Ich war nur zehn Meter entfernt von ihnen, als Axel eine Geste von einer hinreißenden Zärtlichkeit machte. Ohne etwas zu sagen, zog er seine Jacke aus und legte sie um Leonoras Schultern, um sie vor dem kalten Regen zu schützen. Mit der linken Hand umarmte er sie und versuchte dabei, die Jacke noch fester um ihren Körper zu ziehen. Wie im Traum lehnte sie ihren Kopf an ihn. Er hielt sie fest in seinen Armen. Er gab ihr ein warmes Nest. Trotz des Regens, der jetzt ergiebig wurde, wollte ich sie nicht stören. Ich wollte ihnen diesen Moment in seiner herrlichen Einfachheit lassen. Ich wartete mehrere Minuten. Es war besonders schön zu sehen, wie eine einfache Geste ihre Bedeutung ohne jegliche Worte vertiefte. Wie erstarrt in ihrer Umarmung, gleichgültig gegenüber dem Regen, der langsam über ihre Gesichter und silbernen Haarsträhnen rann, schauten die Beiden dem weißen Nebel auf dem See zu. In jenen Minuten lernte ich von ihnen, wie einfach die Liebe sein kann, wenn sie wahr ist, und wie wahr kann die Einfachheit sein. Doch ich musste zu praktischeren Gedanken übergehen. Ich hatte Angst, dass sie sich erkälteten. Ich näherte mich ihnen. Zuerst nahmen sie meine Anwesenheit nicht wahr. ‚Leonora‘, flüsterte ich. Beide erwachten, wie aus einem Traum. Ich hatte noch keine Gelegenheit, ihnen zu sagen, warum ich kam, als Leonora aufstand und mit einem höflichen Ton versuchte, mir Axel vorzustellen. ‚Aaaa! Toni mit blauer Blume! Der Herr ist… ist Herr…‘ ‚Axel. Axel ist mein Name‘, half ihr der Mann und streckte mir die Hand entgegen. Obwohl wir uns mehrere Male gesehen hatten, wir kannten uns so zu sagen, machte ich das Spiel mit: ‚Antonio Bali. Ich freue mich.‘ Dann gab ich meine Hand Leonora: ‚Antonio Bali.‘ Sie gab mir die Hand aber korrigierte mich: ‚Du nicht Antonio… wie hast du gesagt? Nein! Du Toni mit blauer Blume.‘ Ich lud sie in meine Wohnung ein, um heißen Tee zu trinken. Es würde ihnen gut tun, weil sie nass und durchfroren waren. Ich wollte sie nicht gleich in ihre Zimmer gehen lassen. Es wäre meinerseits zu unsensibel gewesen. Gerne akzeptierten sie. Es war deutlich zu sehen, dass die Beiden froh waren, zusammen eingeladen zu werden. Vielleicht erzeugte bei ihnen die Zusage zu meiner Einladung das Gefühl eine ‚gesellschaftliche Aktion‘, ein mondänes Erlebnis gemeinsam zu haben. Sie nahmen auf dem Sofa Platz. Ich ging in meine kleine

Küche, um den Tee vorzubereiten. Ich ließ die Tür halboffen, um zu sehen, was im Zimmer passierte. Sie saßen nebeneinander und schauten sich an. Leonora legte ihre Hände auf Axels Stirn. Sie strahlte vor Glück. Langsam ließ sie ihre Hände über sein Gesicht gleiten. Ihre Fingerspitzen berührten jetzt seine Augen und Schläfen. ‚Gut… Gut… Guter Mensch zu Leonora', murmelte sie. Er fasste ihre Taille. Mit seinen blauen Augen betrachtete er sie, wie ein Wunder. ‚Le-o-no-ra!', sagte er leise. ‚Ja!', antwortete sie ebenso leise. Ihr Atem wurde immer fieberhafter. Sie wurde von einer gewissen Unruhe erfasst. Senkte ihre Hände auf seinen Wangen und dann auf seinen Hals. ‚Leonora ist schön', sagte er und streichelte ihr mit seiner Hand über den Kopf. Sie drückte ihre Hände auf seine Brust, als ob sie ihn ganz erfassen wollte. ‚Du blaue Augen. Du gut. Gut zu Leonora. Gut.' Dann zog sie ihre Hände weg und bettete ihren Kopf auf seine Brust. Wiederholte flüsternd: ‚Du gut. Gut. Gut.' Er streichelte zärtlich ihre weißen, noch vom Regen nassen Haare und flüsterte ununterbrochen: ‚Leonora schön. Leonora schön.' Verwundert beobachtete ich, wie sie, trotz ihrer siebenundsiebzig Jahre, in Axels Armen wieder zur Frau wurde. Eine Frau in der ganzen Pracht der Weiblichkeit! Gar keine Frage, ihre Beziehung bekam eine erotische Komponente. Ich stellte das mit einer gewissen Sorge fest. Also versuchte ich dieser Neigung ein Ende zu setzen. Ich betrat das Zimmer mit den Teetassen auf einem Tablett. ‚Der Tee ist serviert, meine lieben Gäste', sagte ich mit etwas lauterer Stimme, um sie von ihrem erotischen Traum aufzuwecken. Keine Reaktion! Sie kümmerten sich überhaupt nicht um meine Anwesenheit. Als ob ich nicht da gewesen wäre. Sie setzten ihr Spiel fort: ‚Leonora schön. Leonora schön' und ‚Du gut… Gut… Gut…' Ich war in Bedrängnis. Wie konnte ich sie in die Wirklichkeit zurückbringen? Was würde passieren, wenn sie meine Präsenz weiter missachteten und, ihrer gegenseitigen erotischen Anziehung folgend, zu konkreteren Handlungen übergingen? Die Situation wäre für mich ausgesprochen peinlich und sehr unangenehm gegenüber der Heimleitung gewesen. Gott sei Dank bekam ich von der Natur eine unterwartete Hilfe. Ein ausgesprochen starker Blitz schlug irgendwo in der Nähe ein. Blaues, blendendes Licht füllte das Zimmer. Nach einem Sekundenbruchteil folgte ein gewaltiger Donner, der die Wände und die Möbel kräftig schüttelte. Leonora erschrak fürchterlich. Sie fing an zu weinen, wiederholte immer ‚Angst. Leonora Angst.' Natürlich verschwand jede erotische Absicht. Erst nach zehn

Minuten gelang es mir mühsam, sie zu beruhigen. Dann sagte ich den Beiden, dass es spät wäre und ich schon müde sei, und es wäre gut wenn jeder in sein Zimmer ginge, um zu schlafen. Erst als ich ihnen versprach, sie morgen wieder zum Tee einzuladen, willigten sie ein. Mit Axel zusammen habe ich Leonora in die erste Etage, wo sich ihr Zimmer befand, begleitet. Danach führte ich Axel zu seinem Zimmer in die zweite Etage."

Antonio Bali unterbrach seine Erzählung. Er schwieg. Auf seinem Gesicht ahnte ich dunkle Gedanken. Er war sehr traurig. Es schien als konnte oder wollte er nicht mehr weiter sprechen. Ich wollte ihn mit der stupiden Frage, wie die Geschichte weiter ging, nicht stören. Während ich wartete, merkte ich, dass viele der angezündeten Kerzen abgebrannt waren, so dass es im Zimmer fast dunkel wurde. Nur sein Gesicht war noch von zwei- drei Kerzen beleuchtet. Auch das Fenster, durch das der Wald sichtbar war, wurde absolut schwarz, wie eine Hölle. Was für ein seltsamer Zufall! Gerade jetzt, als ich in seinem Gesicht sah, dass außergewöhnlich dramatische Momente im Bericht über Leonora folgen würden, wurde im Zimmer die Stimmung noch unheimlicher, noch erdrückender. Ich wartete noch eine Weile, bis ich ihn doch mit leiser Stimme fragte:

„Haben Sie sie am nächsten Tag eingeladen?"

„Nein."

„Sie hätten sich mit Sicherheit gefreut. Oder wollten Sie nicht noch einmal eine erotische Szene von ihnen riskieren?"

„Nein. Nicht deswegen habe ich sie nicht eingeladen. Ich weiß, sie hätten sich gefreut, vielleicht wären sie sogar glücklich gewesen, mich zu besuchen. Für ihre Freude hätte ich vielleicht auch eine erotische Szene geduldet."

„Dann?"

„Am nächsten Tag hatte Axel hohes Fieber. Er blieb im Bett liegen. Er hatte sich erkältet wegen des kalten Regens. Am Abend diagnostizierte der Arzt Lungenentzündung. Trotz Behandlung ließ das Fieber nicht nach. Sein Herz aber… ja! Am vierten Tag morgens fand man ihn tot in seinem Bett. Er wurde in die Kapelle des Heimes transportiert. Die Glocke läutete diskret drei Mal… So war es immer: Wenn ein Patient starb, was im Durchschnitt einmal in zwei Wochen passierte, ließ man die kleine Glocke sehr leise drei Mal läuten, um die anderen, die sowieso bald an die Reihe kommen würden, nicht zu erschrecken. Nachmittags kam ein Leichenwagen und, ohne dass es jemand sehen konnte, wurde er zum Friedhof gebracht. Ich sage Ihnen ehrlich: Jetzt bedaure ich, dass jener Blitz und Donner kam und ihre so saubere und natürliche Begierde unterbrach. Die letzte in ihrem Leben!"

„Wie reagierte Leonora? Ich glaube, sie brach zusammen."

„Ja, sie brach seelisch zusammen, aber nicht sofort. Am Anfang hatte sie nicht einmal Axels Abwesenheit bemerkt. Ich begann mich sogar zu freuen, dass ihr wegen der Demenz eine große Tragödie erspart blieb. Aber es wurde leider nicht so. Einige Tagen nach Axels Tod fing Leonora an, ihn zu suchen. Immer wenn sie das Esszimmer, die Terrasse oder den Park betrat, untersuchte sie mit ihren Blicken jede Person, jede Ecke. Sie schaute rundherum in der Hoffnung, Axels Augen zu treffen. Je mehr die Tage vergingen und ihre Suche erfolglos blieb, umso trauriger wurde Leonora. Sie lächelte niemanden mehr an. Sie schenkte niemandem mehr Aufmerksamkeit, so wie sie es immer gemacht hatte. Ihre Geste und sogar ihr Gang zeigten deutlich Unruhe. Eines Tages hielt sie mich auf einem Flur an und fragte ‚Wo ist… Wo ist… jener Herr? Leonora sucht guten Mann.' Auch diesmal vergaß sie den Namen von Axel! Sie konnte sich nie daran erinnern. ‚Herr Axel?', fragte ich. ‚Ja! Wo ist er?' Natürlich wollte ich ihr nicht die Wahrheit sagen. Ich erklärte ihr, dass Herr Axel für eine Weile weg von dem Heim wäre, zwecks einer ärztlichen Behandlung. Eine Zeitlang würde er nicht hier sein, aber er käme sicher zurück. Ohne zu wollen, habe ich Leonora durch diese Lüge zu dem Hauptthema ihres Lebens geführt: Das Warten. Seitdem nahm sie jeden Tag Blumen von den Vasen auf den Tischen und ging zu ‚ihrem Ort', auf der Bank zwischen den beiden Linden. Stundenlang wartete sie dort mit den Blumen in der Hand. Sie wartete auf Axel! Sie wartete mit einer beeindruckenden Beharrlichkeit. Ich habe noch nie gesehen und ich konnte mir auch nicht vorstellen, dass ein Mensch in nur einigen Wochen so sehr altern kann. Allmählich wurde Leonora wieder die alte Frau mit gebeugtem Rücken, mit dem Kopf zwischen die Schultern geduckt und dem Gesicht immer misslich, ebenso, wie sie vor vier Jahren war, als sie ins Heim kam. Sie stürzte physisch ab. Und ihre Demenz verschlechterte sich Tag für Tag. Ihre Pflegerin berichtete mir, dass sie, als sie ihr Zimmer putzte, von dem Nachttisch von Frau Hoffman mehr als zwanzig schon verschimmelte Kuchen hatte entfernen müssen. Die Patientin aber widersetzte sich heftig und sagte, ‚die Kuchen sind für Christian, denn er wird bald kommen'. Die Pflegerin achtete nicht darauf und machte ihre Arbeit weiter. Frau Hoffmann fing an zu weinen. Der Bericht der Pflegerin stimmte mich natürlich sehr traurig, hat mich aber auch etwas verunsichert. Wieso sie Axel Christian nannte? Da sie sich sowieso nicht an den Namen des verschwundenen Geliebten erinnern konnte, warum hat sie ihn nicht, wie immer ,jenen Herr', oder was ähnliches, genannt? Wieso nannte sie ihn Christian? Wer war diese Person?"

„Ich sage es Ihnen, Herr Bali. Christian ist der Name ihres verstorbenen Sohnes."

„Oh, Gott!", entsetzte sich mein Gastgeber. „Jetzt verstehe ich... Wie verwirrt war ihr Gehirn!"

„Wieder diese Zusammenschmelzung von mehreren Personen in einer einzigen. Ihr Vater, ihr Mann, der Sohn Christian und jetzt auch Axel. Grausam!"

„Warten Sie noch einige Minuten, um das Ende der Geschichte zu erfahren, dann werden Sie sehen, dass alles noch grausamer ist. Leonora kam nicht mehr in unseren Tonskulptur Kreis. Sie zog es vor, zwischen den beiden Linden zu warten. Durch das Fenster des Ateliers konnte ich sie sehen. Es zerriss mir immer das Herz, sie zu beobachten, dort, unbewegt, um stundenlang zu warten auf den, der nie mehr kommen wird. Sie investierte ihre ganze Hoffnung und ihre ganze Seele in eine Illusion. Wie gut, dass sie das nicht begriff! Ich glaube, sie war sogar glücklich in der Überzeugung, dass Axel kommen wird. Einmal erschien sie in meinem Atelier. ,Toni mit blauer Blume! Rette Leonora!' Ich verstand nicht, was sie sagen wollte. Ich fragte, was ich für sie tun könne. ,Küche böse Menschen. Lassen nicht Leonora kochen. Böse Menschen!' Ich fragte sie, was und warum sie kochen will. ,Leonora Gäste. Essen kochen.' Ich fragte auch welche Gäste, wer kommt. ,Guter Mensch kommt zu Leonora. Ich kochen bei Toni mit blauer Blume. Hier. Ofen.' Ich verstand, sie will in dem Ofen zum Tonbrennen kochen. Wahnsinn! Leonora glaubte an das, was unmöglich ist! Im richtigen Leben kann so etwas nur zum Misslingen, sogar zum Unglück führen. Ich verstand aber, dass ein ,Ja' meinerseits ihre Seele erleichtern würde. Ich akzeptierte. Ich akzeptierte das Unmögliche und das Absurde! Damit begann ich ein Spiel, das durch seine Tragik mir fast die Nerven ruinierte, aber durch welches ich auch viel lernte... sehr viel! Mein ganzes Leben werde ich die Stunden, in welchen ich ihr half, Brötchen und Torten aus Ton zu formen, nicht vergessen. Mit Tränen betrachtete ich die kleinen, traurigen Objekte, die von der Unbeholfenheit, mit welcher sie gemacht waren, beleidigt zu sein schienen. Ich half Leonora diese zu färben, um etwas ansehnlicher zu sein. Als wir diese aus dem Ofen holten, sah ich auf Leonoras Gesicht die Freude. Ich freute mich auch über ihre Freude. Ich fing sogar an, ihre Brötchen und Torten aus Ton zu lieben. Sie verschafften Leonora Freude! Ohne zu merken verschwand der ursprüngliche karitative Grund meiner Zusage, sie nicht zu enttäuschen, in einem zweiten Plan. Nun befand ich mich selbst voll in dem Delirium der Demenz: Ich fertigte mit ihr leidenschaftlich Kuchen aus Ton! Immer wenn wir die neuen Kuchen aus dem Ofen holten, war es für uns beide wie ein berauschendes Fest. Blaue, rote, grüne, rosa und gelbe Kuchen bildeten ein wahres Feuerwerk aus Enthusiasmus, Formen und Farben. Mein Herr! Junger Mann, wissen Sie, was es bedeutet, Tonkuchen leidenschaftlich zu lieben? An diese zu glauben? Wir alle kommen mindestens einmal im Leben dazu, an die Kuchen aus Ton zu glauben! An die Kuchen aus Ton zu glauben ist ein Akt von einer gewissen Heiligkeit. Es ist die Heiligkeit des unbedingten Glaubens. Ein Akt, zu dem nur die Kinder und die Dementen fähig sind. Neben Leonora bin ich wieder Kind geworden, aber auch dement. Vielleicht hat mich auch ein Hauch von Heiligkeit gestreift… neben Leonora! Viele, immer mehr Tonkuchen wollte sie machen. Ich konnte sie nicht aufhalten. Ehrlich gesagt, ich konnte auch selbst nicht aufhören. Nur wenn sie ging, um auf ihn zu warten, dort zwischen den beiden Linden, kam ich wieder zur Vernunft und Nüchternheit. Ich fragte mich ängstlich, wann wird die Verrücktheit zu glauben, was nicht zu glauben ist, zu warten auf einen Menschen, der nie kommen wird, aufhören? Sollte ich sie stoppen? Für nichts auf der Welt! Wird diese Verrücktheit von selbst aufhören? Unmöglich! Leonoras Glaube war viel zu stark."

Bali schwieg wieder. Sein Blick richtete sich irgendwo an die Decke ins Leere. Seine Gedanken aber waren weit, sehr weit… bei Leonora. Ich fühlte, seine Geschichte befand sich kurz vor ihrem höchsten Punkt. Ich wollte ihn nicht mit irgendeiner Frage stören. Ich wartete. Nach einer Zeit sagte er:

„Dann geschah etwas, das der süßen Verrücktheit des unbedingten Glaubens ein Ende setzte. Es kam… Es musste kommen… Ich wusste, es wird kommen… Sie aber, hat es nicht gewusst!"

Ich verstand nichts von den Phrasenbruchteilen, die Bali sagte. Ich hatte den Mut, ihn zu fragen:

„Wer kam?"

„Wer?", fragte er überrascht. „Wer hätte kommen können? Es kam, was kommen musste, mein Herr. Ich berichte Ihnen Wort für Wort folgendes Gespräch – es ist wahr, ein sehr seltsames Gespräch – das ich mit Leonora hatte: Es war Ende November. Am Abend, nachdem wir zusammen noch eine Serie ‚Kuchen' machten, ging Leonora, wie immer, um zu warten. Ich blieb noch im Atelier, um einiges zu erledigen. Danach begab ich mich in meine Wohnung und habe etwas gegessen. Ich war sehr müde und beschloss, mich hinzulegen zum Schlafen. Zufällig sah ich Leonora durch das Fenster. Sie war immer noch da. Ungewöhnlich zu dieser Uhrzeit! Sie stand zwischen den beiden Linden. Draußen war es sehr kalt. Ich hatte die Absicht dahin zu gehen und ihr zu sagen, sie solle ins Haus kommen, um sich nicht zu erkälten und krank zu werden wie Axel. Ich näherte mich ihr einige Meter.

‚Leonora! Leonora…', sagte ich vorsichtig, mehr flüsternd, um sie nicht zu stören. ‚Leonora!'

Umsonst! Es kam keine Antwort. Erstarrt, gerade wie eine Kerze, hatte sie ihre Augen irgendwo weit fixiert, in dem Nebel über dem Weißen See. Sie machte den Eindruck, als wäre sie nicht mehr dort, wo sie eigentlich war.

‚Leonora!', wiederholte ich. ‚Hörst du mich?'

Als Antwort bestätigte sie nur durch eine kaum sichtbare Kopfbewegung. Ich setzte fort:

‚Komm jetzt ins Haus. Ich bitte dich!'

‚Nein', murmelte sie.

‚Leonora, der Tag ist zu Ende. Komm ins Haus'

‚Nein.'

‚Es ist dunkel, Leonora… und es ist sehr kalt…'

‚Ich weiß.'

‚Es hat keinen Zweck jetzt noch draußen zu sein.'

‚Doch hat… Hat Zweck.'

‚Was kannst du hier noch machen, im Dunkeln und in der Kälte?' Nach einer langen Pause, sagte sie flüsternd, fast buchstabierend:

‚Warten.'

‚Auf wen warten?', fragte ich, eher um ihren Zustand zu prüfen.

‚Ich weiß nicht mehr so genau… aber er ist gut… ist gut und… schön.'

‚Mein Gott! Verstehe, Leonora: es ist Nacht. Niemand kommt mehr. Es ist Nacht.'

‚Ich weiß, er kommt. Lass Leonora warten. Wird kommen!'

Es hatte keinen Sinn, weiter zu insistieren. Ich hätte zu keinem Ergebnis kommen können. Allerdings war ich überzeugt, dass sie nicht mal begriffen hatte, mit wem sie sprach. Ihr Gehirn war besonders verwüstet. Ich hatte keine andere Wahl, als mich zu entfernen. Während ich im Dunkeln verschwand, sagte ich noch Wörter, die ohne meinen Willen, in dem Kontext eine enorme Tragweite bekamen:

‚Der Tag ist zu Ende! Zu Ende! Jetzt ist Nacht und niemand kommt mehr. Nachts kommt niemand. Niemand! Es hat keinen Sinn, noch in der Nacht zu warten, Leonora! Wenn die Kälte dich besiegt haben wird, wirst du freiwillig ins Haus kommen.'"

Antonio Bali wandte sich wieder zu mir:

„Als ich sie in der Finsternis zurückließ, erfasste die unbewegte Frau eine vollkommene Ruhe. Nichts ist mehr geschehen, nichts mehr war zu hören. Gepaart mit der Stille einer Gruft, dehnt sich das Warten, streckt sich bis zur Unendlichkeit, wird schwer und trägt in sich Aschegeschmack. Und Leonora wartete. Sie wartete so, wie keiner die Kraft hätte, das zu tun! Ich hatte mir vorgenommen, nach einer Viertelstunde zu prüfen, ob sie zurück ins Haus ging. Leider verfehlt! Ich schlief vor dem Fernseher ein. Ein Fehler, den ich mir das ganze Leben nicht verzeihen werde! Erst am nächsten Morgen bin ich wach geworden. Draußen lag eine dicke Schneeschicht. Ich machte mich an die Arbeit, um mindestens vor meiner Tür den Schnee zu räumen. Dabei warf ich einen Blick in Richtung der beiden Linden. Instinktiv begab ich mich dorthin. Mir fiel ein kleiner, Schnee bedeckter Hügel auf, den ich nicht kannte. Ich entfernte die weiße Pracht. Es war… Es war Leonoras Körper. Zusammengebrochen, gekrümmt, erfroren. Es kam, was kommen musste: Der Tod! Der kommt immer…"

Beim Hören dieser Geschichte spürte ich einen Knoten im Hals. Kalter Schweiß floss auf meiner Stirn. Ich erlebte Leonoras Tod mit meinem ganzen Wesen. Ich war dort, als Leonora in unbegrenztem Glauben mit dem Warten kämpfte. Ich war dort, als ihr kalt, sehr kalt wurde. Ich war dort, als sie zu Boden stürzte. Ich war dort, als sie einschlief. Ich sah sie, tot, unter dem kalten Gewicht und der Stille der

Schneedecke begraben. Dabei konnte ich nicht vermeiden, mich an die erste Vorstellung über die Patienten des Altenheimes zu erinnern: Starre Statuen von dem gleichgültigen Schneeschleier bedeckt. Liebste Leonora! Und Toni mit der blauen Blume war dort. Der weise Bildhauer hielt jetzt seine Augen zu, um noch ein wenig dort zu weilen. Dort, zwischen den beiden Linden. Die letzte Kerze, die noch brannte, warf auf sein altes Gesicht ein gelbes flackerndes Licht. Als ob das schwache Licht selbst weinte. Ich bemerkte auf seiner Wange eine langsam rinnende Träne. Mit einer diskreten Geste trocknete er sie. Öffnete dann seine Augen. Er sprach langsam mit ernsthafter Stimme:

„Arme Leonora! Sie durfte nicht mal wissen, wer in Wirklichkeit Axel war, den sie geliebt hat."

„Was wollen Sie damit sagen?"

„Auf der medizinischen Karteikarte des sogenannten ‚Herr Axel' stand eine Warnung mit großen, roten Lettern geschrieben: ‚ACHTUNG! DER PATIENT LEHNT SEINE WAHRE IDENTITÄT KATEGORISCH AB. DARF NIE MIT SEINEM REALEN NAMEN ANGESPROCHEN WERDEN, SONDERN AUSSCHLIEẞLICH MIT DEM NAMEN AXEL. SONST KANN DAS REAKTIONEN VON AUSSERORDENTLICHER AGRESSIVITÄT UND GEWALT VERURSACHEN! IM FALLE, DASS TROTZDEM SO ETWAS GESCHIEHT, IST DIE DRINGENDE INTERVENTION EINES QUALIFIZIERTEN PSYCHIATERS UNABDINGBAR. UNTER UMSTÄNDEN WIRD DIE WIEDERAUFNAHME IN UNSERE KLINIK EMPFOHLEN.' Signiert von einem gewissem Doktor Steiner, Chefarzt des Psychiatrischen Hospizes, das ihn zu uns geschickt hatte. Der wahre Name des Patienten: Frank Hoffmann."

„Was? Was sagen Sie, Herr Bali? Frank Hoffmann?"

„Genau so: Frank Hoffmann, der Ehemann von Leonora Hoffmann. Es waren einige ungünstige Umstände im Spiel. Auf einer Seite: das Hospiz, das Frank zu uns geschickt hatte, wusste nicht, dass bei uns auch seine Ehefrau untergebracht war. Auf der anderen Seite: die Stiftung, zu welcher wir gehörten, wurde nicht rechtzeitig informiert über seine möglichen Gewaltausbrüche. Man begnügte sich nur mit der erwähnten Warnung. Jetzt können Sie verstehen, warum wir, der Arzt des Heimes und ich, beschlossen, ihn zu überwachen. Es wäre eine Katastrophe gewesen, wenn einer der Beiden begriffen hätte, wer der andere war. Dieses Geheimnis kannten nur ich und der Arzt. Alle anderen, Personal und Patienten, glaubten, dass er wirklich Axel hieß." Bali wechselte das Thema: „Lieber Herr, die Kerzen sind alle erloschen. Sind Sie so nett, mir zu helfen, das Licht anzumachen? Ich bin ein wenig müde. Der Schalter befindet sich neben dem Türrahmen."

Ich erhob mich und machte das Licht an. Das elektrische Licht schien roh zu sein. Es vertrieb abrupt die zauberhafte Stimmung, die während der Erzählung meines Gastgebers im Zimmer herrschte. Ich vermisste jetzt die Kerzen. Warum wollte Bali nicht neue Kerzen anzünden? Er selbst sagte, das elektrische Licht gefalle ihm nicht. Könnte es sein, dass dieses Spiel mit den Lichtern ein von ihm absichtlich gemachtes ist? Die Antwort kam von ihm selbst, als er in ganz anderem Ton als vorher die folgenden Sätze sagte, die mich, zumindestens am Anfang, verdutzten und sogar schmerzten:

„Im Grunde ist Leonoras Geschichte eine banale Geschichte, die wahrscheinlich hunderte Male, Tag für Tag in unserer Welt ähnlich passiert. Wir gehen gleichgültig vorbei an solchen Schicksalen. Wir nehmen sie kaum wahr. Solange sie uns nicht direkt betreffen, haben Schicksale, wie das von Leonora, nicht mehr Wert und Gewicht als eine Anekdote – eine traurige Anekdote, sehr traurige... Wir vergessen. Wir vergessen, distinguierter Herr, dass wir selbst jeden Augenblick die Hauptfiguren eines solchen Schicksals werden können. Zugleich vergessen wir auch die Tatsache, dass es noch jenes Etwas gibt – oder es noch geben sollte – das man Humanismus nennt und in dessen Geist wir unseren Blick und unsere Taten mit viel mehr Verständnis und Mitempfinden zu den von einem solchen Schicksal Betroffenen richten würden. Wir vergessen, dass wir diese Pflicht haben. Von der Geschichte eines solchen Schicksals, wie das von Leonora, könnten wir auch einiges sehr nützliches für unser Leben lernen, bevor dieses Schicksal eventuell uns selbst trifft. Dazu könnten wir lernen, diejenigen zu verstehen, die nichts mehr verstehen. Doch, egal wie wahr und edel die bis zu diesem Stadium deduzierten Lehren sind, so glaube ich nicht, dass sie mich bewegt hätten, Leonora eine Statue zu errichten. Erst die Bedeutungen der Geschehnisse, die in der dritten Phase von Leonoras Anwesenheit im Heim passierten, bekamen ein ungewöhnliches Gewicht. Die sind eine Warnung und ein Ansporn für alle Menschen, die lieben oder glauben zu lieben. Indem die Krankheit Frank und Leonora jede Spur von Vernunft, Verstand und Gedächtnis raubte, verhalf sie ihnen ihre ursprüngliche gegenseitige Anziehung wieder zu erwecken. Ihre Krankheit hat sie in jene natürliche und einfache Welt der ersten Liebesmomente, die immer nur aus Instinkt oder Intuition entstehen, zurückversetzt. Eine mirakulöse Welt, unbefleckt von der Vernunft und dem Verstand, die den Zweifel mit sich bringen oder von dem Gedächtnis, das die Hauptstütze der Rachsucht ist. Wie schön sagte Schopenhauer: …‚mit der Vernunft, ist im Theoretischen der Zweifel und der Irrtum, im Praktischen die Sorge und die Reue eingetreten.' Das, genau das ist die Hauptbedeutung von Leonoras Leben. Die Tatsache, dass Leonora damals auch wegen ihres Mannes, alias Axel, litt und dabei die Empfindungen, die die Beiden vereinigt hatten, erlöschten, bestätigt beispielhaft die Lehre, dass schlecht benutzte Vernunft, Verstand und Gedächtnis die Liebe verunstalten können. Ihre furchtbare Krankheit ist der Preis für diese so klar formulierte Auskunft. Eine Auskunft an uns alle! Das ist der Grund meiner Entscheidung, Leonora ein Monument zu widmen. Sehen Sie, wie wir von diesen Menschen etwas lernen können? Sicher, lieber junger Herr, ich plädiere hier keine Sekunde für die Entfernung der Vernunft, des Verstandes oder des Gedächtnisses. Es wäre stupide! Sogar eine Verrücktheit… gerade von mir! Aber: Die Vernunft, der Verstand und das Gedächtnis müssen von uns, gesunden Leuten, in einer konstruktiven Richtung zur Bestätigung und Untermauerung geführt werden, besonders dann, wenn wir gegenüber diesem Diamant des Humanen, der die Liebe ist, stehen. Sonst werden wir Maschinen des Zweifels. Automaten der Rache. Fabriken für Misstrauen. Unermüdliche Generatoren von Unzufriedenheit." Antonio Bali machte eine Pause. Dann fügte er kurz, als ob er die Diskussion beenden wollte, hinzu: „Das habe ich Ihnen zu sagen gehabt."

Zweifelsohne war der Bildhauer ein faszinierender Magier. Ein Magier der Taten, als er sich Leonoras Seele annäherte und sich mit ihr sogar befreundete. Ein Magier der Ideen, als er so tief verstand und mir alles so überzeugend darstellte. Er war auch ein Magier der Stimmungen. Wie diskret inszenierte er die Erzählung seiner Erinnerungen von Leonora in jenem mystischen, zum Traum einladenden Licht um danach, als er die Bedeutungen seiner Geschichte analysierte, zu dem elektrischen Licht, das zur Nüchternheit zwang, überzugehen. Wie klar und überzeugend klang Schopenhauers Zitat in diesem starken, schneidenden Licht! Mit Sicherheit war das ganze Spiel mit den Lichtern kein Zufall. Weil ich noch nicht in der Lage war, mir einen Kommentar über das was er gesagt hatte, zu machen, begnügte ich mich, ihn zu fragen, um meine Vermutung zu bestätigen:

„Herr Bali, sagen Sie mir bitte: War es ein Zufall, als Sie mich gebeten haben das elektrische Licht anzumachen? Oder wollten Sie ganz einfach die Stimmung wechseln?"

„Sicher! Sicher wollte ich die Stimmung wechseln. Es war kein Zufall! Die Konklusionen, das Moment der Synthese also, verlangen immer gestärkte Nüchternheit. Die vorangegangene Stimmung war sehr schön, aber zu emotional für die Konklusionen, die immer von der Vernunft abhängen. Um die Menschen zu verstehen, mein lieber Herr, sind sowohl die Vernunft als auch die Emotionen nötig. Es ist unerlaubt die Vernunft zu meiden, aber auch die Emotionen nicht. Die beiden müssen wir zusammenbringen. Das habe ich versucht, auch mit Hilfe der Lichter."

Ich erinnerte mich einer ähnlichen Phrase, die mir der Professor Rolf Obermann in Düsseldorf sagte: ‚Meiden Sie nicht ihre Emotionen. Erwürgen Sie sie nicht. Paaren Sie sie mit der Vernunft!'. Diese Wahrheit praktizierte Antonio Bali im Falle Leonora auf höchstem und raffiniertestem Niveau. Mein Gastgeber war wirklich ein Meister!

Ich erkannte, dass Bali sehr müde war, ich allerdings auch. Ich fühlte, der Abend war zu Ende. Es war nichts mehr zu sagen und für Kommentare fehlte mir die geistige Kraft.

„Herr Bali, es ist spät geworden und ich bin sehr müde. Ich glaube, ich muss gehen. Seien Sie mir nicht böse!"

„Überhaupt nicht, mein Herr. Ich bin auch müde und ich bin um einige Jährchen älter als Sie. Eigentlich habe ich Ihnen alles gesagt, was zu sagen war. Wenn Sie noch Fragen haben, schreiben Sie mir oder kommen Sie vorbei. Es war mir ein Vergnügen, Sie kennen zu lernen."

„Nicht weniger für mich! Der Besuch bei Ihnen hat mich sehr beeindruckt."

„Ich freue mich. Wirklich freut es mich! Ach, ja! Seien Sie so gut und schicken Sie mir Ihre Aufzeichnungen über Leonoras Vergangenheit, bevor sie zu uns kam. Ich weiß fast nichts über diese Periode. Wir müssen den Kreis schließen, nicht wahr?"

„Seien Sie sicher, ich werde sie Ihnen sofort schicken."

„Dann wünsche ich Ihnen gute Reise, mein lieber Herr!" Er begleitete mich zur Tür.

„Auf Wiedersehen, Herr Bali!" Ich blieb in der Tür stehen. Ich schaute in seine Augen, die eine unendliche Güte ausstrahlten. „Auf Wiedersehen… Toni mit blauer Blume!"

Ein warmes Lächeln erschien auf seinem Gesicht. Seine Augen waren feucht. Plötzlich schloss er die Tür vor mir. Ich glaube, er weinte.

Ich schlief in einem Hotel in Genf. Hm… „schlafen" ist nur eine Redensart! Morgens fuhr ich zum Flughafen, um mich nach einem Flug zurück nach Deutschland zu erkundigen. Ich bekam ein Ticket und hatte noch zwei Stunden Zeit. In einem Blumenladen bestellte ich einen großen Strauß, selbstverständlich mit blauen Blumen. Ich veranlasste, dass dieser noch heute Herrn Antonio Bali gebracht würde. Ich zog aus dem Strauß eine einzige Blume, um sie mit ins Flugzeug zu nehmen. Auch wenn sie unterwegs welkte, würde ich sie Leonora schenken und ihr sagen: „Ist von Toni mit blauer Blume".

KAPITEL IV

Ich kam von Genf zurück auf die Baustelle nach einer Abwesenheit von nur eineinhalb Tagen anstatt vier, die ich krankgeschrieben worden war. Ich erzählte allen, dass ich mich besser fühle und beschloss, früher zur Arbeit zu kommen. Vincenzo Mirelli, der genau wusste, wo ich war und zu welchem Zweck, zeigte sich über meine frühzeitige Rückkehr besorgt. Er nahm mich beiseite und fragte, ob der *maestro* Antonio Bali inzwischen nicht gestorben wäre oder mich nicht hätte empfangen wollen. Ich beruhigte ihn indem ich sagte, das Treffen mit dem Bildhauer hatte stattgefunden und ich hätte von ihm viel mehr erfahren als erwartet. Ich versprach ihm, bei einem Glas *Salice Salentino* alles zu erzählen.

Montag früh ging ich wie immer zur Firma, um Herrn Vos den Rapport zu präsentieren. Der „große" Chef empfing mich so, wie in letzter Zeit immer: er fragte mich „Wie geht es Ihrer Leonora?" Er zeigte kaum Interesse für das was ich ihm über die Arbeit auf der Baustelle sagen wollte. Dagegen fragte er mich sofort, was ich Neues über Leonora erfahren hätte. Diese Frage versetzte mich in Bedrängnis. Sollte ich es ihm sagen? Sollte ich es ihm nicht sagen? „Wieso? Hast du nichts erfahren? Das bedeutet, du warst vergeblich verreist", sagte er. Anscheinend wusste er, dass ich nicht krank war, sondern irgendwo weg. Ich hatte keine andere Wahl, als, alle Risiken in Kauf nehmend, ihm zu gestehen, dass ich für einen Tag in Genf war, um den Bildhauer, der Leonoras Statue erschuf, zu treffen. Mit besonderer Neugier fragte er mich, was ich erfuhr. Ich antwortete, dass die Menge an neuen Informationen über Leonora nicht in paar Minuten erzählt werden könnte, aber ich würde diese niederschreiben und sobald der Bericht fertig wäre, würde ich ihm ein Exemplar anbieten. „Ich bin sehr gespannt! Ich kann kaum warten!", antwortete Vos. Seltsam! Kein Wort, keine Rüge für meine Abwesenheit von der Baustelle. Eine Abwesenheit begründet mit einer Krankschreibung, die ich durch eine Lüge bekam. Normalerweise, könnte so etwas ein Kündigungsgrund sein! Vos verabschiedete sich mit dem gewöhnlichen „Jetzt, an die Arbeit!"

Tatsächlich hatte ich in der nächsten Zeit wieder viel zu arbeiten. Die meiste Zeit widmete ich aber dem Schreiben von dem, was ich an dem denkwürdigen Tag in Genf auf dem Diktiergerät aufgenommen hatte. Ich schrieb jeden Abend, ich schrieb oft auch am Tag. Ich erlebte jede Minute meines Treffens mit der faszinierenden Person Antonio Balis wieder. Während ich Leonoras Geschichte niederschrieb, erlebte ich, so wie damals in Genf, auch ihre letzten vier Jahre in dem Heim Haus am Weißen See. Ich erlebte ihre Einsamkeit, ihre Ängste, ihren Kampf mit dem Gedächtnis und die Wörter, die wie in einem bösen Zauber verschwanden, wieder. Ich erlebte auch ihre Gutmütigkeit, ihre Eleganz und Zärtlichkeit, die sie gegenüber anderen Patienten hatte, um die sie sich so rührend kümmerte. Aber mich packte ein unbeschreiblicher Schauer, als ich ihre letzte Liebe, deren sie sich nicht mal bewusst war, wieder erlebte. Ihren Kampf mit dem Warten, ihren absurden und blinden Glauben an eine Rückkehr des verlorenen Menschen verursachten mir immer Tränen. Ihren Tod habe ich stets wie eine herrliche Befreiung empfunden. Immer, wenn ich tief in die damaligen Ereignisse eintauchte, fühlte ich beharrlich das Bedürfnis, Leonora zu besuchen. Ich legte eine blaue Blume auf den Sockel und erzählte ihr, was ich von ihrer Vergangenheit in meinen Gedanken wieder erlebte. Ohne es zu merken wurden diese Erzählungen an Leonora, über Leonora, in meinem Kopf eine Art Skizze für das, was ich in dem endgültigen Text zu schreiben hatte. Zu ähnlichen „Übungen" veranlasste mich auch Vincenzo Mirelli, wenn er oft am Abend mit seinem *Salice Salentino* zu mir kam und mich bat, ihm zu berichten, was ich über *signora* Leonora in Genf erfahren hatte. Ja, Leonora wurde für mich immer wichtiger. Sie wurde zum wichtigsten Punkt auf der Baustelle und das zentrale Thema meiner Tätigkeiten. Die „Luxusblechdose" von Vos, die Konstruktion, also die tatsächliche Baustelle rutschte nun auf den zweiten Platz. Ich fand in mir kein Herz und keine Seele mehr für diese Baustelle. Sie bedeutete eine andere Welt als die von Leonora und Toni mit blauer Blume. Eine ganz andere Welt! Was für ein zynisches Spiel: Ich selbst war derjenige, der aus dem Grafenhaus und aus Leonoras letztem Haus eine „andere Welt" gemacht hatte. Durch meine Arbeit entfernte ich das Haus von den Seelen derjenigen, die damals dort gewohnt hatten, aber dadurch vertrieb ich das Haus aus meiner eigenen Seele.

Zum Glück lief die Arbeit auf der Baustelle gut, auch ohne allzu viele Interventionen meinerseits. Alles, bis zum letzten Wasserhahn oder Türklinke war schon von mir ausgewählt und bestellt. Zusammen mit dem zukünftigen Geschäftsführer des Restaurants wählte ich sogar das Porzellan, die verschiedenen Gläser, das Besteck und andere Accessoires für den edlen Esstempel. Ich bestellte diese zu enormen Preisen bei zwei berühmten Luxusmanufakturen in Frankreich. Nichts war zu teuer für dieses Hotel! Alle Handwerkermannschaften erfüllten ihre Aufgaben mit viel Professionalität, so wie es sich gehörte. Meine Arbeit beschränkte sich auf zwei Inspektionen täglich, bei denen ich gewöhnlich nicht viele Sachen fand, die nicht in Ordnung waren.

Ein trauriger Moment war für mich der Tag, als Vincenzo Mirelli mit seinen Leuten die Baustelle verlassen musste. Die talentierten Italiener hatten eine wunderbare Arbeit gemacht. Mit ihnen zusammen habe ich noch einmal alle Wandmalereien und die von Giorgio restaurierten Statuen inspiziert. Ich war wieder begeistert. Immer wenn ich diese Arbeiten sah, war ich begeistert. Am Abend vor ihrer Abfahrt kam Vincenzo in meinen Container. Er schenkte mir vier Kartons mit je sechs Flaschen *Salice Salentino*. „*Un vino divino, dottore!*", betonte er. Er hatte mich zum letzten Mal gefragt, ob er ihm nicht doch *signora* Leonora verkaufen wollte. Ich antwortete ihm wie immer, dass Leonora nicht zu verkaufen war und niemals zu verkaufen sein würde. Er resignierte. Er hatte verstanden. Nachdem wir einige Gläser zusammen getrunken hatten, ging Vincenzo zu Bett, denn am nächsten Tag hatte er die lange Reise bis Italien vor sich. Morgens bestieg meine lustige Italiener-Truppe ihren Kleinbus und weg waren sie. Mit dem Fortgehen der Italiener wurde die Baustelle noch trister und noch weniger wichtig für mich. Sie hatten einen leeren Platz hinterlassen.

Ich hatte die Hoffnung, vielleicht sogar die Überzeugung, dass sobald ich alles zu Ende geschrieben haben würde, was ich von Bali erfahren hatte, und dies Herrn Vos reichte, das Problem Leonora sich erledigt hätte. Leonora wird die Erlaubnis bekommen, dort zu bleiben, wo der, der sie skulptiert hatte, es beschloss. Die Entscheidung von Vos war eigentlich die letzte Chance, die Statue zu behalten. Ich begriff, dass ich eine große Verantwortung hatte. Alles hing davon ab, wie ich diese Seiten schreiben würde.

Als ich mit dem Schreiben fertig wurde, glitt mir die Baustelle endgültig aus den Händen. Es kam die Zeit der technischen Proben bei welchen ich nur assistierte, wie ein Zuschauer. Es waren die Chefs der ausführenden Firmen, vereidigte Gutachter und besonders die Techniker von dem TÜV, die alle Installationen des Gebäudes überprüften. Hauptsächlich die letzteren waren diejenigen, die die offizielle Inbetriebnahme erteilten oder nicht. Unzählige Male wurde der Fahrstuhl mal nach oben, mal nach unten geführt. Obwohl noch schönes Wetter war, wurde die Heizungsinstallation mehrere Male zur höchsten Stufe gefahren. Das Schwimmbad ebenso: es wurde mehrmals mit Wasser gefüllt und wieder geleert. Oft gingen am Tag alle Lichter des Gebäudes an und aus. Das gleiche passierte auch mit der Klimaanlage, mit der Sauna und mit der Küche, wohin der zukünftige Chefkoch mit seiner Truppe kam und Probe kochte, und uns allen wahre Köstlichkeiten anbot. Es war seltsam zu sehen, wie dieses Haus wie eine Fabrik auf Hochtouren funktionierte und trotzdem unbewohnt war. Diese Vorstellung gab mir das Gefühl von Absurdität.

Die übertriebene Sorgfalt und der Perfektionismus, die man diesem Haus widmete, ließ mich absolut kalt. Dieses Gebäude war nicht mehr das Haus des alten Grafen, nicht mehr das Heim von Leonora und nicht mal mein Haus. Das Haus verlor für mich jeglichen Charme. Ich erwartete ungeduldig den Montag, wenn ich die Seiten mit Leonoras Leben im Heim und ihr Ende dem „großen" Chef präsentieren würde. Nur das wünschte ich noch vom diesem Projekt: Den Erhalt von Leonoras Statue.

Wie so oft im Leben war die Wirklichkeit ganz anders als geplant. Freitagnachmittag rief mich die Vorstandsekretärin an und teilte mir mit, ich sollte Montag nicht zu meinem Treff mit Herrn Vos kommen, denn dieser würde nicht in der Firma sein. Warum er nicht in der Firma sein würde und wann er zurückkämme, wollte die Sekretärin mir nicht sagen. Obwohl mir dies seltsam erschien, hatte ich mich beruhigt, indem ich mir sagte, Herr Vos sei wahrscheinlich kurzfristig verreist. Er würde spätestens am Anfang übernächster Woche kommen, denn dann war die öffentliche Übergabe des Gebäudes an den Bauherrn und die Behörden geplant. Allerdings war am Ende der besagten Woche auch die feierliche Eröffnung des Hotels vorgesehen.

Sonntagabend bekam ich einen Anruf von meinem Freund Wolf, unseren Ingenieur für Statik. Er berichtete, dass Freitagmorgen während einer Vorstandsitzung der „große" Chef einen schweren Herzinfarkt bekommen hatte und in die Universitätsklinik in Stuttgart gebracht worden war. Alle meine Hoffnungen stürzten in einer einzigen Sekunde zusammen. Ich hatte also keine Chance mehr, Vos zu überreden, die Statue zu behalten. Die offizielle und endgültige Übergabe des Gebäudes würde in seiner Abwesenheit stattfinden. Was könnte ich noch unternehmen? Nichts! Ich beschloss, die Statue ganz einfach an ihrem Platz zu belassen. Vielleicht wird der Bauherr sie nicht mal bemerken, oder er wird sie mit Freude sogar akzeptieren. Das war die einzige Lösung, die ich noch versuchen konnte. Ich war von den Umständen gezwungen, auf Risiko zu gehen.

Die Intuition flüsterte mir aber zu, dass es vielleicht gut wäre, nach Stuttgart zu fahren, um Vos zu besuchen. So machte ich es auch. Montag früh war ich auf dem Weg in Richtung Stuttgart.

Ich klopfte diskret zweimal an die Tür des Zimmers von Vos. Keine Antwort. Ich öffnete langsam die Tür und sah ihn schlafend. Ich fasste Mut und betrat das Zimmer auf Zehenspitzen. Oh, Gott, wie hatte sich dieser Mann in nur ein paar Tagen verändert! Von Herrn Vos, so wie wir alle ihn kannten, blieb nur ein blasser Schatten. Jener Mann, der immer, trotz seines fortgeschrittenen Alters, Kraft, sogar auch physische Kraft, Entscheidungsfreudigkeit und Selbstsicherheit ausstrahlte, schien jetzt ein magerer, hinfälliger und vom Leben ausgelaugter Alter zu sein. Vor allem seine Blässe beeindruckte mich außerordentlich. Es war die Blässe eines Toten. Ich blieb eine Weile reglos an seinem Bett stehen. Ich betrachtete mit Furcht aber auch mit Mitempfinden den fast leblosen Körper. Zwei Sonden führten ihm Sauerstoff durch seine Nasenlöcher zu. An seiner linken Hand war eine Kanüle fixiert, wodurch Medikamente tropften. Unter der Decke waren mehrere Kabel, die an einen Apparat angeschlossen waren, um alle Werte seiner Herzaktivität zu messen und auf einem Bildschirm ununterbrochen anzuzeigen. Ich verstand, dass, wenn dieser Mann noch lebte, es nur dank der Medizin war. Ich ging wieder auf den Stationsflur und bat eine Krankenschwester um eine Vase für die mitgebrachten Blumen. Die Frau steckte sehr nett den Strauß in eine Vase mit Wasser und betrat mit mir Voss' Zimmer, um eine passende Stelle für diese zu finden. Nachdem die Schwester das Zimmer verlassen hatte, blinzelte Vos. Es schien, dass er aufwachte.

„Guten Tag, lieber Herr Vos", sagte ich leise, mehr um ihn auf meine Anwesenheit aufmerksam zu machen.

Er öffnete seine Augen. Auf seinem Gesicht erschien ein kaum skizziertes Lächeln. Mit schwacher Stimme, ohne die Lippen zu bewegen, sagte er:

„Ach! Junger Kollege… Schön, dass du mich besuchst."

„Es ist selbstverständlich, Herr Vos."

„Eeee… Nett und sensibel, wie immer!"

„Wie fühlen Sie sich? Wie geht es Ihnen?"

„Es ist nicht gut. Es ist nicht gut, mein Lieber."

„Es scheint, dass Sie hier gut behandelt werden."

„Ja. Ich kann mich nicht beklagen. Aber Junge, seien wir realistisch… eine Genesung kann ich nicht erwarten."

„Warum? Seien Sie nicht pessimistisch, Herr Vos. Gerade Sie Pessimist?"

„Vergiss nicht mein Alter! Ich belastete diesen Körper viel zu viel, Jahrzehnte lang. Jetzt ist die Zeit gekommen, wo er das letzte Wort zu sagen hat. Es ist die Zeit der Zahlung, Junge! Apropos, wie geht es Ihrer Leonora? Schöne Statue! Bewegend!"

„Ihr geht es gut. Sie ist noch an ihrem Platz und… und… grüßt Sie und wünscht Ihnen baldige Genesung!"

„Ha! Ha! Du bist ein Poet. Ein außergewöhnlicher Mensch. Sag der holden Dame, dass ich mich für ihre Wünsche bedanke. Siehst du? Siehst du, dass auch ich ein Poet bin? Ja… ein Träumer." Er schloss die Augen und setzte, wie nur für sich selbst, fort: „Ich war ein Träumer, der sich aber jeden Traum verboten hat, außer einem, nämlich aus Vaters kleinem Architekturbüro eine große Firma zu machen!" Er öffnete wieder die Augen und sprach mich direkt an: „Den Preis dieses einzigen Traumes, den ich mir erlaubt habe, hast du jetzt vor dir, auf diesem Bett liegen."

„Herr Vos, es ist mir gelungen einige Seiten über die letzten vier Jahren, die Leonora in dem Heim Haus am Weißen See verbracht hat, zu schreiben. In dieser Schrift sind auch die Gründe, weshalb man ihr eine Statue errichtet hat, sehr deutlich zu lesen. So wie Sie mich gebeten haben und ich Ihnen versprochen habe, reiche ich Ihnen jetzt diese Seiten."

Ich versuchte ihm das Protokoll meines Gespräches mit Antonio Bali zu geben. Zu meiner Enttäuschung, lehnte Vos es ab:

„Nein! Nein, Junge. Jetzt habe ich nicht die Kraft, das zu lesen. Wenn ich wieder gesund werde… ob ich je wieder gesund werde… werde ich dich bitten, mir diese Seiten zu geben. Morgen kommt hier der Notar mit meinen Söhnen, um die Formalitäten zu erfüllen, die Firma auf ihren Namen zu übertragen. Ich brauche viel Kraft für diese Zusammenkunft. Die Notare sind so pingelig… Für eine einfache Übertragung von einem zum anderen Namen, schreiben sie unzählige Seiten voll Stupiditäten."

„Trennen Sie Sich schon von der Firma?"

„Ja. Ich kann nicht mehr. Und ich will auch nicht mehr. Ich wünsche mir nur Ruhe. Vielleicht in einem Altenheim. Darüber hinaus gibt es noch einige Steuervorteile, wenn ich vor meinem Tod die Firma auf meine Söhne übertrage."

„Das bedeutet, ich verliere Sie als Mentor und Beschützer…"

„So ist es. Leider ist es so. Leider für dich… Ich wollte dich nicht schon in die Hände der Zerberusse lassen. Du bist ein guter Junge, ein sehr guter Junge! Du hast eine sehr gute Sache gemacht. Ich wäre gerne in der Firma geblieben, mindestens bis deine Arbeit abgeschlossen wird. Mindestens noch zwei Wochen… Gott wollte es nicht…"

„Was verstehen Sie unter ‚Zerberusse'?"

„Tue nicht so, als ob du naiv wärst! Es ist nicht der Moment dazu. Hast du wirklich nicht bemerkt, dass Herbert dich nicht leiden kann? Ab morgen wird er der Chef der Firma."

„Etwas habe ich bemerkt."

„‚Etwas'… Du hast ‚etwas' bemerkt! Hm… Er war immer gegen dich. Ich habe dir den Rücken freigehalten, solange ich konnte. Es tut mir sehr Leid, Junge, aber weiter kann ich es nicht mehr machen. Sei auf der Hut. Er kann sogar gefährlich sein. Glaube es mir, es ist für mich schmerzlich zu sehen, wie arrogant und eingebildet er ist. Er weiß nicht mit den Menschen zu arbeiten, so wie ich glaube, dass ich es gewusst habe und wie ich es von meinem Vater gelernt hatte. Er ist unflexibel, hat keine Sensibilität und manchmal ist er brutal. Ich bedaure zutiefst, dass ich ihn zu anderem nicht zu erziehen wusste. Ich war ganz einfach zu sehr mit dieser Firma beschäftigt. Ich opferte sogar die Erziehung meiner Söhne für den ständigen Zuwachs dieser Firma. Das Ergebnis wirst du spüren, so wie auch viele andere Kollegen."

„Welche Chance bleibt mir noch?"

„Versuche dich an Erwin zu halten, meinen jüngsten Sohn. Der hat eine gute Seele. Vielleicht wird er dir helfen. Obwohl ich kaum glaube, dass er es können wird… Herbert terrorisiert auch seinen Bruder."

„Ich bin sehr beeindruckt, Herr Vos, dass Sie mir so viele intime Aspekte Ihrer Familie enthüllt haben. Ich verspreche Ihnen, ich werde diese niemals weitererzählen."

„Ich weiß, du wirst es nicht machen. Ich glaube, ich kenne dich schon ziemlich gut. Ich habe diese Enthüllungen gemacht, um dich zu warnen. Du bist ein guter Mensch und ein sehr talentierter Architekt. Ich glaube an dich! Jetzt verstehe mich bitte, ich möchte ein wenig schlafen. Morgen ist ein schwieriger Tag für mich. Lass uns verabschieden… hm… ich hoffe, nicht für immer!"

„Ich verlasse Sie mit meinen besten Wünschen, lieber Herr Vos."

„Gott schütze dich!" Als ich zur Tür kam, machte er mir ein Zeichen, dass ich zu seinem Bett zurück komme. „Ich hatte es fast vergessen! Ich habe eine Lösung für den Erhalt von Leonoras Statue."

„Wie ist diese Lösung?"

„Pflanze drei Linden so groß wie möglich zwischen den beiden, die schon existieren. So wird sich eine Schutzwand in Form eines Halbkreises um die Bank und die Statue bilden. Sie wird von dem Rest abgetrennt, nur für sich sein und wird niemanden ins Auge springen. Der Ort wird so eine Art Sanktuar zur Besinnung werden. Vielleicht braucht der eine oder andere von den mondänen Hotelgästen auch so etwas. Vielleicht. Mach so, wie ich dir sage. Es ist eine Chance. Mach alles Mögliche, um Leonora nicht verschwinden zu lassen! Jetzt geh!"

Der Besuch bei Vos erschütterte mich. Auf einer Seite beindruckten mich zutiefst die Menschlichkeit und die Güte die er, kurz vor seinem Tod außerordentlich offen zeigte. Auf der anderen Seite aber wurde mir klar, dass ab jetzt nichts Gutes mit meiner Situation in seiner ehemaligen Firma geschehen würde. Ich schätzte seine Warnungen sehr, aber ich begriff, dass diese mir nicht so nützlich sein könnten. Tatsächlich, in den folgenden zwei Wochen bekam ich fast jeden Tag einen sehr schmerzhaften Schlag:

Mittwochmorgen, nur achtundvierzig Stunden nach meinem Besuch im Krankenhaus bei dem damaligen „großen" Chef, kam Herbert Vos, der neue Chef, zur Baustelle pietätsloserweise schon mit der Limousine seines Vaters. In der Luxuskarosse befand sich noch außer dem Fahrer ein Jüngling, ebenso arrogant und hochnäsig wie Herbert, aber gegenüber diesem so servil, unterwürfig und ehrerbietig, dass jeder Beobachter nur Ekel haben konnte. Vos Junior stellte diesen vor als seinen Assistenten, neuer Angestellter der Firma. An seinen Namen kann ich mich nicht erinnern. Der neue Chef bat mich – aber was sage ich ‚er bat mich'! – er befahl mir, ihm die Baustelle zu zeigen. Eineinhalb Stunde gingen wir zusammen von Raum zu Raum. Der Jünglings-Assistent machte fleißig Notizen in einem Heft. Herbert Vos registrierte alles, was er sah, ohne Interesse und ohne einen Kommentar abzugeben. Gelangweilt, sagte er nur „Ja" oder „Aha". Kein Wort zur Anerkennung, nicht mal eine Kritik. Nichts! Diese Haltung gegenüber meiner Mühe von eineinhalb Jahren tat mir weh. Es war deutlich, dass er kaum das Ende des Besuches erwartete, aber nicht bevor er einen Mangel, einen Fehler meinerseits entdeckt hätte. Ich fühlte, dass Herbert Vos allmählich nervös wurde, da er nichts Schlechtes fand. Bei der Besichtigung des Parks näherten wir uns Leonoras Statue. Mein Herz verkrampfte sich. „Vielleicht wird er sie akzeptieren", sagte ich mir und hoffte, dass die Situation sich plötzlich entspannte. Es geschah das Gegenteil! Aber mit welch einer Brutalität und Boshaftigkeit!

„Was soll diese gespenstische Statue?", fragte er.

Das Wort „gespenstisch" in Bezug auf Leonoras Statue, auf meine liebe Leonora, schlug mir wie ein Dolch ins Herz. Doch ich versuchte dem Chef zu erklären, aber ziemlich ungeschickt eben wegen des Schmerzes, den ich fühlte:

„Die Statue habe ich hier gefunden. Ist aus der Zeit des Altenheimes. Sie hat einen symbolischen Wert. Sie ist ein Hommage an die alten Menschen, die gelitten haben…"

„Hören Sie mit solch geschmacklosem Palaver auf! Wir sind nicht hier, um über solch nutzlose Sachen zu reden!", unterbrach er mich scharf.

„Ja… Aber Sie müssten verstehen… Selbst Ihr Vater fand eine Lösung…"

„Sagen Sie mir nicht, was ich zu verstehen habe! Erzählen Sie mir nichts über die Lösungen meines Vaters. Jetzt bin ich der Chef der Firma! Herr Ar-chi-tekt". Er betonte dieses Wort mit Ironie und Boshaftigkeit, mir in die Augen starrend. „Sie hätten etwas über stilistische Einheit lernen müssen. Es sieht aber so aus, als ob Sie nicht dazu fähig wären. Diese Hässlichkeit wird bis morgen verschwinden."

Ohne sich zu verabschieden, drehte er sich um und wandte sich zu der Limousine. Er fand die Fehler, die er suchte. Ich erinnerte mich an die letzten Worte seines Vaters „Mach alles Mögliche, um Leonora nicht verschwinden zu lassen!" Ich nahm allen meinen Mut zusammen und schrie ihm hinterher:

„Herr Herbert Vos! Die Statue wird diesen Ort nur über meine Leiche verlassen!"

Vos blieb spontan stehen, drehte sich zu mir um. Er zeigte ein Lächeln, das nett und höflich sein wollte, aber eigentlich extrem boshaft war:

„Machen Sie, wie Sie wollen. Wie Sie wollen, verehrter Herr Architekt."

Sobald die Limousine das Baustellengelände verließ, ging ich zurück zu Leonora. Ich setzte mich auf ihre Bank. Ich war verzweifelt. Die Partie war verloren! Meine Augen wurden feucht. „Liebste Leonora… es sieht so aus, als hätten wir keine Chance mehr. Wir beide werden von hier weggejagt", sagte ich ihr. Ich hatte das Gefühl, sie weinte auch. Doch ich nahm alle meine Kräfte zusammen und beschloss, die drei Linden zu bestellen, um sie im Halbkreis um die Statue zu pflanzen, so wie Vos Senior vorschlug. Ein letzter Versuch! Vielleicht wird der Bauherr derjenige sein, der sie akzeptiert.

Die Gärtnerei, bei der ich die Linden bestellte, versprach, in zwei Tagen, also Freitag, die Bäume zu liefern und zu pflanzen. Ich hatte betont, dass es dringend sei.

Der besagte Freitag war ein Tag von einer außergewöhnlichen Dramatik. Morgens rief die Vorstandssekretärin an und benachrichtigte mich, dass Vos Senior im Morgengrauen gestorben war. Er erlitt den zweiten Infarkt, der diesmal fatal war.

Ich kam nach der traurigen Nachricht kaum wieder zu mir, als der LKW der Gärtnerei mit den drei Linden auftauchte. Die Bäume wurden gepflanzt so, wie Vos Senior wollte: Im Halbkreis um Leonora. Die Ironie des Schicksals war, dass gerade jetzt, als Leonora in großer Gefahr war, sie geschützt zu sein schien, geschont von den schönen Linden mit Liebesduft… aber auch mit dem Duft des Todes! Die Bäume bildeten jetzt um die Statue einen starken und zugleich zarten Schutzschild. Die grünen Wächter sprachen von einem heiligen und geheimen Ort, der hinter ihnen verborgen lag. Sie sprachen von „Leonoras Ort". Eine geniale Idee hatte der alte Vos gehabt! Fasziniert von diesem Effekt, begann ich, was Leonora betraf, wieder ein wenig optimistisch zu sein.

Am selben Freitag tauchte gegen Mittag die Limousine der Firma auf. Neben dem Fahrer saß nur der arrogante Jüngling, Assistent von Herbert Vos. Sein Chef war wahrscheinlich durch den Tod seines Vaters beschäftigt. Ohne mich zu begrüßen, ging der unerwartete Gast direkt zu Leonoras Statue. Er machte davon ein Foto und verschwand sofort. Es war mir klar, er war geschickt worden eben um zu prüfen, ob die Statue entfernt war oder nicht.

Ausnahmsweise wurde auch Samstag und Sonntag intensiv gearbeitet, besonders bei der Montage eines Zauns aus Stahl, zweieinhalb Meter hoch, der das Hotelgelände abschloss. Auf der Spitze dieses Zauns wurden in nicht zu großen Abständen Videokameras installiert, um jede Bewegung und vor allem jeden Versuch, unerlaubt das künstliche Paradies zu betreten, zu überwachen. Auch an diesen beiden Tagen gelang es der Sicherheitsfirma mit einer erstaunlichen Effizienz, ein Pförtnerhäuschen zu bauen, wo die magnetischen Eintrittskarten der Hotelangestellten, aber auch der Gäste der noblen Residenz, abgelesen werden. Ich bekam auch so eine magnetische Karte, sonst hätte ich ab sofort die Baustelle nicht mehr betreten können.

Montag kam endlich der Schwertransport mit dem Schiffchen des Hotels und die anderen Yachten, Kanus und Ruderboote. Eine zahlreiche Gruppe von Putzfrauen fing an zu putzen und das ganze Haus auf Glanz zu bringen. Eine andere Mannschaft richtete in den Zimmern die Bettwäsche, die Badetücher und alle Accessoires, die nötig waren. Das Hotel war so gut wie fertig. Ich erinnerte mich, wie alles anfing, in welch einem jämmerlichen Zustand sich das Haus voriges Jahr im Juni befand, als ich es zum ersten Mal gesehen hatte. Bei solchen Gedanken hatte ich das Gefühl stolz zu sein. Sogar eine gute Stimmung erfasste mich. Die aber dauerte nicht zu lange. Nachmittags erschien wieder die Limousine des Vorstandes. Meine gute Stimmung verwandelte sich in Unruhe. Aus dem Luxusauto stieg der ungenießbare Assistent von Herbert Vos. Er kam zu mir mit einem Briefumschlag in der Hand. Wortlos gab er mir den Umschlag. Diesmal verabschiedete er sich sogar und ging aber sofort weg.

Einige Minuten zögerte ich den Umschlag zu öffnen. Ich fühlte, eine Katastrophe nähert sich. Ich machte mir Mut und öffnete doch den Umschlag. Es war, was ich irgendwie vermutete, aber doch nicht glauben wollte: Meine sofortige Kündigung wegen Ungehorsam gegenüber der Führung der Firma. Ich wurde aufgefordert noch heute bis spätestens neunzehn Uhr die Baustelle zu verlassen und meine magnetische Eintrittskarte bei der Sicherheitsfirma zu deponieren. Am nächsten Tag morgens musste ich alle Pläne und Akten des Projektes, sowie auch den Computer und den Drucker, zu der Firma bringen. Es stand noch darin, dass die Rechnung des Gärtnereibetriebes für die drei Linden von mir in vollem Umfang zu bezahlen wäre. Sollte es nicht in Kürze passieren, würden gerichtliche Schritte eingeleitet. Unterschrieben: Herbert Vos, Präsident – so nannte er sich jetzt! Der Brief wurde am Freitag geschrieben. An dem Todestag seines Vaters!

Ich war völlig schockiert. In der ersten halben Stunde hatte ich keine Reaktion, konnte keinen Gedanken formulieren. Ich erlebte denselben seelischen Zustand wie beim Tode meiner Mutter, als ich als Waisenkind zurückblieb. Was sollte ich machen? Wohin mit mir? An wen sollte ich mich um Hilfe oder Rat wenden? Es war klar, dass ich zuerst nichts machen konnte, außer mich diesem Brief zu fügen. Eine gerichtliche Auseinandersetzung mit Vos hätte für mich wenige Gewinnchancen. Und auch wenn ich, wie durch ein Wunder, gewinnen würde, wäre für mich das weitere Arbeiten in seiner Firma einem Inferno gleich. Also versuchte ich diszipliniert zu sein und in der kurzen Zeit, die bis neunzehn Uhr blieb, alle Sachen, die ich im Container hatte, zu packen. Nachdem ich meinen Wagen vollgeladen hatte, schaffte ich es noch zu einem benachbarten Gärtner zu gehen, um einen Blumenstrauß, selbstverständlich blau, zu kaufen. Ich setzte die Blumen auf den Sockel von Leonoras Statue. „Leb wohl, geliebte und geschätzte Leonora! Ich werde dich mein ganzes Leben in meiner Seele tragen. Ab jetzt kann nur Gott dir noch helfen. Adieu, Leonora!"

**

Zurück in meiner Wohnung in der Stadt: Mit der verletzten Seele, ohne eine Beschäftigung und ohne jemanden, der mir nahe stand. Die ersten Tage als Arbeitsloser waren schwer, sehr schwer. Ich versuchte, Spaziergänge durch Parks oder in der Stadt zu unternehmen, um die schwarzen Gedanken zu vertreiben. Das Ergebnis war genau das Gegenteil des Erhofften: Ich hatte das Gefühl, dass jeder Unbekannte, den ich traf, mir feindlich war, mir Böses wünschte. In jedem Passanten sah ich irgendwie Herbert Vos mit seinem bösen Lächeln. Außerdem erschien mir im Traum Leonoras Statue, in der Kälte und in dem krankmachenden Nebel des Weißen Sees verlassen und verloren. Ich machte mir um sie Sorgen. Danach verwandelten sich die Sorgen in Angst und Panik. Ich wachte auf, nass von kaltem Schweiß. Ich begriff, dass ich auf dem besten Weg war, eine schwere Depression zu bekommen.

In meiner Naivität hoffte ich, Freitag doch noch zur offiziellen Übergabe des Hauses am Weißen See von dem Bauherrn und dem Bauamt eingeladen zu werden. Meine Anwesenheit dabei wäre eigentlich selbstverständlich, denn ich war der einzige, der Erklärungen über die Renovierungsarbeiten abgeben konnte. Nein. Ich wurde nicht eingeladen! Als ob ich keinen Beitrag zu diesem Projekt geleistet hätte. Es schmerzte mich. Noch einmal wurde ich verletzt. Freitagnachmittag ertränkte ich meine Traurigkeit im Alkohol.

Es leuchtete mir ein, ich hatte noch eine Schuld mir und Leonora gegenüber: Zu sehen, ob der Bauherr sie akzeptiert hat. Wenn so ein Wunder geschehen würde, würde alles für mich leichter zu ertragen sein. Sogar meine Situation als Arbeitsloser. Als ich in den Sonntagszeitungen las, dass bei der feierlichen Eröffnung des Hotels jedermann eingeladen sei, beschloss ich als anonymer Zuschauer teilzunehmen. Außer dem Schicksal der Statue interessierte mich auch, was man sagen würde in den bei solchen Ereignissen unvermeidlichen Reden. Also Sonntagmorgen fuhr ich zum Haus am Weißen See.

Vor dem Haupteingang mit den fünf imposanten ionischen Säulen, versammelten sich eine Menge Leute. Auf den Treppen des Eingangs wurde ein Mikrophon installiert, auf der rechten und linken Seite davon standen die „offiziellen" Personen. Selbstverständlich war dort Herbert Vos mit seinem Bruder Erwin, der Oberbürgermeister der Stadt Burg am See, der Chef des regionalen Bauamtes und andere, die ich nicht kannte, wahrscheinlich Leute des Bauherrn. Neben diesen befanden sich die speziell eingeladenen Gäste, die auf ihrer Kleidung ein Schild mit ihrem Namen und der Institution, zu der sie gehörten, trugen. Unter diesen erblickte ich auch meine Ex-Kollegen von der Firma, bei der ich bis Montag arbeitete. Zahlreiche Ordnungsleute in Zivil bildeten eine Art Sicherheitsgurt zwischen den speziell geladenen Gästen und der anonymen Bevölkerungsmasse, in welche ich mich mischte. Über zwanzig Reporter mit Fotoapparaten und Videokameras waren bereit, das große Ereignis festzuhalten. Eine Weile geschah nichts. Als ob alle Menschen auf Etwas warteten. Mein Blick traf den von Herbert Vos. Dieser lächelte wieder ironisch, wie vor einigen Tagen, als er mir sagte „Machen Sie, wie Sie wollen. Wie Sie wollen, verehrter Herr Architekt." Unerträglich seine Boshaftigkeit auch jetzt, nachdem er gewonnen hatte und mich vernichtete! Über den Köpfen der Leute war ein Motorgeräusch zu hören. Es war ein Hubschrauber, der auf dem Gelände des Hotels, neben der Lindenallee, gerade landete. Aus der Maschine stieg ein Mann um die fünfzig, sportlich, gutgelaunt und braungebrannt, von vier Leibwächtern begleitet, jeder von diesen groß wie ein Kleiderschrank. Die vier furchteinflößenden Gestalten guckten misstrauisch ununterbrochen mal nach rechts, mal nach links. Sie trugen Sonnenbrillen und hatten Minikopfhörer in den Ohren und an den Jacken kaum sichtbare Mikrophone. Einen Moment lang stellte ich mir vor, was für ein Arsenal von Waffen sie unter ihren gut geschnittenen grauen Anzügen trugen. Ihr Chef war selbstverständlich der Bauherr des Projektes. Auch er trug Sonnenbrille, aber so groß, dass von seinem Gesicht kaum etwas zu sehen übrig blieb. Als er auf der Lindenallee entlang ging, fing die ganze Versammlung an zu applaudieren, als ob mindestens der Staatspräsident gekommen wäre. Er antwortete mit einem künstlichen Lächeln und skizzierte kaum mit der Hand eine Begrüßungsgeste. Seine Leibwächter bahnten ihm den Weg durch die Gaffer. Auf den Treppen begegnete ihm der neue „Präsident" der Firma Vos dermaßen unterwürfig und schmeichlerisch, dass es für einen so arroganten und eingebildeten Menschen, wie Vos Junior, völlig unerwartet und unglaubwürdig war.

Herbert Vos fing seine Rede an. Nachdem er mehrere Minuten den Bauherrn euphorisch lobte, seine geniale Inspiration, das alte Gebäude zu kaufen um es in ein Luxushotel zu verwandeln, ging er hochpreisend über zu den Verdiensten seiner Firma. Er erzählte von den beachtlichen Anstrengungen, die für die Verwirklichung dieses Projektes nötig gewesen waren. Nur der Einsatz seiner Erfahrung und seiner Wachsamkeit waren für das Gelingen entscheidend. Kein Wort über mich. Kein Wort mindestens über Wolf, der die Statik machte. Alles war nur ihm zu verdanken!

Der Bauherr kam an die Reihe. Nachdem er seine Genugtuung zum Ausdruck brachte, heute das achtzehnte Luxushotel für seinen Konzern eröffnen zu dürfen, fuhr er fort, indem er den Chef der Architekturfirma, Herbert Vos persönlich, für seine außerordentlichen Verdienste lobte. Ich hatte das Gefühl, schreien zu müssen. Ich wollte zum Rednerpult gehen, um den wahren Namen der Menschen, die dieses Projekt geschafft hatten, laut und deutlich zu sagen. Ich wollte allen bekanntmachen, dass Herr Vos Senior mit mir das Gebäude, das jetzt bewundert wird, gemacht hat. Spontan erinnerte ich mich aber an Antonio Balis Wörter: „So sind wir Menschen: doch schwach… egal wie viel wir die Tiefen der Gedanken genossen haben. Schwach, mein Herr! Empfindlich für Schmeicheleien." Ja, in dem Moment war ich auch schwach! Ich erinnerte mich ebenso an seinen weisen Ansporn: „Wichtig ist nur die geistige Befriedigung. Der Rest ist nur Hochmut, Eitelkeit und falsch verstandener Ehrgeiz." Und auch wenn es unglaublich klingt, auch wenn meine Würde so verletzt war, geistige Befriedigung hatte ich wohl. Eine Befriedigung, die Herr Herbert Vos nie haben wird! Er wird sie nie haben können. Natürlich ging ich nicht zum Rednerpult, und schrie nicht die Wahrheit heraus, die mir geraubt wurde. Danke, Antonio Bali!

Nach noch zwei-drei ebenso opportunistischen und stupiden Reden, wurde die ganze Versammlung eingeladen, das Hotel zu besichtigen. Die „Offiziellen" betraten zuerst das Hotel, gefolgt von den speziell Eingeladenen und am Ende den vielen Anonymen. Besonders die letzteren wunderten sich mit „Ach!" und „Oh!" bei dem was sie sahen. Viele von ihnen gingen schnell in die erste Etage, um zu sehen, was sie ihr ganzes Leben nur im Fernseher sahen: Den unvorstellbaren Luxus. Andere aus der Masse der anonymen Gaffer versuchten unten, in dem großen Salon, etwas von den kulinarischen Kostbarkeiten zu probieren, die auf Tischen schön aufgestellt waren. Leider nicht für sie! Die Sicherheitsleute hatten sie sofort gestoppt und ihnen beigebracht, diese wären nur für speziell Eingeladene reserviert. Wenn sie doch einen Imbiss wollten, gäbe es unten im Park eine Theke, wo Bratwurst und Bier serviert wird, kostenlos, versteht sich. Alle stürmten in den Park.

Ich ging auch gezielt in den Park. Sicher nicht für Bier und Bratwurst. Ich ging zu Leonora. Schon von Weitem sah ich, dass die drei Linden, die ich gepflanzt hatte, verschwunden waren. Ich lief dahin. Oh, Gott… auch Leonora war nicht mehr da. Leonora war nicht mehr dort! Die beiden alten Linden und die Bank weinten einsam. Sie weinten für Leonora. Ich… ich weinte nicht… Ich konnte nicht weinen. Mich erfasste eine große Übelkeit. Eine grenzenlose Übelkeit gegenüber allem, was passierte. Ich konnte „Leonoras Ort" nicht verwüstet sehen. Wie besessen lief ich außerhalb des Geländes zu meinem Wagen. Ich wollte mich nur von der „Luxusblechdose" und von den Spuren der menschlichen Boshaftigkeit so schnell wie möglich entfernen.

Auch zu Hause konnte ich in meine Gedanken keine Ordnung bringen. Es ergriff mich wieder jenes Gefühl von Einsamkeit. Wenn man von dem Leben selbst erniedrigt und beleidigt ist, wenn man zu Boden stürzt, schmerzt die Einsamkeit noch stärker. Sie wird unerträglich. Ich hätte gern mit jemandem gesprochen. Von jemandem ein Trostwort erbettelt. Ich dachte, den weisen Antonio Bali anzurufen oder den guten Rolf Obermann. Nein! Ich war nicht in der Lage, alles was passiert war zu erzählen. Ich würde es ihnen später durch Briefe berichten.

Ich dachte, hätte ich im Voraus gewusst, wie alles zu Ende gegangen ist, hätte ich Leonoras Statue Vincenzo Mirelli verschenkt. Dort, zu Hause in seinem Veglia, bei dem Weinkeller von *padre*, würde es ihr gutgehen. Oh, wenn Vincenzo hier wäre, vielleicht hätte er mich mit seiner ewigen guten Laune ein wenig getröstet…

Weil ich immer noch das Bedürfnis verspürte, jemandem meine Situation mitzuteilen, beschloss ich, Rolf Obermann eine SMS zu senden. Für ein Telefongespräch hatte ich keine Kraft. Ich schrieb: „Leonora wurde entfernt. Ich verlor meinen Arbeitsplatz." Nach nur ein paar Minuten antwortete Obermann: „Ich bedaure zutiefst! Es bleibt Ihnen nur, ein Buch über sie zu schreiben."

Mit der Idee, über Leonora ein Buch zu schreiben, liebäugelte ich schon. Aber Obermanns Antwort hatte mich, in meiner Situation, irgendwie beflügelt. Sollte ich ihr jetzt ein Monument errichten? Ein geschriebenes Monument! Ein Monument für alle Alten, die in dem stummen, weißen Nebel der Demenz leiden und zugleich ein Monument, der puren, unverdorbenen Liebe gewidmet.

An jenem Abend, in Begleitung einer Flasche *Salice Salentino – un vino divino, caro* Vincenzo! – bekam dieses Buch seine ersten Konturen.

Der Autor

Thomas Brandsdörfer wurde in Rumänien als Sohn eines Deutschen und einer Russin, die 1917 ihre Heimat verlassen musste, geboren. Seit 1969 ist er im Bereich der Kunst und der Kunsttheorie tätig, auch unter dem Pseudonym Vladimir Brânduș.

- Er war Schauspieler, Regisseur, Dramaturg und hat Bühnenbilder und Plakate entworfen. Seine Bühnenadaptation des Werkes *Lob der Torheit* von Erasmus von Rotterdam hat er in Deutschland uraufgeführt.

- In Schweden hat Thomas Brandsdörfer eine internationale Kunstgalerie gegründet und über mehrere Jahre geführt.

- Er hat zahlreiche Kommentare, Artikel und Studien über Kunst in Fachzeitschriften, im Fernseh- und Hörfunk veröffentlicht. In den 70-er Jahren hat er entscheidend bei der Gestaltung der Kunstseiten der Literaturfachzeitschrift *Steaua* in Cluj-Napoca (Klausenburg) mitgewirkt.

- 1979 veröffentlichte er ein kunsttheoretisches Buch: *Artă și critică în perspectivă comunicațională* (*Kunst und Kritik vom Standpunkt der Kommunikation*) (Eminescu Verlag, Bukarest).

- 2006 erscheint eine grössere Auswahl seiner Essays unter dem Titel *Eseuri – numite de autor și Panseluțe* (*Essay's – vom Autor auch Stiefmütterchen genannt*) und die erste Auflage des Romans *Frumoasa insulă* (*Die schöne Insel*) (Clusium Verlag, Cluj-Napoca/Klausenburg).

- 2007 erscheint eine Auswahl von „kleinen" Essays unter dem Titel *Gânduri altfel despre...* (*Andere Gedanken über...*) (Clusium Verlag, Cluj-Napoca/Klausenburg).

- 2008 erscheint in Deutschland sein Roman *Die schöne Insel* (Pop Verlag, Ludwigsburg). Im selben Jahr verfasste er den Roman *Iluziile unui secol – 120 de ani în Europa* (*Illusionen eines Jahrhunderts – 120 Jahren in Europa*), eine sozio-psychologische Betrachtung des XX. Jahrhunderts mittels einer Familiensaga (erschienen bei BoD, 2015).

- 2009 verfasst Thomas Brandsdörfer eine Sammlung von Essays unter dem Titel *Was die Wörter flüstern* (erschienen 2015 bei BoD).

- 2010 verfasst der Autor den Roman *Weißer See* – die tragische Geschichte einer an Demenz erkrankten Frau.

- 2011-2014 schrieb er wieder Essays, die unter dem Titel *Plimbări printre idei şi emoţii 2013-2014* (*Spaziergänge durch Ideen und Gefühle 2013-2014*), bei BoD 2015 veröffentlicht wurden. (Einige Titel: *Zeit, Gewässer und Anschauungen, Das Schweigen, die Zahl 0 und die Ruhe*, oder *Farbe und Sein*).

Seit 1980 lebt und arbeitet Thomas Brandsdörfer in Düsseldorf.